우아한 도발

우아한 도발

펴 낸 날 2023년 10월 25일

지 은 이 김창식
펴 낸 이 이기성
기획편집 서해주, 윤가영, 이지희
표지디자인 서해주
책임마케팅 강보현, 김성욱
펴 낸 곳 도서출판 생각나눔
출판등록 제 2018-000288호
주   소 경기도 고양시 덕양구 청초로 66, 덕은리버워크 B동 1708호, 1709호
전   화 02-325-5100
팩   스 02-325-5101
홈페이지 www.생각나눔.kr
이 메 일 bookmain@think-book.com

• 책값은 표지 뒷면에 표기되어 있습니다.
  ISBN 979-11-7048-614-5 (03810)

※ 이 책은 세종특별자치시와 세종시문화관광재단의 후원으로 발간되었습니다.

우아한 도발

김창식 장편소설

생각나눔

작가의 말

　수명이 늘어난 시니어들과 공존해야 하는 다중 세대의 일상은 어떠할까.

　경로당에서 황혼 연애에 빠진 1세대 노모. 가족의 중심에서 역할이 점점 헐거워지며 자기 상실을 방관하는 2세대 중년의 가장. 자신의 영역 밖에서 그저 바라만 보고 간섭하지 말라는 3세대 MZ의 손녀. 가족을 묶어주는 역할의 며느리이자 아내이자 엄마인 중년 여성의 변화되는 심리와 행동을 조명하고자 했다.

　"남편이 듬직하게 있어 보여야 아내가 우아해지는 거란다."

　고모가 포옹을 풀고 정민의 넙데데한 얼굴과 어깨를 흐뭇하게 바라보았다.

　"고모님, 부부는 우아한 연인이 될 수 없어요. 그리고 아범은 있어보이는 게 아니라 비만할 뿐이에요."

　이진이 정민의 굵은 팔뚝을 쥐어틀었다. 두툼한 살집에도 아픔을 느낀 정민이 얼굴 찡그렸다.

"어미야, 부부가 우아한 인연이 못 된다니? 어디서 배워먹은 말버릇이냐?"

서너 걸음 물러나 방관하던 시모가 대뜸 껴들었다. 아들과 우아할 수 없다는 며느리에게 오소리 눈빛을 반들거렸다.

"어머님, 부부는 간결하고 단조로운 관계가 좋아요."

이진은 심정이 뒤틀린 시모에게 일부러 상냥한 표정을 지었다.

우아한 연인보다는 우아하게 도발하는 부부가 우월해지는 시대라고 말하려다 그만두었다.

시모가 경로당에서 고생을 모르고 윤택하게만 살았던 영감과 황혼 연애에 빠져, 며느리에게 영감을 시부로 어엿하게 대접하기를 요구한다. 사십 년 홀로 산 시모는 공무원이었던 영감이 전처와 누렸던 행복에 탐을 내는 것이지 진정한 연정이 아니다.

가장인 남편은 뚱뚱해지면서 자기 상실을 방관하고, 가족과 주변 인맥에서 이탈을 자초하며, 희망과 열정과 미움과 환멸이 반죽 되어 삶의 의미를 통달한 늙은 광대가 되어간다.

대학생 딸은 이성 친구가 생기고 엄마는 뒷전이다. 자신의 영역에 어떠한 간섭도 거부한다며, 자신도 부모의 영역에 관심 없다고 선언한다.

시모와 영감의 황혼 연애를 양가의 며느리가 무관심으로 일관한다. 영감과 시모의 연정에 가타부타 대응하지 않으며 남우세스럽다는 속내도 드러내지 않는다. 황혼 연애를 외면하는 며느리는 우아한 홀로서기지만, 시모에게는 발칙한 도발이다.

수명이 길어지면서 다중 세대가 공존해야 하는 갈등에서, 시니어 연인이든 중년 부부든 홀로서기가 새롭게 대두된다.

소설을 집필해 놓고, 이 소설이 '완성'된 것일까? 의문을 품는 버릇이 생겼다.

돌이켜 보면 그동안 세상에 내놓은 적지 않은 나의 소설 중에 과연 '완성'된 작품은 있기나 한 것일까. 깊이를 알 수 없는 호수 바닥으로 가라앉은 돌과 나의 소설이 무엇이 다르단 말인가? 이런 생각도 했다.

1997년 단편 소설로 신춘문예 당선 이후, 출간한 열세 권의 소설들이 호수에 던져진 돌처럼 누구도 관심 두지 않는 작품이 되었다는 자괴감으로 우울하던 순간이 여러 날 생겨났다. 자괴감이 든다는 것은 소설의 맛을 조금은 알게 되었다는 의미라며 위안하기도 했다.

가라앉는 돌처럼 관심받지 못하는 소설을 계속 써야 하는가.

번민의 여운을 지우지 못하는 연말 오후 한국소설문학상을 받게 되었다는 소식을 받았다. 자괴감에 빠져 무력해지는 자에게 채찍을 주신 거였다.

문득 앞에 놓인 징검다리 저쪽을 바라본다.

건너가야 할 목표를 직시하며 뭉클해진 가슴으로 심호흡한다.

소설에서 '완성'이라는 단어에 번민하지 않는 날을 위하여, 창작의 열정을 내려놓지 않겠노라고 다짐한다.

2023년 상강 무렵
한국소설문학상 소설가 김창식

목차

제1장

네 자리에서
하루만이라도

거울은 보고 사는 게니? 요즘 거울의 나는 기쁨도 슬픔도 없어. 궤도에 이끌려가는 마차에 실린 느낌이랄까. 미루나무 가로수가 뒤로 밀려나는 것처럼. 시간이 디지털 숫자로 무의하게 명멸하고 있어. 정해진 시각에 반드시 일어나서 아침을 먹고. 해 저물면 저녁을 먹어야 하고. 반드시 잠들어야 하는 일상의 반복. 쓸모도 가치도 희미해서 싱겁고 맹숭한 시간의 매듭을 얼기설기 엮고 있어.

겨울 저수지 둑에 나가본 적이 있니?

씽씽한 칼바람에 조각조각 갈라져 흩날리기만 하는 마른 풀잎. 멀거니 서서 서글퍼진 날이 있니? 그날이 그날이고. 그날이 또 그날인 밍밍함에 젖어본 적이 있니?

자연스레 드라마에 빠져 살게 되더라.

드라마의 연기자가 야금야금 내게 들어와. 내 삶의 주인이 내가 아닌 게지. 어느 날은 드라마에서 연인이 다른 여자에게 돌아섰다고 식음을 전폐하며 울고불고 우울증 환자 행세를 하고 있더라?

아직 싱글이면서. 혼인도 안 한 처녀가 배신한 그놈만이 세상의 남자인 것처럼 요란을 떠는. 어쩌면 정신이 나간 그… 미친년을 보면 울화가 치밀어.

우울증을 앓아야 하는 것은 그년이 결코 아닌데. 미스가 우울증에 시달린다는 말은 모두 거짓이야. 미시라면 몰라도. 실연이라는 거 극

복하고 나면 똥값도 안 되게 별것도 아닌데.

사랑 때문에 울어본 적도 없고. 우울해 본 적도 없고. 그렇다고 좋아본 적도 없이 첫 남자 만나 아이 낳고 사는 나. 우리 여자들. 처음부터 기쁨이고 슬픔이고 그런 거 생각조차 하지 않았어. 그런 우리를 어떤 이는 그냥 어렵지 않은 삶이라며 쉽게 말하더라? 누군 내가 법 없이도 살 수 있는 사람이라고도 하더라. 미친….

이혼했다고 너를 불쌍한 시선으로 보지 않아.

만나서 저녁 먹고 차 마시고 헤어져 집으로 돌아갈 때 웃으며 돌아서는 너의 어깨에 내려앉는 연민이나 동정심이 아예 없다고는 말할 수 없지만, 이혼녀이기 때문에 불쌍하다고 여기고 싶지 않아. 배려할 줄 모르고, 잔인하고, 타인의 입장을 모르는 냉정한 사람이라고. 나를 욕해도 어쩔 수 없어.

남편과 헤어졌다고 삶의 궤도 밖으로 추방된 게 절대 아니니까.

오히려 새로운 궤도를 타게 될 기회를 잡은 거야.

태어나면서부터 놓아서는 안 될 밧줄을 쥐고 아등바등 살아야 하는 이유를 모르겠어. 기쁨과 슬픔과 고통과 쾌락과 지루함을 섞으면 추억이 엮어지겠지. 기뻤던 일이 고통이나 슬픔의 근원으로 돌변하는 것을 적잖게 보았으니까.

사카린같이 달콤한 연애. 쓸개처럼 시린 이별. 어쨌든 행복의 종점으로 가는 정류장이 아니겠니? 너처럼 이혼하면 재혼이라는 단어가 자연스럽게 떠오르는 것은 단지 나만의 현상이 아닐 거라고 믿고 싶어. 기름지고 풍족해진 자들이 누리는 자화상이지. 인생 열차는 이혼이라는 삐걱거림도 있고, 재혼으로 평정을 되찾기도 하는 것이니까.

다시는 내게 말하지 마. 이혼해서 행복은 이제 영영 떠났다는 말.

나는…. 나는…. 네 자리에 하루만이라도 서있고 싶어.

전송 버튼을 누르려다 그만두었다.

그녀를 위로하기는커녕 무슨 말을 썼는지 정돈되지 않았다. 의도나 예고 없이 마음 흐르는 대로 작성했다는 것도 보내지 못하는 이유가 되었다. 이진도 친정에 가면 이혼녀인 여동생, 되모시가 있다. 제부와 이혼하고 돌아온 여동생이 과부인 친정엄마와 아옹다옹하고 있다. 여자 나이 마흔의 팽팽해야 할 시간이 허무하게 스러지고 있다.

세 가지 소재가 아니면 드라마가 되지 못하는 딜레마에 빠져 있다.

불륜 드라마. 배신당한 주인공이 성공한 갑부로 등장해서 복수하는 드라마. 풋내 나는 열아홉 순정 드라마. 아내가 엄연한 남편을 빼앗는 드라마. 이진은 요즘, 두 남자를 농락했던 여배우가 드라마에서 세 번째의 사기 결혼을 시도하는 드라마에 몰입되었다.

역사물을 다룬 대하드라마는 남편, 정민의 최애 채널이다.

아침에도 드라마, 저녁에도 드라마. 한낮의 재방송 드라마. 드라마 천국에 사는 것임에는 틀림이 없다. 가사와 육아의 반복 일상으로 밍밍해진 주부에게 불온한 기운을 불어넣는 것도 드라마의 몫이 됐다. 남편을 뜯어보게 하고 비교하게 하고. 드라마로 끌어들여 분노를 일으키고 우울하게 하고 욕설을 내뱉게 하고. 불륜의 여자를 부러워하게 하고. 불륜을 저지르는 남자가 멋진 신사가 되고. 나쁜 남자가 멋져 보이고. 평범을 거부하면 성공한 남자며, 돈 많은 남자로 변신하고. 화가 치솟는 건 불륜이 아름답게 포장된다는 것이었다. 그리고 불륜녀가 전처 몫의 행복을 버젓이 누린다는 것이었다.

엊그제 이혼한 동창의 남편이 동창의 절친과 불륜에 빠졌다.

이진을 비롯한 그녀 주변의 모든 사람이 아는 사실을 그녀만 반년 동안 몰랐다. 동창들 사이에서 직장에서 아파트에서 모두 아는 사실을 그녀만 몰랐다. 그녀에게 누구도 말해 주지 못했다. 입방아를 놓다가 그녀가 나타나면 입을 다물었다. 그녀가 지나가면 뒷모습에 연민과 동정의 시선을 던졌다. 그녀는 자신도 모르게 바보가 되었다.

그녀의 친정 오빠의 아내. 올케가 찾아와서 사나흘 고민한 표정으로 불륜 사실을 말했다. 그녀는 올케의 말을 믿지 않았다. 올케보다 더 차분한 말로 달래서 돌려보냈다. 올케가 돌아가고 그녀는 평정심을 잃었다. 반년 동안 그녀에게 쏟아지던 시선의 의미를 알게 되었다.

그녀는 이혼을 결심했다.

남편이 불륜을 저질렀다는 사실보다 반년 동안 자신만 몰랐다는 모욕감과 불륜 상대가 어제도 찾아와 웃으며 차를 마셨던 동창이었다는 배신감 때문에 도저히 용서할 수 없었다.

남편에게 이혼을 통보했다.

남편은 간통을 인정했다. 그렇다고 이혼에 응하지는 않았다. 남자가 한 여자와 살면서 외간 여자 한 번쯤 생각할 수도 있는 게 아니냐며 뻔뻔함을 드러냈다. 남자의 외도는 공중변소에서 소변보는 것쯤의 욕구 해소라며, 만약 유부녀가 그랬다면 심각한 불륜이라며, 그녀의 남편이 이중 잣대를 들고 궤변을 늘어놓았다. 아이들을 생각해서 이혼을 주저하던 티끌만큼의 용서가 여자에게서 싹 달아났다. 남편만큼은 세상 남자들과 다를 것이라는 여자의 찰떡같던 믿음도 싹 달아났다.

"마누라가 자궁 속에 외간 남자의 정액을 담아놓고…."

여자가 어금니를 물고 거친 숨을 뱉었다.

"학교에서 돌아온 아이를 안아주고 퇴근한 남편과 침대에서 잠을 자는 것이…."

남편이 여자의 시선에 찔려 침을 삼켰다.

"너 같으면 가능한 일이냐?"

여자가 손가락으로 남편의 이마를 떠밀었다. 그날 남편이 이혼서류
에 도장을 찍었다.

제2장

잘못 걸린
통화처럼

몸이 왜소하다고 허술해 보이거나 같잖아 보이지 않았다. 바닥에 팽개치면 모서리가 뭉툭해질지언정 쓰러지거나 깨지지 않는 팽이처럼 깐깐하고 동작도 쟀다. 온종일 해야 할 일을 반나절도 못되어 뚝딱 해치우는 성미였다. 해가 길어지며 몹시 지루하게 지나가는 깐깐오월이 시모에게는 용납되지 않았다. 빈틈없고 잰 몸동작이 천성인지는 모르지만 아마도 아들이 어렸을 때 과부가 되었기 때문이 아닐까. 삶에 결코 도움되지 않는 근심이나 슬픔 따위의 것들을 비워내려 일부러 만든 습성일 터였다.

아들의 출근을 지켜본 후에 혼자 있는 며느리에게 왔다. 무엇이 서운해서 이른 아침에 왔을까. 캐나다에서 온다는 고모의 존재를 말해주러 온 것일까. 시모가 오소리 눈으로 살림에 변화가 생겼는지 살핌을 잊지 않았다. 거실과 침실과 대학생이 되어 기숙사에 입소한 손녀의 방과 부엌을 차례로 살피고 화장실 문을 열었다. 베란다 화초에 갈색 반점이 생겼는지 꼼꼼하게 들여다보고 수돗물을 한차례 틀었다. 세탁기를 열어보고 눈살을 찌푸렸다. 남편의 바지가 세탁물에 섞여 아무렇게나 던져졌다. 세탁기 통이 돌면 양말과 수건과 뒤섞이고, 밑에 가라앉았던 이진의 속옷과 섞일 아들의 바지가 접혀있음이 눈에 거슬린 게였다. 시모가 아들의 무릎이 접힌 바지를 반듯하게 폈다. 세탁기 통이 돌면 섞이고 접히고 뭉개질 아들의 바지였다. 오소리 눈을 반들거리며 거실에서 서성거리다가 식탁에 앉았다가 소파에 앉았다. 시모의 심정에 뿌리를 둔 맵고 차가운 시선이 허공을 쉭쉭 휘저었다.

*

"입이 심심하다. 군것질거리 없냐?"

시모는 입이 심심한 게 아니라 마음이 허전했다. 며느리에게 서운함이 맺혀서 아들의 출근을 밖에서 기다렸다가 들어왔다. 며느리에게 일러주어야 한다는 생각을 밤새 편두통으로 머리에 담고 있었음이 작고 까만 얼굴에 역력했다. 새로 사들인 빛깔 곱고 느낌 푹신한 소파를 짜증 돋은 투로 바라보았다. 낡고 빛바랜 가구로만 채운 시모의 살림 방식과는 마뜩하지 않은 게였다. 체구가 작아서 소파에 앉아 등을 기대는 것이 부자연스럽기도 했지만 품고 온 서운함을 시위하는 중이었다.

"아범과 어멈은 합심해서 갈 길 가거라. 나는 내가 걸어온 길을 마저 가련다."

지난가을에 시모가 분가를 종용했다. 갑작스러운 제안에 이진은, 시모의 본심일까? 의심했다. 한 달도 못 되어 황혼 연애를 위한 시모의 꼼수임이 드러났다. 경로당에서 만난 또래의 영감과 남우세스럽게도 연애에 빠졌다.

시모와 또래인 이진의 친정엄마는 두 딸을 출가시켜 독거노인이 되었는데 둘째 딸이 이혼하고 돌아왔다. 독거노인을 면했고 끼니마다 딸이 마주 앉아 있어 좋기는 했다. 사위와 결별한 딸의 뒷모습을 보는 가슴에 구멍이 생겨 대숲 바람 소리가 났다. 친정엄마도 시모와 팔자를 나누었는지 삼십 대에 친정아버지를 저승으로 보내서 독신으로 살았는데, 사위와 헤어진 딸이 마뜩할 리 없었다. 눈앞에 알짱대는 딸이 뒷머리를 잡게 하는 골칫덩어리였다.

　남편의 고모가 캐나다에서 한국으로 온다. 자정에 느닷없이 걸려 온 통화로 이진이 모르던 고모가 생겨났다. 시모처럼 혼자 사는지 확인되지 않았다. 이진이 남편에게 고모의 존재를 물었다. 남편은 고모를 처음 알았다고 말했다. 남편과 이진은 자다 말고 고개를 갸우뚱거렸다. 고모의 정체를 말해 줄 사람은 경로당 영감과 사랑에 빠진 시모였다. 이진이 시모에게 고모의 신상을 물었다. 시모는 시누이인 고모의 존재를 시큰둥한 말로 얼버무렸다. 출가한 남편의 여동생 시누이도 고모를 모른다고 했다. 시모의 함구로 고모가 누구인지 일러줄 사람이 없다. 잘못 걸린 통화처럼 등장한 고모. 경로당에서 시모의 연인이 되었다는 영감. 칠순이 지난 세 노인을 새롭게 알아야 할 과제가 생겼다. 시모와 시모의 연인 영감과 고모, 세 노인의 나이를 합하면 이백이십 살이 너끈하게 넘었다.

＊
＊

　캐나다는 낮일까 밤일까. 밤잠을 설치는데 컴컴한 하늘에서 비가 내렸다. 종료 버튼이 눌러지지 않은 통화처럼, 이국의 억양이 섞인 말투처럼 비가 자글자글 어둠을 뜯었다. 좀처럼 잠들지 못하는 어둑한 공간. 깊은 동굴을 울리는 듯한 빗소리. 잠을 이룰 수 없었다. 이진은 컴컴하게 앉아 빗소리를 들었다. 자글자글 끓어 넘치는 소리. 동글동글 굴러다니는 마찰음. 끝이 나타나지 않는 생각의 갈래. 베개로 귀를 막아도 비는 그치지 않았다. 눕기만 하면 파충류의 겨울잠처럼 길게 자는 남편을 두고 거실로 나왔다. 캄캄한 소파에 앉은 귀가 휑하니 뚫렸다.

　시모가 시큰둥한 고모는 누구일까.

고모는 이진의 전화번호를 어떻게 알았을까. 이진이 새벽의 토막잠에서 눈을 뜨고 중얼거렸다. 하늘이 언제 비를 뿌렸냐며 생뚱맞다. 빗방울의 자글거림도 동글동글 구르던 소리도 없다. 어둠에서 젖었던 것들이 마르면서 저마다의 색으로 부릅떴다. 공기 알갱이가 폐부 깊숙이 들어와 알알한 구슬로 맺혔다. 기쁨이든 슬픔이든 오늘이 범상치 않을 예감. 경사가 완만한 언덕에 혼자 앉아 연초록의 나물을 뜯으면 좋겠다. 이진이 뜨지 않은 해를 예감하며 중얼거렸다.

이진은 아침마다 시모와의 통화를 거르지 않았다. 남편의 월급날이면 용돈도 스마트폰 뱅킹으로 입금했다. 입금 문자가 시모의 스마트폰에 찍히도록 조치했다. 의도하지 않았는데 자동이체가 대화의 횟수를 줄이는 수단이 되었다. 적어도 일주일에 한 차례는 시모가 다니는 경로당에 과일과 막걸리를 양손에 들고 찾아가는 것도 잊지 않았다. 전화를 먼저 거는 쪽은 이진이었다. 발신음이 두 번을 넘지 못했다. 육중한 철문의 열림처럼 덜커덕 연결되었다. 이진은 일부러 천천히 말했다. 마뜩하게 용건도 없으면서 아침마다 통화해야 하는 압박감이 느린 말을 빚어냈다. 띄엄띄엄 징검돌로 말마디를 늘이면, 할 말 없으면 끊는다, 성격 급한 시모가 통화를 종료했다.

어제는 시모가 전화를 걸어왔다.

"잠깐 왔다 가야겠다."

시모의 통화는 간단하고도 명료하다. 쇳소리가 섞인 카랑한 통보가 전달되고 통화가 끊긴다. 이진의 생각이 수묵의 혼곤한 판화처럼 정지된다. 뭉그러지는 생각. 방향성 잃고 산란하는 시선. 아릿해진 심정으로 시모의 짧고 간단명료한 단어의 조합이 해석되지 않았다.

잠깐 왔다 가야겠다?

어제의 단순하고 짧은 선언의 행간에 숨은 의도를 판독하기 쉽지 않았다. 지금 즉시 오란 말인가. 오늘 중으로 한차례 들려달란 말인가. 잠깐이라면 몇 분을 말하는 것일까. 현관에서 신을 벗고 마주 앉아서 사 들고 간 과일을 시모가 적어도 반쯤은 먹을 정도의 시각일까? 시모의 말을 듣다가 끼니가 되면 밥상을 차리고 도란도란 말도 들어주고 설거지를 마치고 일어설 수 있는 시각을 말함일까. 잠깐이 내포한 시간의 양을 어림잡지 못했다. 시모의 잠깐이 이진의 하루를 혼란의 덩어리로 뭉뚱그렸다. 시모를 만나고 돌아오는 순간까지 오늘의 일상을 영위하기란 어려웠다. 시모와의 잠깐 시작점을 이진이 정하기로 마음먹었다. 황금빛에 색색의 꽃들이 가족사진처럼 조화로운 시모의 짜임새 있는 작은 마당을 떠올렸다. 시모와의 관계에서 우위를 점하려는 꼼수가 이토록 멋지고 흥미롭다니. 이진의 얼굴로 웃음이 번졌다.

가슴으로 써늘하게 엄습하는 그 무엇. 시모보다 우위를 선점하겠다는 의도가 만들어낸 헛헛함. 시모의 우위를 인정하지 않으려는 이진의 꼼수가 유쾌하지 않았다. 이진은 시모와의 잠깐 시작점에 남편을 동참시키기로 했다. 시모의 잠깐을 혼자 감당하지 않겠다는, 자신이 판단해도 영악한 속셈이었다. 결단이 흐릿해지기 전에 남편에게 전화했다. 남편은 영문도 모르고 동조했다. 시모의 아들이므로 거부할 수 없었다.

남편의 회사 사주는 외국인이다. 부장보다 세 살이 많은 남편이 십년 과장으로 버틸 수 있는 이유는 외국인 소유의 회사였기 때문이다. 사장은 한국 사람이다. 중소기업이지만 보수와 복지가 대기업 못지않다. 사원의 구십 퍼센트가 한국 사람이다. 남편보다 어린 부장은 사장의 둘째 아들인데, 다섯 시에 퇴근하며 정년이 보장된 알짜배기 회사다. 남편이 누리는 행운 때문에 전업주부인 이진은 중산층 범주의 소비를 영위했다.

시모의 부름에 찾아갔으나 정작 시모가 부재중이었다. 마당에서 기웃거리며 얼마쯤 기다려야 하는가로 고민하다가 찜찜하게 돌아왔다. 시모를 만나지 못하고 돌아온 어젯밤은 생각의 갈피가 바람 한 점 없는 수면처럼 팽팽했다.

빗소리에 잠들지 못하다가 잠든 새벽녘에 시모가 물 위로 자박자박 걸어 다녔다. 시모에게 밟힌 동글동글한 자갈이 구르는 소리를 냈다. 빗줄기가 굵어지면서 꿈인가 생시인가 혼란스러웠다. 잠에서 깨었고 비가 멎었다. 이진이 아침의 창문을 열었다. 꿈이 펼쳐놓은 갈피의 행간으로 자박자박 걸어 다닌 시모는 밤비였다.

*

시모의 굳은 표정이 풀리지 않았다. 아침에 들이닥쳐야 할 속내를 아직 물고 있으니 눈동자가 반들거렸다. 바위에 오뚝 앉은 오소리 눈으로 이진을 노려보았다.

"잠깐 왔다 가라는 시어미 말을 귓등으로 들었느냐?"

십 분이나 노려보고서야 속에 문 것을 토했다. 어제 시모의 집에 갔으며, 경로당에서 돌아오기를 한 시간이 넘게 기다렸다고 대답했다. 시모에게는 같잖은 변명이지만 이진은 사실을 말했다. 시모의 일 층에 세든 뚱뚱한 여자가 이진의 방문을 일러주지 않았느냐고 물었다.

"아범이 너처럼 한가한 사람이더냐?"

며느리 너를 불렀는데 회사에 간 아범은 왜 부른 게냐는 시모의 말에서 쇳소리가 묻어났다. 이진 혼자 시모의 집에 오지 않았다는 것. 남편이 퇴근하는 시간으로 늦추어 동행하였다는 것. 한 시간이 아니라 자정까지라도 왜 기다리지 못했냐는 것. 드러나지 않은 시모의 속심을 이진이 읽었다. 경로당에서 영감의 손에 잡혀 일찍 돌아오지 않은 시모의 불찰이었다. 반성의 몫은 이진이 아니라 시모임을 인정하지 않았다.

잠깐 왔다 가야겠다고 말한 시모는 잠깐을 종일로 간주했다. 아침에 곧 올 줄 알았던 며느리가 오지 않았다. 점심까지 이를 악물고 콧바람을 쏟아내며 기다렸다. 그래도 며느리가 오지 않았다. 며느리. 네가 시어미를 감히 강 건너로 밀어놓고 징검돌 놓는 시늉이구나? 시모가 오기를 품었다. 경로당으로 갔다. 시모의 오기를 이진은 알지 못했다. 시모가 나간 집 밖에서 남편을 기다렸다. 시모를 만나러 왔으면서 부재중의 시모가 아니라 남편을 기다렸다. 해가 뉘엿했다. 노을이 먼 산의 해바라기 얼굴로 고층 건물에 자락을 드리웠다. 저녁 시간이 가까이 왔다. 방문의 시점에서 끼니가 다가옴은 큰 부담이었다. 더구나 시모의 집이며 시모가 부재중이고. 시모의 호출이 있었으므로 시모를 만나야 했다. 시모의 저녁 밥상을 준비했어야 옳은 처신이었다. 이진은 선생님이 불러도 걸상에서 일어나지 않는 학생처럼 집 밖에서 서성거렸다.

도심에서 좀 떨어진 변두리의 시모 집은 이 층이다. 주인이 일 층에 살고 이 층은 세입자가 사는 것이 주변의 통례다. 소유주인 시모는 혼자이므로 방이 세 개나 있는 일 층이 너무 넓었다. 시모와 비슷한 또래의 홀어미를 모시고 사는 부부를 일 층에 살게 했다. 시모는 이 층에서도 넉넉한 공간을 차지했다. 시모가 사는 공간이 턱없이 넓다는 것도 이진은 부담이 되었다. 더구나 외동인 딸이 대학에 입학하면서 기숙사로 갔다. 세 식구가 살기에 넉넉한 집을 두고 그만한 공간을 새로이 마련해서 산다는 게 편한 경우가 되지 못했다. 시모의 집을 방문하는 발걸음이 가볍지 않았다.

시모의 집과 닿은 공원에 측백나무를 울타리 삼아 심었다. 우듬지가 나란하게 다듬어진 측백나무 울타리가 원을 도는 무용수처럼, 자로 재고 깎아낸 듯 높이가 같았다. 밑동의 둥지에서 고양이가 후다닥 튀어나오면 연주가 시작되고 측백나무 울타리가 시계방향으로 겅중겅중 돌아갈 듯했다. 울타리 너머로 만삭의 여자가 남자의 손을 잡고 가로질러 갔다. 기우뚱거려 더딘 걸음이지만 뒷모습이 보기 좋았다. 태양의 열기를 비워내는 공터로 노을 자락이 고즈넉하게 내려앉았다. 비둘기가 보이지 않았는데, 공원의 광장으로 어둠의 장막을 펴는 구구구 소리가 환청으로 들렸다. 공원 끝에는 흙바람에 때가 절은 점집 깃발이 바지랑대 끝에 매달렸다. 작년 초겨울인가. 시모의 집으로 갔을 때 점집에서 북과 꽹과리를 따다다… 캥두캥… 두드리는 굿 소리가 들렸다. 북과 꽹과리로 리듬을 타는 무당의 웅얼웅얼 신굿이 내내 꺼림칙했다. 시모가 사물놀이라도 하는 것처럼 어깨를 씰룩거렸다.

저녁 먹을 시간이 조마조마 걸어와 측백나무 우듬지로 넘어갔다. 시모를 기다리며 점점 익어가는 노을과 시계와 곧 남편이 나타날 길목을 바라보았다. 누가 보아도 무료한 사람처럼 서성거렸다.

*
*

남편이 걸어올 길목으로 몸집 좋은 여자가 되똥되똥 걸어왔다. 입심이 좋고 아무에게나 말도 잘 거는 데면데면한 일 층의 여자. 옆구리 살이 늘어진 엉덩이가 편심하중을 일으키며 고무풍선처럼 씰룩거렸다. 장독을 닦았는지 너저분한 걸레를 쥐었다.

"이 층 어르신이 며느리가 해주는 밥을 싫어해요?"

이진은 얼토당토않게 짚어오는 여자의 물음에 눈을 깜박거렸다. 이진은 기숙사에 가있는 스물한 살의 딸만 두었다. 며느리와 목욕탕을 다녀오며 조곤조곤 대화를 나누는 장면이 불가능했다. 아들을 입양하기 전에는 며느리가 없으니 며느리가 해주는 밥도 존재할 수 없었다. 이진의 삶에는 인위적으로는 메울 수 없는 틈이 있다는 것을 느꼈다.

이진이 데면데면한 여자를 멀뚱하게 바라보았다. 몸통도 굵고 입심도 좋고 더구나 골반이 커서 작정만 하면 줄줄이 묶인 소시지같이 자식을 낳을 수 있어 보였다.

여자가 장독 먼지로 더럽혀진 걸레를 툭툭 털었다. 이진이라면 벌써 손에서 놓았을 걸레를 놓지 않았다. 여자의 손톱에 낀 검은 오물에 눈살을 찌푸렸다.

"친정엄마가 올케언니한테 밥투정을 부리더라고요. 엄마 왜 그러시냐고. 달래가면서 물어봤죠? 며느리가 살림 잘하고 수더분해서 임의롭기만 한데, 왜 엄마 눈에만 못마땅하냐고? 그랬더니 친정엄마 뭐라 말씀하시는 줄 아세요?"

여자가 혼자 묻고 혼자 대답하며 현관을 흘끔거렸다. 여자의 시모가 나타나 얘기를 들을까 봐 겁이 난 눈초리였다. 현관에서 아무도 나오지 않았다. 여자의 눈동자가 반들거렸다. 천둥이 치고 소나기가 쏟아질 때 고양이 눈에 서리던 두려움이 엿보였다.

퇴근한 남편이 걸어오다가 거리를 두고 멈췄다. 팔뚝 굵은 여자를 노골적으로 바라보았다. 여자는 남편의 노골적인 시선에 화를 내거나 얼굴을 붉히지 않았다. 오히려 생글생글 웃었다. 여자의 웃음에는 군더더기가 없었다. 뚱뚱하고 성격이 데면데면하고 시모를 두려워하는 경계의 눈빛을 가진 여자는 건강해 보였다. 누구나 부러워할 후덕한 성격의 소유자로 보였다.

"친정엄마 하시는 말씀이…."

여자는 이진의 남편도 들으란 듯 더 큰 소리로 말했다.

"낳아주고 대학까지 보내 키워놓으니까 엉뚱한 년이 호강하며 산다고. 아들이 월급 타면 며느리가 제 돈인 양 어머니 용돈요, 하면서 쥐꼬리만큼 내밀고. 뭐라도 사 오면 내가 난 내 자식이 벌어서 샀는데 며느리 돈으로 사 온 양 별의별 생색을 다 내서 더러워서 물 말아 먹지 안 먹는다 하시네요? 며느리 미워서 일부러 안 먹는 것이지요. 그러시면 며느리 이혼시키고 엄마 혼자 자식 끼고 월급 받아서 원 없이 쓰고 조카들 키우면서 사시지요? 꼬집듯이 말했지요. 그랬더니 뭐라고 하시는지 아세요? 야 이년아, 누가 이혼시킨다고 했냐며 펄쩍 뛰시더라고요. 엄마 그냥 내버려 둬요. 사 오면 고맙다고 해야 또 사 오고 싶고 맛없어도 맛있다고 해야 더 해드리고 싶은 게 사람 맘 아니냐고 달랬는데, 잔소리는 줄어들어도 심통은 여전하더라고요."

이진이 여자의 입담에 팔짱을 끼고 다리도 꼬았다. 오른발을 앞으로 디뎠다가 왼발을 왼쪽으로 조금 벌려서 고스톱을 쳐도 넉넉한 여인의 등짝을 바라보았다. 하늘을 보다가 도로 건너 상점들을 보다가 멀리 흐릿한 산을 보다가 손바닥을 보았다. 손바닥에서 묘한 색깔의 조짐이 보였다. 시모의 집 앞에서 오래 서 있어서일까. 가슴이 욱신거리면서 미세한 통증이 목덜미로 올라왔다.

남편도 화단의 나무처럼 붙박여서 여자의 입담을 들었다. 줄줄이 엮어놓은 소시지처럼 자식을 연년생으로 낳을 수 있을 거라는 예감을 주는 건강한 여자가 일 층으로 들어갔다. 여자가 들어가고 닫힌 문을 남편이 멀뚱히 바라보았다. 이진은 남편의 옆모습을 지켜보았다. 시선을 의식한 남편이 고개를 돌렸다. 입심과 데면데면한 성격과 풍풍한 여자의 언어가 남편의 눈동자에서 반짝거렸다. 남편이 혀를 내밀어 입술에 침을 발랐다. 여자가 들어가고 한 시간 더 기다렸다. 시모는 나타나지 않았다.

이진과 남편이 집으로 돌아왔고, 시모는 저녁 식사 시간보다 늦게 돌아왔다. 밥상을 차려놓고 기다릴 며느리가 보이지 않았다. 아래층 여자로부터 며느리 혼자가 아니라 아들도 왔었음을 들었다. 며느리가 시모에게 일부러 거리를 두고 있음이 분명하다며 입술을 깨물었다.

*
*

"입이 심심하다는 시어미 말을 귓등으로 아는구나?"

시모가 먹을 것을 내오라고 재차 말했다. 포도를 바구니에 담아왔다. 시모는 과일 씨앗 골라내기를 귀찮아했다. 포도를 입술에 대고 손가락으로 쭉 밀어서 입안에 들어온 알맹이를 씹지도 않고 삼켰다. 이런 시모의 버릇 때문에 시모와 마주 앉아 포도 먹기를 삼가게 되었다. 포도를 화장지에 닦아서 입에 넣고 오물오물 씨를 발라 뱉어내는 모습은 시모의 눈총 맞기에 충분했다. 시모는 송이를 모두 먹고도 부족하여 입맛을 다셨다. 아침을 먹지 않았음이다. 어젯밤 비에 젖었던 것들로 스친 바람이 생콩을 씹은 듯 비릿했다.

이진은 시모가 들고 온 담갈색 약술을 바라보았다. 약초를 술에 담근 지 석 달은 족히 넘어 보였다. 담갈색으로 우린 약초를 세심히 살폈다. 더덕이나 칡 종류의 뿌리 약초는 아니고, 산초나 헛개나무 종류의 열매도 아니었다.

"너 먹을 거 아니다."

시모가 약술에 닿아있는 이진의 시선을 냉담하게 잡아챘다.

"아범이 요즘 부실한 것을 어찌 아셨어요?"

이진이 어색하게 웃어 분위기 전환을 꾀했다. 시모의 앙가슴을 후비는 말이었다. 시모의 입술이 파르르 떨렸다. 마른침을 꿀떡 삼키느라 가슴이 딸깍거렸다. 이진은 시모의 성난 심정을 달랠 말을 찾아야 했다. 그런 말에 이진은 익숙하지 않았다.

"아범이 부실하다는 소린 처음 들어본다. 눈구멍을 씻고 다녀봐라. 아범처럼 딴딴한 남정네가 어디 있기나 하냐?"

시모의 가슴에 서운함이 종양으로 뭉쳤다. 이진이 빈 바구니에 포도 송이를 또 내놓았다. 시모는 한 알을 따서 입에 넣고 손을 거두었다.

"그럼, 어머님이 드시려고요? 독할 텐데…."

시모가 술을 석 잔 정도는 얼굴색 변함없이 마실 수 있음을 이진은 익히 알았다. 맥주거나 소주거나 술독에서 우려낸 막걸리나 석 잔이 넘는 것을 보지 못했다. 맥주를 소주잔에 부어도 세 잔이고 막걸리를 맥주잔에다 부어도 세 잔이면 끝을 맺었다. 석 잔의 술에 허튼 행동과 비틀린 말을 내비친 적이 없다. 아마 독한 양주를 국 대접에다 그득하게 부어준다면 석 잔을 마셔도 꼿꼿하게 걸어갈 노인이다.

이진은 시모와 겪은 일을 대부분 기억하지 않았다. 바로 어제도 십 년은 지나 희미해진 일처럼 가물가물해서 애매한 경우가 종종 생겼다. 시모와 삶이 얽힌 기간, 그러니까 남편과의 부부 생활이 이십 년이다. 시모와 동반해서 겪은 과거를 기억해내지 못한 이진이 더듬거리면, 시모는 볕 좋은 봄날의 떡잎처럼 선명하게 떠올려 말했다. 이진이 시모와 함께 있는 시간이 꺼림칙한 여러 이유 중 하나였다.

"시어미가 병든 사람으로 보이는 게냐?"

시모의 음색에서 찬바람이 일었다.

개와 고양이가 만나면 왜 아옹다옹할까? 문득 중얼거렸던 기억을 떠올렸다. 그날은 시모 집에서 저녁을 먹고 온 밤이었다. 남편은 모임이 있어 늦는다고 연락해 왔다. 드라마를 보면서 개와 고양이는 왜 앙숙일까를 생각하다가 드라마 중간에 텔레비전을 껐다. 궁금한 것을 해소하는 데는 검색만큼 좋은 게 없다. 주꾸미로 수제비를 하든, 볶음을 하든, 무침을 하든, 이제는 시모나 친정엄마에게 물어볼 필요가 없게 되었다. 인터넷이란 것이 사람 편하다고 생겨나서 사람 사이의 정을 갈라놓는 도구로는 이만한 것도 없다. 이진은 약술이 시모의 연인, 경로당 영감의 것임을 확신했다.

"아범 것도 아니고 어머님도 안 드신다면…?"

이진이 일부러 물었다.

"임자는 따로 있다."

약술에 대해 더 얘기하지 말라고 경고했다.

"무슨 약초예요?"

담갈색 약술에 담긴 궁금증을 참지 못했다.

"아범에게도 해줘라. 아범이 여간해서는 자리보전할 몸이 아니다. 장마 전에 논두렁도 탄탄하게 밟아놔야 하는 것이다."

담갈색 술병을 아무리 들여다보아도 하얗게 변색 된 약초의 정체를 알아낼 수 없었다. 약술을 눈 가까이 들어 살폈다. 뿌리도 열매도 나뭇가지도 아닌 것이 궁금증만 더했다. 어른의 손을 펼친 크기. 느타리버섯 같다는 생각은 드나 버섯 종류는 아니다. 담갈색 성분이 알코올에 녹아나서 본래의 색을 잃고 창백하게 변색이 되었다. 개구리나 민물고기를 표본으로 오래 담아두었을 때처럼 하얗게 탈색되었다. 약술 병을 흔들었다. 가라앉았던 미세한 부유물이 최루탄처럼 퍼져 올라왔다.

"맹그라미라 하드라."

말갛던 술이 혼탁해지자 시모가 미간을 찌푸렸다.

"맹그라미요?"

시모가 술병을 빼앗아 작고 깡마른 오금 안에 놓았다.

"유월 장마 끝에 호사스럽게 피는 꽃이다. 나잇살이 사십하고도 다섯이나 되고서 맹그라미를 모르냐?"

시모가 순탄하게 이어가던 말끝에서 화를 벌컥 냈다. 말귀가 어두워서 화가 난 것이 아니었다. 남편에게도 담아주어야겠다는 눈치 빠른 대답이 메뚜기처럼 튀어나오지 않아서다. 맹그라미…. 맹그라미…. 술병에 잠긴 약초는 맨드라미였다.

*

남편이 고모의 존재를 몰랐다. 출가한 시누이는 알고 있을까. 아들과는 달리 딸은 조곤조곤한 대화를 나누었을 터여서 남편이 모르는 사실을 시누이는 알 거라고 판단했다. 판단은 곧 흐릿해졌다. 남편에게 시집와 이십 년을 넘게 살면서 시누이와 시모가 무릎을 맞대고 살갑게 웃던 모습이 별로 없었다.

"고모님이 계신 줄 몰랐어요."

느닷없이 나타난 고모를 말해놓고 시모의 표정에 흘끔거렸다.

"늙은이가 되었으면 거기서 뼈를 묻을 일이지."

고모를 말하는 시모의 음색이 냉담했다. 이진이 머쓱해졌다. 입술을 오므리고 어금니를 문 시모에게 고모에 대해 더 말할 수 없었다. 시모가 맨드라미 술병을 품에 안았다. 심통에 종양이 땡땡하게 뭉쳐 시통스럽기만 하던 몸을 일으켰다. 시모의 나이로서 걸맞지 않게 굽이 한 뼘도 넘는 구두를 신고 앞코를 빤질빤질 닦았다.

"굽이 높으면 관절이 상해요."

건강이 걱정된다는, 며느리로서 할 수 있는 말이었다. 시모가 문고리를 쥐었던 몸을 돌렸다. 품에 안은 약술을 바닥에 놓고 현관 거울에 얼굴을 비추었다. 목덜미 옷깃과 머리매무새를 만졌다. 립스틱을 바르듯 혀를 돌려 입술에 침을 발랐다. 얼굴을 거울 가까이 밀어놓고 눈동자를 자세히 보다가 걷잡을 수 없이 번진 검버섯을 손바닥으로 쓸었다.

"모셔다드릴까요?"

이진이 며느리로서 당연한 말을 건조하게 건넸다.

"아니다. 경로당에 갈란다."

자식에게도 주기 아까운 약술의 임자가 경로당에 있었다.

"자영 어미야."

시모가 이진을 불러 놓고 입을 다물었다. 서운함이 가슴에 남아있는 것일까. 이진이 시모를 빤히 쳐다보았다.

"자영이 기숙사에 산다고 했지?"

자영의 안부를 묻는 시모를 바라보며 이진이 고개를 갸웃했다. 자영의 소식을 묻기 위한 시모의 눈빛이 아니었다.

"먹여주고 재워주니 잘 있겠지요. 공부를 얼마나 하는지는 몰라도."

이진도 자영의 기숙사 생활에 확신이 없었다. 처음엔 귀찮을 정도였던 자영과의 통화가 뜨문뜨문해졌다. 통화의 음색과 주절주절 늘어놓는 얘기를 들으며 그날의 일상을 어림잡을 뿐이었다.

"등록금도 내고 기숙사비도 내야 하는 게냐?"

여간해서 돈 얘기는 하지 않던 시모가 눈동자를 반들거렸다.

"대학이라고 보내놓으니 돈도 수월찮게 들어가요."

시모는 남편 없이 삼십 대와 사십 대의 징검돌을 경중경중 건너왔다. 이진 부부에게 보탬이 되었을망정 경제적인 부담을 주지 않았다. 발목 골절로 입원했을 때와 맹장 수술로 입원했을 때의 병원비와 너무 낡은 가구와 생활용품 교체 비용을 드린 적은 있었다.

"딸랑 하나 키우면서 그런 소릴 하다니. 남들 들으면 돌아서서 비웃는다."

시모가 현관문 손잡이를 잡았다. 신발을 다시 보고 손잡이를 놓고서 거울로 돌아섰다.

"통장에 돈은 얼마나 있니?"

시모가 거울에다 옆머리 매무새를 만지면서 물었다.

"기숙사비 안 주셔도 돼요. 어머님."

이진이 시모의 어깨에 앉지도 않은 먼지를 털었다.

"내가 언제 돈 준다고 했니?"

시모의 시퉁한 음색에 이진이 손을 거두었다.

"어머님… 돈 필요하세요?"

이진이 떠듬떠듬 물었다.

"그래. 돈 쓸 일이 생겼다."

이진은 고개를 주억거렸으나 돈이 얼마나 왜 필요한지 묻지 않았다. 시모도 더 말하지 않았다. 시모가 경로당으로 갔다. 평생 하지 않은 돈을 말씀하시다니. 캐나다에서 온다는 고모 때문일까? 설마 영감 때문은 아니겠지.

*
*

몸이 한 덩어리인 것처럼 마음도 낱장인 줄 알았다.

작은 뼈가 연결되어 직립 보행하는 중심에 척추가 있듯, 몸속 어딘가에 마음도 한 장이 담겼다고. 마음은 누군가에게 비치는 것이 아니라 자신이 담고 있는 것이라고. 그러므로 자신을 담는 저마다의 독특한 그릇이 있다고. 그릇에 담긴 빛깔이 마음씨라고. 그릇이 다르고 담는 빛깔도 다르므로 똑같은 마음은 불가능하다고 믿었다.

눈으로 보는 것. 누군가와 나눈 말. 마주 선 사람의 눈동자에 투영되는 일상. 이런 것들이 그 사람의 그릇에 채워져 마음이 되었다면. 오랜만에 다시 만난 사람이 새롭다고 말할 수 있음은 본래의 마음에 새로운 것들이 투영되어 덧칠된 것이라고. 덧칠은 더께이고 포장이므로 지워질 수 있으며, 다시 새로워질 수도 있는 가변성이라고. 덧칠해진 것들이 화석화되면 더는 새로워질 수 없는 기억세포가 된다고. 그러므로 마음도 몸을 따라 늙는다고 믿었다.

맨드라미는 꽃의 흐드러지기가 닭의 볏 같으니 이진 또래가 모를 리 없을 터였다.

더구나 학창 시절 화단에 심어졌던 꽃이 봉선화와 맨드라미와 샐비어와 채송화가 아니었던가. 더러는 꽃잎이 노란 튤립이나 새빨간 칸나의 매혹적인 색감이 기억의 세포에 남았다. 하지만 꽃잎이 너무 요염해서 길게 떠올려두고 싶지 않다. 맨드라미는 꽃잎의 생김과 생감이 유별나게 요염했다.

강물을 건너지른 다리의 그림이 생각났다.

사각의 화폭에서 저벅저벅 건너가야 할 다리가 길었다. 다리 건너에 심어진 미루나무가 다리보다 작아 보여서 그런 느낌이 들었다.

길게 걸어갈 수 있음의 호젓함일까. 구름에 엉기는 저녁연기의 고요함일까. 건너가면 뒤를 돌아보지 않을 다리. 그 다리를 건너고 싶은 생각이 익는 술처럼 고였다. 강을 따라 기름한 둑의 끝과 닿은 산자락 중턱의 조팝나무가 떠올랐다. 조팝나무 꽃향기가 코끝으로 스쳐 갔다.

몸이 하나이듯 마음도 낱장이라고 믿은 것은 이진만의 발상이었다. 시모와 남편과 시누이를 비롯한 주변에 서성거려 온 자들. 마음의 갈피가 낱장은 아니었다. 이진을 대하는 남편의 마음이 낱장이기를 바랐으나, 헛물이었다.

캐나다에서 산다는 고모가 귀국한단다. 경로당의 짤막하고 오동통한 영감이 시모의 연인으로 되똥되똥 걸어왔다.

잘못 걸린 통화처럼 고모가 등장하면서, 시모가 숨겨둔 갈피의 진실이 예고됐다. 갈피를 뒷장으로 넘겨야 드러날, 행간에 갇혀있는 사연이 무엇일까.

제3장

우아한
시니어

똥똥하고 짤막한 영감이 아름드리 느티나무로 느릿느릿 걸어갔다. 영감의 늙은 걸음을 참을성 있게 지켜보면서 물기가 알맞게 분포된 감촉을 밟고 논두렁에 서있었다. 몰랑몰랑하게 반죽 된 땅의 질감이 발바닥에서 정수리로 올라왔다.

무엇인가를 가슴에 안은 영감의 뒷모습이 되똥거렸다. 영감의 가슴에 들려 있는 물건으로 시선을 모았다. 점점 거리가 멀었고 영감의 똥똥한 몸통에 가려 보이지 않았다. 눈을 비벼 시력을 돋구었다. 영감의 몸통에 가려진 무엇이 양쪽의 옆구리로 늘어졌다. 생물체라면 깊은 잠에 빠졌거나 숨이 끊어져 가누지 못하고 늘어졌음이 분명했다.

영감의 걸음에 보조를 맞추어 논둑길로 느릿느릿 따라갔다. 영감의 오른쪽으로 귀가 달린 머리가, 왼쪽으로는 다리가 드러났다. 영감의 앞가슴에 늘어진 것이…. 체구가 작달막한 것이…. 혹시 시모가 아닐까? 캐나다에서 온다는, 만난 적도 없는 시고모일까. 정체불명의 노인일까.

이진이 논두렁에 펄쩍 주저앉을 듯 휘청거렸다. 영감을 향해 뛰어갔다. 신발이 벗겨지고 몰랑몰랑한 흙의 촉감이 발바닥으로 미끄러웠다. 영감과의 거리가 여간해서 좁혀지지 않았다. 느티나무에 도착한 영감이 시모의 작은 몸인지 아니면 다른 주검인지 알 수 없는 물체를 힘들게 지탱하며 느티나무를 바라보았다. 물체가 꿈틀 움직였다. 죽은 것이 아니었다. 영감이 안고 있던 것을 떨어뜨렸다. 물체가 바닥에서 고무 튜브처럼 통 튕겨 오르는 게 아닌가. 논두렁 끝으로 달려간 이진이 가쁜 숨을 몰아쉬며 바라본 물건은 살아있었다.

영감이 뭉툭한 손으로 살아있는 그놈의 목덜미를 눌렀다. 목덜미를 잡혀 입을 벌린 그놈이 버둥거렸다. 숨이 할딱할딱 붙어서 몸을 비트는 그놈은 시커먼 흑염소였다. 목덜미를 잡고 웅크린 영감의 등이 커다란 공처럼 동그랬다. 목을 잡힌 흑염소가 버둥거리다 숨이 끊어졌다. 몸통이 바닥에 평화롭게 놓였다. 목덜미에서 손을 거둔 영감이 돌아섰다. 영감의 눈에서 푸른 광채가 뿜어져 나왔다.

이진이 놀라 후다닥 잠에서 깨었다. 영감과 죽임당한 흑염소는 꿈의 상황이었다. 곁에서 곤하게 잠든 정현은 평화로웠다. 눈앞에 어른거리는 영감과 죽은 흑염소의 잔영을 회상하며 이마의 땀을 닦았다. 소시지처럼 뭉툭한 손가락. 시모의 연인이라는 영감을 곧 만날 것이라는 예감이 강하게 왔다.

멈춤 없는 시간이 아쉬울 때가 있었고, 무료하게 기다릴 때도 있었고, 속절없이 보내야 할 때도 있었다. 동행해야 할 공간과 같이 있어서는 안 될 공간이 있었고, 내키지 않지만 갇혀있어야 할 공간도 있었다. 자신을 견뎌내야만 하는 상황도 가끔 있었다. 지켜보고 있어야 할 시간과 갇혀있어야 할 공간과 자신을 견뎌내야 할 상황이 한꺼번에 예감되었다. 영감의 눈에서 뿜어지던 푸른 광채가 이진의 예감을 옥죄었다.

*

언덕 위 하얀 십자가 예배당이 청춘남녀의 연애 장소였던 시절이 있었다. 예배당에서 까만 교복에 하얀 목 셔츠를 받쳐 입은 남학생에게 마음을 빼앗겼던 열병의 흔적이 가슴에 묻혔다. 아파트마다 마을마다 경로당이 생겼다. 어려서 예배당에 다녔던 청춘이 늙어서 더러는 짝을 잃었다. 외로움을 달랠 곳은 경로당이었다. 예배당에서 짝을 찾던 그들이 경로당에서 또 짝을 찾을 줄은 누구도 예상하지 못했다. 짝을 두 번씩이나 찾을 수 있을 만큼 수명이 길어졌다. 늙어서도 사랑을 생각할 만큼 욕망을 살찌우는 음식이 기름졌고 세상도 관대해졌다.

시모가 낮에는 경로당에서 영감을 만나고 밤에는 머리맡에 놓아둔 자리끼처럼 영감을 생각의 틀에 가둔 채, 잠에서조차 둘만의 꿈을 꾸는지 몰라도, 이진은 둘의 만남에 어떤 의미도 부여하지 않았다. 느닷없이 등장한 영감의 존재를 무시하기로 작정했다. 시모의 기억세포로 혼돈의 서릿발이 와드득 돋아서 영감의 존재가 뒤죽박죽된 상황을 호기롭게 즐기고자 꼼수를 품었다.

시모가 시집간 딸, 선남을 이진의 집으로 불렀다.

"아들딸 며느리에게 꼭 말을 해야 할 법은 없지만 그래도 자식이니 알아야 할 것이다? 쥐구멍에 볕 드는 날이 꼭 있다더니 글쎄 내게도 정분나는 영감이 생겼다?"

시모가 옥수수 낱알을 밟아 심듯 말 마디마디에 힘을 주었고 고개까지 주억거렸다. 힘들게 넘었던 삶의 고개를 다시 넘는 듯 가쁘게 숨을 몰아쉬었다. 시모의 기억 중추에 혼돈의 서릿발이 돋지 않았고 이진의 꼼수가 헛되이 부서졌다. 시모가 시집간 딸과 며느리를 불러놓고 오소리 같은 눈빛과 카랑카랑한 쇳소리로 영감을 등장시켰다. 이진은 영감이 흑염소의 숨통을 누르던 꿈을 떠올렸다.

"아이고. 우리 엄마. 긴 세월 수절하시더니 늘그막에 바람이 나셨네?"

선남이 키득키득 웃었다. 시모의 얼굴에서 부끄러워하는 모습이 엇비쳤다. 이진은 뒷전에 물러나 눈을 껌벅거렸다. 켜있는 텔레비전을 꺼야 할지 그대로 두어야 할지 일부러 고뇌하며 감흥도 없던 드라마에 흘끔거렸다. 시모가 카랑한 시선을 쏘더니 텔레비전을 냅다 껐다.

"따뜻한 밥 먹고 식은 소리 하는 거 아니다. 그리고 너희들이 내 밥상에다 따뜻한 밥 올려주기나 했다면 몰라도 내가 어디 식은 소리 하는 사람이더냐?"

시모의 말에서 서운하다는 빛이 묻어났다. 늘그막에 외간 영감과 정분이 났다고 며느리 앞에 말하기가 쉽지 않을 터였다. 송충이가 엉금엉금 기어오르는 듯 얼굴이 화끈거리고 쌀자루라도 있으면 홀라당 뒤집어쓰고 싶은 민망함을 무릅쓰며 애써 말했을 터였다. 어렵사리 속을 털어놨는데 며느리가 도통 속을 드러내지 않으니 속에서 오기가 뻗쳤다. 선남은 기가 막힌다는 표정으로 입술에 침을 발랐다.

"오냐. 할 말 있으면 내 앞에서 다 해라."

시모가 엉덩이를 끌어 다가앉았다. 며느리가 가타부타 말이 없어 치솟은 노여움이 시집간 딸 선남에게 겨누어졌다.

"늘그막에 연애하시려고 오빠네를 분가시켰소?"

선남이 시종 입 다물고 있는 이진의 옆구리를 찔렀다. 이진이 그저 희미하게 웃어주었다.

"네가 그렇게 말하니 나도 말을 해야겠다. 자식이고 며느리고 시어미에게 수절하라고 눈알 똥그랗게 뜨는 막심한 놈이 있다고는 하지만…. 자식이 저승 먼저 가신 서방도 아니고…. 난 그런 배은망덕한 것들은 눈 뜨고는 못 본다?"

반대 마라. 정분이 난 영감이랑 무슨 짓을 하든지 나서지 마라. 저승 간 남편이 반대하면 몰라도, 자식과 며느리는 상관 말라.

시모가 경고의 말뚝을 단박에 박았다. 이진은 시모의 선언에 애써 의미를 두지 않았다. 보험설계사가 보험 상품을 설명하거나 판촉사원이 신상품을 홍보하는 것처럼 받아들여도 그만이고 받아들이지 않아도 그만인 것에 시모가 과도한 열을 올리고 있다고 무시했다. 시모의 공간에서 벗어나서 시모와의 시간이 흘러가면 상황은 종료된다며 외면했다. 보험설계사가 시간만 허비하고 얻은 거 없이 돌아갔다가 미련이 남아 또 찾아온다면 듣기만 하겠다는 심사였다.

선남은 기가 찼다. 고분고분 듣는 시늉으로 일관하는 며느리의 시큰둥함이 서운했다.

"영감이 어떻게 생겼는데?"

선남이 눈을 찡긋하고 이진의 진지한 관심을 유도했다.

"어떻게 생겼는지 말하면 그분을 이리로 모셔다가 상다리 휘청 부러지게 음식이라도 차려 주려느냐?"

시모가 선남의 말을 잡아챘다. 시모는 꺼내놓는 말마다 꼿꼿하고 당찼다. 선남은 혀가 급속 냉동된 듯 벌린 입을 다물지 못했다. 백발의 외간 남녀가 놀이터 벤치에 앉아 도란도란 무슨 얘긴가를 나누는 모습이 웃기고 민망스러운 풍경이라는 생각을 서슴없이 하였고, 산책길에서 손을 꼭 잡고 걸어가는 등덜미에다 몸은 헐거워졌어도 늙지 않는 것은 욕망이라며 쓴 비웃음을 날렸다. 장터에 가거나 봄볕 나들이를 갈 때는 남편이 서너 걸음 앞장을 서고 부인이 뒤를 따라가던 저들이었다는 생각을 하면, 두 손을 꼭 잡은 모습이 가증스럽기까지 했다.

"자식 며느리가 어엿하게 있는데도 희미한 눈을 뜨고서 삼시 세끼 밥상 차리고 싶은 부모가 어디 있겠냐? 내 밥상에다 따뜻한 밥 올려주기나 하면 몰라도 너희들은 내가 하자는 거 눈감아주어야 하겠다."

여전히 가타부타 응답 없는 이진으로 카랑한 시선을 쏘았다. 시모가 저녁도 먹지 않고 가겠다고 일어섰다. 이진이 저녁은 드시고 가고 잡았다.

"그냥 가시게 놔둬요. 영감에게 혼이 쏙 빠져있는데 올케언니가 해준 밥을 고맙다고 하겠소?"

선남이 시모를 붙잡지 못하게 했다. 선남은 몹시 실망스럽다는 표정을 노골적으로 드러냈다. 시모가 화가 나서, 오냐 네 속을 알겠다…. 이렇게 말하는 것처럼 입술을 오므렸다. 세상이 각박하면 믿을 사람 없다더니 너를 두고 하는 말이구나. 서럽다. 삼십 년 수절해서 키웠는데 이럴 수 있느냐? 서러워 눈물이 펑펑 쏟아지려고 한다. 시모가 선남과 이진을 번갈아 쳐다보다가 찬바람을 일으키며 나갔다.

시모의 폭탄선언을 듣고 놀라는 표정만 지어 보이거나, '나이가 있으신데 너무 맹랑한 생각이 아닌가요?'라며 거부감을 표하거나, '잘하셨어요. 먼저 가신 아버님도 어머님의 용기를 도와주실 거예요.'라며 긍정의 반응이든, 어느 한 가지를 선택해야 했다. 그런데 세 가지 중에 어느 하나도 선택하지 않았다. 다른 어떤 느낌도 일부러 생각하지 않았다. '저분이 내 시모가 맞는가?' 하는 의구심도 갖지 않았다. 그러니까 시모가 부끄러움과 민망함을 무릅쓰고 꺼내놓은 말을 무시했다. 시모의 가슴에 설렘으로 담긴 것을 개밥 그릇의 도토리로 여겼다. 다만 시모에게 뒤통수를 한 줌 뜯긴 기분은 떨칠 수 없었다. "며느리가 내 밥상에다 따뜻한 밥 올려주기나 하면 몰라도"라던가. "자식 며느리가 어엿하게 있는데도 희미한 눈을 뜨고 삼시 세끼 밥상 차리고 싶은 부모가 어디 있겠냐?"라는 시모의 말이 가슴에 얹혔다. 시모는 질수 없는 자리를 확보했고 며느리 너는 이길 수 없는 위치에만 있어야 한다는 선언이었다.

*

시모가 토막 낸 흑염소 고기를 들고 선남의 집으로 왔다. 선남의 남편, 사위가 없는 시간에 세 여자가 모였다. 시모가 만든 세 여자의 모임은 늘 이런 식이었다. 고깃덩어리를 약한 불로 긴 시간 고아서 국물이 걸쭉하게 될 때까지 영감을 부르지 않았다. 영감이 코를 쿵쿵대며 기다리는 모습을 며느리와 시집간 딸에게 보여주지 않으려는 시모의 계산이 깔렸다. 시모는 끓는 고기가 혹여 잘못 될까 우려하여 선남과 이진을 끓는 솥에서 떠나지 못하게 했다.

이진은 머릿속에 생경하게 남아있는 꿈을 떠올렸다. 영감의 앞가슴에 안겨 작달막한 체구로 늘어져 있었던 흑염소를 시모로 착각했던 아뜩한 순간이 떠올랐다. 목덜미를 제압당해 주검으로 늘어지던 흑염소, 입술에다 군침을 연신 바르던 영감. 흑염소가 살점을 흩트리며 진한 국물로 변해 갔고, 영감이 보신을 위해 곧 도착할 터였다. 이진은 꿈의 신비한 예언에 감탄했다.

영감이 왔다. 코를 벌름거리면서 시모의 작고 앙상한 손을 자신의 뭉툭한 손으로 꼭 쥐었다. 시모의 얼굴에서 웃음이 밭고랑으로 패였다. 시모는 그리 길지 않은 여생 동안 남자의 보호막에 들어앉아 행복하자는 의도로 영감을 맞이했다. 죽기 전에 여자로서 남자를 내조하고픈 생각에서 사내를 받아들였다. 시모의 아들이며 이진의 남편 정민이 채 열 살도 되지 않아 홀로 되었다. 남편이 벌어다 주는 월급을 손아귀에 쥐고도 남편에게 바락바락 대드는 여자를 철딱서니 없다고 말했다. 병약해서 가누지 못하는 몸이라도 살아만 있다면 아랫목에 모셔두고 싶지만 그렇지 못했다. 살을 찢는 고통으로 낳은 자식도 버리는 요즘 젊은 새댁이 남편을 사별한 시모의 속을 알기나 할까.

"그래. 젊은 것은 버려라. 나를 늙은 주책이라고 입방아를 놓아도 주워야겠다."

아들이 중년에 접어들자 시모는 대담해졌다. 아들의 삶이 정점을 넘었으니 홀어미의 평생 설움을 이해할 거라고 판단했다. 사내를 보살피고 가꾸고 또 사내의 얼굴에 환한 웃음꽃을 피우고 사내의 입에서 고마웠고 행복하다는 말을 듣고 싶은 게였다. 그런 관점에서 본다면 영감이 시모에게 구애한 것이 아니라, 시모가 영감을 포획했다는 말이 어울렸다. 시모는 화초가 성장하기에 알맞은 거름과 세균덩어리가 범벅인 배양토를 자초했다. 영감은 배양토가 된 시모에게 튼실한 뿌리를 박고서 짙은 향과 색깔의 꽃을 틔워야 했다. 영감은 볼품없이 늙었다. 시모의 비위에 맞는 얕은 말과 아양이나 떠는 사내가 못 되었다.

시모는 영감에게 무엇인가를 해주고서 돌아오는 무엇인가를 확인하고 싶은 욕망으로 선남과 이진으로부터 책망을 감수하고 흑염소를 삶았다. 선남은 시모의 속셈을 넉넉히 아는지라 탓하지 않았다. 이진은 마뜩하지 않은 시선으로 속내가 불편함을 틈틈이 드러냈다.

시모의 손에 잡힌 영감이 방으로 들어왔다. 시모가 전화로 불러내 문밖으로 나가 기다렸지만, 영감이 찾아온 것은 시모가 아니라 정력에 좋다는 흑염소 고기였다. 시모는 영감의 정력에는 관심이 없을 터였다. 모르는 일이었다. 몸집이 퉁퉁한 영감이 굼벵이 몸짓으로 사십 년이 훌쩍 넘은 수절을 이미 꺾었는지도.

영감이 아랫목에 앉고 시모가 평생 아내였던 것처럼 곁에 앉았다. 선남은 부엌에 가깝게 앉았고, 이진은 베란다 쪽에 앉았다. 혹시 생겨날지 모르는 어줍은 시선의 피난처를 찾기에는 베란다 쪽이 좋았다.

왜소하고 마른 몸에다 성질 또한 깐깐한 시모보다는 조금 커 보였으나 남자로서 보통의 키라고 말하기에는 작았다. 살가죽만 남은 시모와는 달리 몸 전체에 살집이 골고루 부풀었고. 정수리까지 이마가 벗겨진 얼굴에다 안경을 썼다. 시모의 강퍅하고 직선적인 성격에도 무던하게 웃었을 영감의 눈은 비둘기처럼 동그랬다. 과부의 설움과 수난이 고스란히 앉은 시모와는 다르게 고생의 흔적을 찾을 수 없었고, 앞으로도 곱게 늙다가 죽을 거라는 느낌을 주었다. 평생 힘들게 살아온 시모가 호강의 늪에서 자맥질만 해온 영감에게 질투와 부러움을 뭉뚱그린 연정을 품은 것이다. 영감은 시모가 발산하는 별스러움과 욕심을 군소리 없이 흡수하는 스펀지로 보였다. 공무원으로 퇴직했고 혼자된 지는 이 년이 조금 지났다고 했다. 시모는 사십 년 수절했다. 영감은 마누라가 죽은 지 두 해도 못 넘기고 딴눈을 팔러 왔다.

곰탕집이나 구식 다방에서 먼저 둘이 마음의 준비를 하고서 선남과 이진을 불러야 옳았다. 사위가 출근하고 없는 대낮이라 해도 시집간 딸네 집에 영감을 불쑥 데려온 것은 사려 깊지 못한 행동이었다. 시모가 시집간 딸네 집에 가잔다고 덜레덜레 따라온 영감도 역시 사려가 깊지 못했다. 인생을 살 만큼은 살았다는 두 노인이 젊은 사람에게 경거망동하는 모습을 보인 것은 변명할 여지가 없었다. 정분 때문에 나잇살도 잊었고, 눈에 콩깍지가 덮인 것이라고 이해했다. 둘이 연을 맺겠다고 작심을 한 이후부터 두 노인은 달뜨고 덜렁대며 즉흥적으로 결정하는 갓 스물로 회귀했다.

*
*

영감은 무의미한 존재가 되었다. 이진의 시선은 시모나 영감이 아닌 베란다 밖의 정지된 풍경으로 향했다. 눈송이에 흠씬 얻어맞은 것처럼 파랗게 멍이 들었다가 차츰차츰 발갛게 변하면서 멍멍한 느낌으로 변하듯. 마주 앉은 지 채 오 분도 되지 않아 영감은 아무것도 아닌 존재가 되었다. 건넌 마을에서 시모를 따라 마실 온 노인네가 잠깐 앉았다가 다시 건넌 마을로 돌아간다고 여겼다. 이진은 철저한 무관심이 시모를 이길 수 있는 위치에 앉는 것이라고 작심했다. 영감의 존재를 아직 남편에게 말하지 않았다.

선남이 영감의 나이를 물었다. 시모가 뚱한 눈초리로 선남을 바라보았다. 이진은 영감이 대답하기 전에 선남의 물음을 뇌리에서 지웠다. 대답을 듣지 않겠다는 듯 텔레비전을 켰다. 붕어 입처럼 눈을 뻘끔뻘끔 뜬 영감이 시모를 바라보았다. 시모가 엉덩이를 끌고 와서 텔레비전을 껐다.

"칠십에다가 다섯이라는데. 어디 나이 들어 보이기나 하나? 환갑 막 지난 사람보다 더 젊어 보이지 않냐?"

먼저 저승으로 간 마누라가 연한 음식만 골라 식탁에 올리고, 볼펜 자루만 돌리다가 퇴근하면 어깨와 종다리를 주물러 주고 고운 옷만 골라 입혔으니, 세월의 흔적이 더디게 앉았을 터였다. 시모는 영감이 전처와 누렸던 그 행복에 욕심을 냈다. 영감의 전처가 했던 일을 하고 싶은 게였다.

"철딱서니 없는 남매를 키우면서 부부 정이 붙을까 했는데, 네 아버지가 야속하게 날 버렸다."

시모의 말에서 냉기가 돌았다. 어엿하게 장성해서 가정을 꾸린 아들과 딸을 영감이 곁에 있다고 철딱서니로 치부하다니. 선남의 코에서 황소바람이 푸푸 쏟아졌다. 속에서 무엇인가 엄청나게 부대끼는 것을 참는 눈치였다. 영감을 만나기 전까지는 먼저 간 서방과 함께 좋은 세상을 살아보지 못해 서럽다고 눈물 흘렸었다. 누룩 돼지처럼 통통하고 희부연 영감과 정분이 나고서는 서방이 노모를 야속하게 버렸다고 서슴없이 뱉었다. 버림받았다가 아니라 수명이 짧아서 야속했다고 말했어야 옳았다.

"먼 조상이 어쨌는지 모르겠지만 내 눈으로 똑똑하게 본 조상은 이를 갈아붙여도 시원찮게 단명하더라. 여편네 팔자가 사나워서 서방을 잡아먹었다고 주먹질하듯 날마다 입방아를 놓으니 마음이 편할 수가 있나? 남정네는 할 일 다 했다는 둥 저세상으로 훌쩍 가버리니 몸서리가 나더라?"

　시모는 맥락이 닿지 않는 말을 섞어 주절주절 감정을 끌어올렸다. 귀한 자손을 낳고 키웠는데 버림받았다고 울먹였다. 선남은 엄마의 팔자가 사나워서 아빠가 단명했다고 손가락질받았다는 말은 처음 들었다. 선남이 기가 막힌 듯 입을 쩍 벌렸다. 분위기가 고약해지자 영감이 뭉그적뭉그적 자리를 고쳐 앉으며, 어험 기침했다.

　"입은 삐뚤어졌어도 말은 바로 하세요. 오빠가 강건하게 살아있는데 며느리를 앞에 두고 시어머니가 그게 할 소리요?"

　선남이 독기 서린 말을 뱉었다.

　"정 좀 날만 하면 남정네가 죽어 자빠지는 집에 시집와서 아등바등 살았다. 아범을 위해서라도 여기 이 양반이랑 더 늙기 전에 연을 맺어야겠다."

　곁에다 돌부처로 영감을 앉혀놓고, 왜 영감이 시모와 연을 맺어야 하는지 논리를 폈다. 아들이 시모의 논리에 등장했다. 아들은 시모와 선남의 해괴한 상황을 알지 못했다. 시모의 어엿하고 장성한 외아들인데, 영감을 앞세우고서 시모가 꾸미는 일을 눈곱만큼도 몰랐다. 시모가 궁지에서 벗어나려고 자리에 있지도 않은 아들을 들먹였다.

　"여기에 있지도 않은 오빠를 핑계 삼으세요?"

　선남이 발딱 흥분해서 되물었다.

　"눈 똑똑히 뜨고 봐라. 환갑이 넘고 칠순이 다 되었는데 아직 쩡쩡하지 않느냐? 이 양반을 우리 집안 기둥으로 삼아서 명이 긴 집안으로 만들라고 그런다."

　시모는 개도 소리 내어 웃을 논리를 내세웠다.

　"연애질에 미치면 눈에 콩깍지 덮인다니 엄니가 꼭 그 꼴이오?"

　영감이 옆에서 듣기 민망한 소리를 선남이 거칠게 뱉었다.

선남과 시모가 감정을 쇠뿔로 달고 평행선을 달렸다. 이진도 시모와 대립각을 세우든지 두둔하든지 어느 한쪽에 서야 했다. 하지만 줄곧 구경꾼을 자처했다. 영감의 눈초리가 이진을 자꾸 훑었다. 시종 입을 다물고 방관하는 이진을 이해할 수 없다는 눈빛이었다. 이진은 영감의 눈빛을 받고도 철저히 무시했다. 가혹하게 표현하면, 시모가 늘그막에 노망이 나서 끌어다 앉힌, 곧 송장이 될 단백질 덩어리라는 시선을 영감에게 되돌려 주었다. 시모의 남은 인생이 십 년이라고 쳐도, 정분을 나눌 근력이 있는 시간은 불과 몇 년도 못 되리라. 몇 년 남지 않은 정분을 위해 영감의 존재를 가족의 범주로 받아들이기에는 마음의 벽이 빡빡했다. 시모가 죽는시늉한다 해도 이진은 무관심의 벽을 무너뜨릴 의도가 없었다. 선남도 이진과 별반 다르지 않은 생각일 거라고 짐작했다. 영감은 벌써 선남의 계부가 된 듯, 이진의 시부가 된 듯 두 여자를 근엄한 표정으로 바라보았다.

물을 끓였다. 향이 진한 차가 달뜬 마음을 가라앉힌다는 말을 들었다. 시모에게 향이 진한 차를 마시게 하고 싶었다. 영감이 짧고 뭉뚝한 손으로 녹차를 받았다. 시모도 찻잔을 받으면서 손을 잘게 떨었다. 속에서 무엇인가 급박하게 뭉치고 있었다. 영감 앞에서 자식 며느리에게 소외와 푸념을 받는 서러움을 가까스로 참는 중이었다. 뜨거운 녹차를 입에 댔다가 뜨끔 놀라 입천장을 혀로 문질렀다. 입안의 표피가 너덜너덜해졌을 터였다.

"출가한 딸에게 이러지 말고 오빠한테 먼저 말해."

드디어 선남이 오빠이자 이진의 남편인 정민을 내세웠다. 시모에게는 장남이니 선남의 말이 틀리지 않았다. 시모에 대한 반항도 있었지만 시종 방관하고 있는 이진을 향한 불만의 토로였다. 선남이 후다닥 일어나 저녁 찬거리를 산다며 나갔다.

*

몇 올 남지도 않은 머리를 새까맣게 염색한 영감을 바라보면서 이진은 문득 친정엄마를 떠올렸다. 친정아버지가 이진이 철부지였을 때 돌아가셨다. 아버지란 존재는 고생대 화석과도 같은 아득한 존재가 되었다. 살아남은 자의 슬픔이라는 말을 인정하지 않았었다. 죽은 자는 망각의 대상이 될 따름이지, 슬픔은 살아남은 자의 몫으로 남았다. 아버지가 세상에서 떠났을 때 엄마의 슬픔을 가누기란 살을 찢는 고통이었다. 영안실에서, 아버지를 묻고 돌아와서, 아버지의 흔적에서 시선을 떼어내지 못하는 엄마의 슬픔은 자학에 가까웠다. 먹은 음식이 몸을 지탱하는 살집으로 가지 않고 눈물이 되는 것일까. 시시로 눈물을 흘렸다. 밥상머리에서도 머리에 두른 수건으로 눈물을 훔쳤다. 길을 가다가도 바라본 엄마의 눈가엔 눈물이 번졌다. 이진이 잠자리에 누우면 숨소리조차 낮은 엄마 곁에서 무서움에 떨었다. 움직이지 않는 엄마의 숨소리를 듣기 위해 발끝에 퍼진 신경을 고막으로 끌어모았다. 미미하게 코를 드나드는 공기의 흔적을 감지하고도 무서움이 풀리지 않아 상체를 일으켜 엄마의 얼굴을 보았다. 엄마는 한동안 깊게 잠을 자지 못했다. 물론 이진도 그랬다.

사람이 슬픔에 지치면 핏기가 없어지는 것일까. 핏줄이 갈라져서 피부의 탄력이 없어지고 심장은 한 줌의 피만 간신히 움켜쥐고 할딱거리는 엄마. 한 걸음만 내딛어도, 일어나려고 숨을 들이쉬기만 해도 가슴의 뻐근한 통증에 시달려야 하는 엄마. 시선을 맞출 수 없었다.

평생 눈물을 흘리며 핏기 없이 살아갈 줄 알았던 슬픔은 길지 않았다. 그날은 잠자리에서 일어나 팔을 쭉 뻗고 기지개를 켰다. 투명한 햇살이 엄마의 방으로 흘러들어왔다. 햇살 때문에 기지개를 켠 것일까. 창문을 열고서 마침 지나가는 옆집 푸들 강아지를 보며 엄마가 웃었다. 손을 흔들어 강아지의 걸음을 멈추게 했고, 강아지가 멀뚱한 눈으로 화답했다. 세수하고 옷을 갈아입고 화장 거울 앞에 앉았다. 서랍을 열어 빨간 립스틱을 입술에 발랐다. 그 순간부터 엄마에게서 슬픔이나 눈물이 사라졌다. 햇살이 투명하고 강아지가 집 앞으로 걸어가는 날 아침에 엄마가 변했다. 슬픔이 싹 거두어졌다. 당근을 뽑아내듯 눈물과 슬픔을 몸에서 뽑아버렸다. 혈액을 공급받는 환자처럼 엄마의 얼굴에 핏기가 돌았다. 아버지를 잊었단 말인가?

죽은 자를 평생 가슴에 담고 사는 것이 얼마나 바보스러운 것인가를 엄마가 깨달았다고 이진은 믿었다. 사람이 슬픔만 안고 평생을 살 수는 없었다. 사람이 슬픔이든 기쁨이든 한 가지로 사는 게 불가능했다. 엄마가 슬픔을 가슴 밑바닥에다 묻어두고서 살기 시작했다.

* *

작고 오동통한 몸집을 오뚝하니 세우기만 하던 영감의 등이 새우등으로 굽었다. 영감의 시선이 텔레비전에 온통 빠져들었다. 이진은 화장실을 다녀오는 시늉으로 방에서 나와 아래층을 바라보며 서성거렸다. 선남이 저녁 찬거리를 산다며 동네 마트로 갔다. 방에 남은 시모는 시무룩하니 앉아있었고, 영감의 등이 새우처럼 굽었다. 텔레비전에서 젊은 여가수가 현란한 몸동작으로 춤을 췄다. 벌써 끄덕끄덕 졸고 있는 시모의 등짝을 팡팡 두들기는 베이스기타, 춤추는 여가수의 옷차림은 민망하기 짝이 없었다. 그녀는 인간의 몸으로서는 도저히 불가능한 몸놀림과 골반 꺾음을 연출했다. 그녀의 노래는 귀에 들지 않았다. 굉음과 현란한 몸동작에 가려 노래가 도드라질 수 없었다. 여가수는 노래를 부르는 것이 아니라 곡에 맞추어 광란에 가까운 춤을 춰댔다. 젖가슴이 얇은 티셔츠 속에서 출렁거렸고, 골반을 둥글게 흔들며 마치 성행위를 시늉하는 선정적인 춤을 췄다. 영감은 시모가 이미 끄덕끄덕 졸고 있는 것도 모른 채, 현란하고 선정적인 춤에 빠져들었다. 여가수의 배꼽과 골반에 시선을 붙박고서 침 덩어리를 꿀떡 삼켰다. 늙어서 팔다리의 활동성이 줄어들면 텔레비전에 저토록 몰입되는 것일까. 경로당이든 며느리와 손녀가 함께 앉은 거실이든 텔레비전만 있다면 백 살이 넘도록 즐거울 노인으로 보였다.

저녁 찬거리를 사러 갔던 선남이 돌아왔다. 그녀의 손에는 파와 시금치가 들려 있었다. 이진은 선남 손에서 푸른 즙이 뚝뚝 떨어지는 환상에 젖었다. 삶은 흑염소의 누릿한 냄새로 초췌해진 시선에 생기가 돌았다.

"오냐. 걸쭉한 고기는 채소도 곁들여야 배 속이 시원해져서 장수한다고 하더라."

까막까막 졸던 시모도 푸른 채소를 보고 잠에서 후다닥 깼다.

"아버지 배 속을 시원하게 해드렸으면 아버지도 장수하셔서 오늘 같은 우스운 꼴이 생기지는 않았을 것인데, 영악하신 우리 엄마가 그것을 왜 일찍이 모르셨을까?"

선남이 슈퍼에 다녀오며 비수를 품은 듯 찬바람이 불었다. 텔레비전에 시선을 빠트린 영감의 굽은 등이 움찔거렸고, 시모의 눈빛이 오소리처럼 반들거렸다. 어험. 영감이 굽은 등을 폈다. 빠드득 이빨 부딪는 소리가 들릴 듯 시모의 입술이 일그러졌다. 텔레비전에서 굉음과 현란한 춤이 끝났다. 영감은 시선 둘 곳을 찾지 못하여 어험어험 헛기침을 뱉었다.

"입에다 꿀을 발랐냐? 며느리가 되어 가타부타 말도 없는 것이 도리가 아니다?"

시모가 선남에게 당한 설움을 토하듯 엉덩이를 끌며 다가왔다. 이진이 시모의 얼굴을 쳐다보았다. 선남에게 일격을 당해 눈물이 글썽인 시모의 시선을 피하지 않았다. 영감도 이진을 향해 시선을 보내왔다. 영감이 어험 소리를 낼 듯 눈을 껌벅였다. 불편한 상황이 되면 어험 헛기침이 습관처럼 보였다.

"팔자 좀 고치자는 시어미가 며느리 눈에도 남우세스러운지 물었다?"

시모가 주먹을 들이댈 태세로 다그쳐 물었다. 선남이 이진을 바라보았다.

"남우세스러운 것은 어머님이 아닙니다. 이런 사실을 모르는 아들이 자귀로 뒷머리를 맞듯 갑자기 회사며 친구들 앞에서 남우세스러울 테고요. 출가한 외인이라지만 시누이도 얼굴 들고 사람 만나기 부끄럽겠지요?"

이진은 종주먹이 콧등을 때려도 깜짝하지 않을 눈을 동그랗게 뜨고 또박또박 대답했다.

"곧 죽을 늙은이가 하는 일인데. 젊은것들이 어찌 남우세스럽다는 게냐?"

시모의 얼굴에 붉은 반점이 석류 껍질처럼 불규칙하게 번졌다.

"곧 돌아가실 어르신께서 콩깍지를 썼으니 남우세를 깨닫기나 하시고서 저승엘 가시겠습니까? 두 분이 만들어 놓은 남우세는 자식들이 평생 감당해야 할 몫이 아닌가요?"

이진은 여전히 눈을 동그랗게 뜨고 태연하게 웃었다. 선남도 이진의 속내를 간파하고 웃음을 피식 쏟았다.

"삼시 세끼 밥 따로 먹은 지 얼마나 되었다고 벌써 남이 되었구나."

시모가 분가를 후회한다는 듯 손바닥으로 얼굴을 쓸었다. 붉은 반점이 얼룩덜룩한 얼굴이 국수 반죽처럼 누렇게 변했다. 영감 앞에서 당한 굴욕을 감당하지 못해 부들부들 떨었다. 영감이 거북처럼 등을 꼬부렸다가 몸을 세웠다.

"내가 섣불리 온 것 같소. 오늘은…."

영감이 어험 일어났다. 속에서 뭉치는 걸 옹골차게 말해야 하는데. 그럴 용기가 없어 몹시 당황하는 표정이 영감의 얼굴로 스쳤다. 시모도 일어났다. 딸과 며느리가 어떤 책망을 해도 영감과 같은 편에 서겠다는 행동이었다.

"보신 값은 소머리국밥으로 보답할 것이니 경로당에 꼭 나오시오."

영감이 시모의 아직도 떨고 있는 손을 쥐었다. 시모가 그렁한 눈으로 영감을 바라보았다. 이진과 선남이 없다면 시모를 와락 껴안을 영감의 시선이 국수 반죽 빛깔로 여윈 시모의 뺨을 어루만졌다.

"너희들이 엇나가는 소리를 해도 이 양반이랑 먹은 마음은 변함이 없다."

시모가 선언했다. 영감이 통통한 얼굴에다 흡족하다는 표정으로 어험어험 내숭을 떨었다.

이진은 두 노인을 배웅하면서 아무런 감정을 드러내지 않았다. 옆집 부부싸움 구경하듯 맹숭맹숭한 심정을 유지했다. 부산에서 서울로 가든, 평양에 도착하든, 두 가닥의 기차 레일 평행선이 서로 만날 수 없다는, 믿음을 다졌다.

제4장

노을이
뉘엿뉘엿

산수유가 노랗게 흩뿌린 점으로 꽃피었을 시절에 영암 월출산을 횡단했는데 뚱뚱해지기 전이었다. 해발 팔백구십 미터 천왕봉에서 구정봉으로 트래킹하며 맞선 바람은 살인적인 위력이었다. 영암에서 불어오는 바람이 정민을 강진 방향으로 마치 싹둑 베어지는 벼처럼 꺾어 뉘려 했다. 걸음마다 사투였다. 살인적인 바람의 정점인 구정봉에서 바람의 위력을 처음으로 목격했다.

　월출산에서 바람의 위력을 겪어낸 후 시력이 좋아졌다. 수정체의 탄력이 떨어져서 아주 작은 물체나 글씨를 보려면 돋보기가 있어야 했는데, 갓 따낸 과일을 베어 물었을 때의 입안에 퍼지는 향처럼 시력에도 비슷한 것이 생겼다.

　그것을 뭐라 할까.

　말로 표현하기 참 어려웠다. 세상에 말로 표현하기 어려운 게 곳곳에 널렸다. 업그레이드된 감각들을 꼭 표현하고 싶은데 방법을 찾지 못했다. 갖가지 단어를 어수선하게 조합하며 비슷하게 얼버무리는 정도로의 표현은 가능했다. 하지만 뜻밖의 발견을 무의미한 정리로는 원하지 않았다. 분명한 사실은, 시력이 좋아졌고 소리를 눈으로 본다는 신통력이 생겼다는 거였다. 영암 월출산을 다시 등정하겠다고 벼르고 있으나 빵처럼 부푼 몸으로는 마음뿐이었다.

정민은 백화점 에스컬레이터로 상승 중에 선남의 전화를 받았다.

"오빠는 외아들이고 장남이면서 엄마의 노망을 아직도 모르고 있었어? 언니가 말 안 했어? 언니는 도대체 뭣 하는 사람이야?"

선남은 노모의 민망한 의도를 방관하는 오빠에게 화를 퍼부었다.

"경로당 영감과의 민망한 일을 아직 모르면 어떡해?"

외아들의 역할을 중간에서 잘라먹은 올케에게도 화를 품었다. 전화가 거칠게 끊겼다.

정민은 에스컬레이터에서 하늘로 떠오른 기분이 되었다. 장남이면서 외아들로서 모르고 있다는 영감의 일? 느닷없이 등장한 영감의 정체가 무엇인가? 선남이 전화로 화를 퍼붓는 것으로 미루어 영감이 노모에게 얽힌다는 민망함이 평온하던 가슴으로 턱 얹혔다. 영감은 어떤 존재이고 민망한 일은 또 무엇인지. 남편이 아무것도 모르도록 아내가 말하지 않은 민망함의 전모가 무엇인가. 에스컬레이터에서 목울대로 치미는 기침을 컥 뱉었다.

백화점의 생활용품에서 가전제품으로 올라가는 에스컬레이터에서 스마트폰을 쥔 시선이 대형 사진의 사막에 닿았다. 낙타의 시선 끝에 달빛이 장엄하게 걸렸다. 에스컬레이터의 진동이 사막의 미세한 진폭으로 흔들렸다. 바람에 언덕이 시시로 재구성되는 사막에서 길이란 존재하지 못했다. 언덕을 오르는 낙타가 달빛의 그림자를 길게 드리웠다. 낙타처럼 커다란 눈을 바라보는데 모래언덕이 유연한 곡선으로 꿈틀거렸다. 여인의 등허리가 감미롭게 율동하는 것과 흡사했다.

가전제품을 돌아보는 중에 선남의 전화가 또 왔다. 선남은 오빠에게 경솔했다는 것을 깨달았다. 아무리 화가 났어도 거칠게 말해서는 안 된다는 것. 일방적으로 통화를 종료해서도 안 된다는 것. 그러나 미안한 마음으로 전화를 걸어놓고 미안하다는 말은 하지 않았다. 차분하고 조용조용한 음색으로 조금 전의 말을 조목조목 강조했다.

"엄마의 일을 오빠가 모른다는 것은 있을 수 없는 일이고, 당연히 엄마의 아들인 오빠에게 이런 사실을 알렸어야 옳았다. 올케언니가 무슨 생각을 품고 중간에서 사연을 잘라먹었는지 알 수가 없다."

여운을 남기고 전화를 끊었다.

오 분 후 전화를 또 걸어왔다. 올케언니가 오빠에게 숨긴 연유도 있을 것이니, 오빠가 엄마에게는 모르고 있는 척하는 게 어떠냐고 말했다. 이진의 의중을 먼저 알아보고 그럴듯한 꼼수가 발견되면 공범자가 되라는 의미로 정민이 해석했다.

선남은 여동생으로서 정민에게 경솔했고 미안하다는 말을 끝내 하지 않았다. 첫 번째 전화와 두 번째 전화 세 번째 전화로 이어지면서 말투가 고분고분해졌다. 모두 정민을 훈계하는 말이었다.

*
*

선남이 화를 낸 시모의 영감과의 민망한 일을 정민이 아내에게 물었다. 이진의 대답은 간단했다. 시모와 영감은 여타의 노인처럼 경로당에서 그냥 아는 사이라고 대수롭잖아했다. 정민은 이진이 대수롭잖다며 흘린 말을 믿어야 할지 잠깐 망설였다.

선남에게 전화했다. 선남은 영감을 향한 노모의 망측스러운 집착이라고 힐난했다.

영감이 노모를 넝쿨째 굴러떨어지는 늘그막의 행운 덩어리로 즐기는 중이라고. 노모가 시큰둥해지면 영감은 저절로 떨어져 나갈 거라고. 노모의 영감을 향한 감정은 사랑이 아니라 집착이라고. 그러나 노모가 망측스러운 집착을 거둘 가능성은 희박하다고. 어쨌든 노모는 노망이 난 거라고. 며느리는 역시 남이라고. 가타부타 나서지 않는 올케 이진의 방관을 이해할 수 없다고.

선남이 성경 문구를 줄줄 외듯 나열했다. 정민은 한마디도 하지 않았다. 이진이 말한 영감과 선남이 말한 영감 중 어느 영감이 진짜이고 가짜인지 의식의 시소를 벌였다.

*
*

늙은 영감이 시앗을 두었다가 머리칼이 뽑혀 대머리가 되었다. 볼품 없이 늙은 영감이 갓 서른의 살점이 팽팽한 시앗에게 가면, 늙게 보여선 안 된다며 흰머리만 골라 뽑았다. 백발이 성성한 조강지처는, 허연 비듬이나 쏟아내는 영감의 머리가 검은깨 같아서 시앗을 보았다고 까만 머리카락을 골라 뽑았다. 그래서 대머리가 되었다.

이진이 일러준 우스갯소리를 회상하며 탈모가 진행된 정수리를 쓰다듬었다.

"외로움도 아름다움이라는 말을 들었어."

이진이 조용조용 말했다. 정민은 누가 허무맹랑한 말을 했는지 묻지 않았다.

"외로우면 홀로 서는 기회가 생길 수 있다는데…."

이진의 이불을 끌어다 덮었다.

정민이 거실로 어정어정 걸어 나와 리모컨을 손아귀에 쥐었다. 몸통이 두툼해지고서 정민의 순환기에 문제가 생겼다. 현미밥과 우거지를 넣은 된장찌개와 두부와 양송이버섯과 시금치나물 무침과 소금을 첨가하지 않은 마른 김이 정민의 반찬으로 차려졌다. 삼겹살과 묵은지로 끓인 찌개와 양념게장은 정민의 젓가락이 닿아서는 곤란한 이진의 몫이 되었다.

정민의 영역과 이진의 영역이 식탁에 생겼다. 정민을 구속하기 위한 영역이었다. 이진의 영역에 젓가락을 가져가기 위해서 정민은 이진의 눈을 먼저 바라보아야 했다. 뚱뚱해지면서 혈압이 높아졌기 때문이었다.

혈압을 다스리는 약은 신이 내린 비타민이다.

의사가 말했다.

혈압이 높아서 먹는 약을 신이 내린 비타민이라고?

정민은 의사가 알아듣지 못하게 조롱 섞어 자문했다. 의사는 정민의 조롱을 알아듣기라도 한 듯 혈압약이 왜 신이 내린 비타민인지 차근차근 설명했다.

병원에 오래 있고 싶은 사람 아무도 없다. 그런 심리를 잘 아는 의사가 환자를 진료하는 시간은 길어야 오 분. 모니터에 알 수 없는 것들을 기록하며 시선을 외면하던 의사가 다감한 목소리로 설명했다.

혈압약은 보약이다. 아니 보약보다 탁월하다. 한의원에서 지어주는 한약을 복용하면 중금속 등 이롭지 않은 물질이 체내에 축적될 수도 있다. 예를 들어 신장을 보호하려는 한약재가 간장에는 치명적인 부담을 줄 수도 있다. 독과 독을 섞어 중화시키며 약효를 발휘한다는 위험천만한 한약의 조제와는 차원이 다르다. 혈압약은 평생 먹는다 해도 유해 성분을 몸에 남기지 않는다.

가르침을 주는 의사의 목에 걸린 청진기를 정민이 곁눈질했다.

가슴과 등에 청진기가 닿는 순간은 마음을 읽는 기능도 있을지 의심이 들었다. 의사가 한 달 분량의 처방을 주었다. 정민은 환자의 입장을 고려해 주는 참 친절한 의사를 만났다고 생각했다. 한 달 분량의 알약 처방을 선뜻 내주었으니 이처럼 친절하고 고마운 경우가 또 있을까. 겨우 삼 일의 처방을 주던 내과 의사와는 달라 보였다. 삼 일마다 또는 일주일마다 외과를 찾아가야 하는 불편을 덜어주고 삼십 일의 여유를 주었다. 얼마나 고마운가.

고마운 생각은 오래가지 않았다.

아침마다 기지개를 켜고 노란 알약을 꼬박꼬박 삼켰다. 신이 내린 비타민을 하루도 거르지 않았다. 한 달 후에 의사는 분홍색 알약을 추가했다. 이완기 압력이 너무 높다는 이유로. 신이 내린 비타민이 제 역할을 다하지 못했음이다. 신이 내린 비타민을 복용하고도 혈압은 조금도 나아지지 않았다. 의사는 두 알에서 세 알로 늘리는 대신에 체중을 감량하고 술을 줄이고 유산소 운동을 권고했다. 체중을 십 킬로그램 줄여서 정상체중으로 만들고 술도 끊고 날마다 한 시간 정도의 유산소 운동에다 채소와 과일을 많이 먹는다면 혈압약이 아니더라도 평균 수명에 도달하기 전에 죽는 불상사는 없을 터. 의사에게 신뢰가 깨지면서 체중을 줄이거나 주량을 줄이는 일은 불가능해졌다. 아침마다 먹어야 하는 약이 두 알에서 줄어들지 않았다. 혈압도 만족할만한 정상 범위에 좀처럼 들어오지 않았다.

정민은 의사에게 주었던 신뢰를 버렸다.

알약을 평생 먹는다 해도 유해 물질이 체내에 남지 않는다는 말을 믿지 않기로 했다. 스트레스도 고혈압 유발의 상당한 요인이기 때문에 의사가 거짓말을 했다고 여겼다. 현대 의학으로 알약의 유해성을 알아내지 못했음이라고 나름의 결론도 지었다. 의사에 대한 신뢰가 깨지면서 스트레스를 유발할 가능성이 짙은 갖가지 상상이 봇물로 쏟아졌다.

*

마땅히 보고 싶은 채널도 없이 손아귀에 쥔 리모컨 버튼을 엄지손가락으로 초침처럼 또각또각 눌렀다. 리모컨이 손에 닿으면 무의식이 조정하는 무조건 반사였다. 이진이 잠들고 정민 혼자 거실에 남았을 때, 채널은 깊은 밤을 건너는 외롭고 무서운 징검돌이었다.

캐나다 고모의 존재를 알고서 나흘 동안 꿈을 꾸었다.

꿈에서 깨면 날이 밝지 않았으며 이진이 잠에서 일어나지 않았다. 등허리에 후줄근한 땀이 기화되면서 꿈이 생경하게 떠올랐다.

연속되던 꿈의 첫날. 장독대에 놓인 맹물 사기대접과 촛불에 절을 하는 꿈에서 허리가 아파 비명을 지르면서도 절을 멈추지 못했다. 이튿날은 책보를 가위로 질러 메고 점판암이 자르르 흘러내린 산자락의 참꽃을 찢어먹으면서 호드기를 신나게 불었다. 점판암에서 꽃뱀이 떼로 몰려나와 포위망을 좁혀오며 혓바닥을 날름거렸다. 사흘째 잠에서는 외딴집 뒤뜰의 절구통 굵기 감나무의 껍질박이 홈에다 오줌을 누는데 멈추지 않았다.

꿈의 세계는 요즈음에 있을 수 있는 상황이 아니었다.

어린 시절의 회고적인 꿈이었다. 꿈에서 본 사물들. 산과 나뭇잎의 색깔이나 바위에 앉은 가무스름한 것들. 심지어 물이나 공기 색깔까지 카메라의 질감 효과 촬영처럼 아주 작은 알갱이의 조합으로 나타났다. 이처럼 꿈의 배경은 색감이 흐릿하게 퇴색되었다. 반면에 중심 물체들, 사기대접과 촛불과 꽃뱀과 감나무 묵은 껍질박이 홈은 선명하게 색감이 도드라졌다.

제5장

시니어
사랑꾼

캐나다의 고모가 인천공항으로 입국하는 날이다.

이진은 아침부터 시모의 연락을 기다렸다. 남편이 출근하기 전 연락이 올 것이라고 믿었다. 비행기가 착륙하는 오전 열한 시까지 공항에 나갔어야 했다. 혹시 시모가 고모의 입국 날짜를 잊고 있는 게 아닐까.

연락이 없는 시모에게 전화했다.

스마트폰의 신호음이 계속 울림으로 보아 배터리를 이탈시켰거나 꺼 놓지 않았다. 십 분쯤 기다렸다가 전화했다. 받지 않았다. 얼굴 모르는 고모가 캐나다에서 온다는데 시모와 동행하지 않을 수 없었다. 오 분 후에 전화했다. 받지 않았다. 통화의 시도를 일 분 간격으로 좁혔더니 연결되었다.

"아범에게 뭔 사단이라도 난 게냐?"

시모의 목소리가 부자연스럽게 부드러웠다.

속에서 비등하는 것을 억누르고 있다는 느낌이 전해왔다. 스마트폰을 손아귀에 쥐고 치솟는 화기를 참고 또 참았음이 고스란히 드러났다. 곁에 영감이 있어 요조숙녀를 떨어야 하는 상황임이 간파됐다.

"고모님 도착 시간에 맞추려면 지금 출발해야 하는데 어디 계세요?"

이진이 의도적으로 차분하려고 했는데 말끝에서 다급해졌다.

"내가 이 시간에 있는 곳이 또 어디 있더냐?"

시모는 경로당에서 영감의 오동통한 손을 쥐고 있으면서 통화를 거부했다.

"고모님이 열한 시에 도착한다는 아범 전화 잊으셨어요?"

고모를 싣고 오는 비행기가 열한 시에 도착한다는 것을 상기시켰다.

"그랬냐? 할 말이 있으면 어서 해라. 긴한 얘기 아니면 얼굴 맞대고 하자. 전화요금도 만만치 않기도 하거니와 곁에 계신 분에게 실례다."

말의 꼬리를 떼려는 시모의 급한 성질이 느릿하며 질긴 말투로 묻어 왔다.

"어머님이 나가셔야 도리가 아닌가요?"

이진도 시모의 목덜미에 고리를 걸듯 질긴 음색으로 느릿하게 물었다. 훈계하는 어투였다.

"멀쩡한 남편 두고 서방질한 년이 어찌 반갑다고 호들갑이냐?"

시모의 목소리가 커졌다.

멀쩡한 남편 두고 서방질한 년? 이진이 눈을 동그랗게 뜨고 시모의 말을 다시 새기는 중에.

"곁에 있는 사람에게 실례가 되니 이만 끊는다."

시모는 캐나다에서 돌아오는 친척보다 늘그막에 만난 영감이 더 소중했다. 시모가 통화를 끊었다.

서방질한 년? 곁에 있다는 영감이 충분히 듣고도 남을 목소리로 시모가 말했다. 캐나다 고모가 멀쩡한 남편 두고 서방질한 년이라고 영감에게 선언했다.

엉키고 헝클어지고 흐트러지고 있다는 예감. 잡목이 우거진 숲처럼 예감이 불분명해서 어림 잡히지 않는 막막함. 셔츠 자락에 스민 얼룩 같은 이물감이 눈앞에 아른거렸다.

남편에게서 고모의 존재를 듣지 못했다. 시모 역시 귀띔도 하지 않았다. 멀쩡한 남편 두고 서방질한 년이라고 말한 것으로 미루어 시모는 고모의 존재를 알고 있으면서도 아들인 정민에게 말하지 않았다.

출근한 남편은 공항에 나갈 수 있는 상황이 되지 못했다. 시모와 통화하며 주춤거리는 사이에 아홉 시가 넘었다. 고모를 태운 비행기가 착륙하기 전에 도착하려면 서둘러야 했다.

이진은 사십 대의 징검돌을 건너다 실족하듯 세상을 떠난 아버지가 불현듯 떠올랐다. 오월의 화사한 햇볕이 반사되는 콘크리트 농로에서 쓰러져 조반을 먹던 안방으로 시신이 돌아왔다. 할머니는 불쏘시개를 밟은 고양이처럼 울부짖었다. 엄마는 벌떡거리는 심장을 손아귀에 쥐고 울음을 삼키고 삼켰다. 아버지와 술잔을 나누던 사람들. 할머니와 곰방대를 번갈아 피던 동네 노년들. 엄마와 물동이를 이고 걷던 아줌마들. 빈소 조문객의 눈빛이 외발로 선 고양이처럼 낯설었다.

공항으로 가는 사천사백이십 미터 대교는 딴 세상으로의 통로였다. 먼바다에서는 폭풍이었던 바람이 대교로 살갑게 불었다. 콘크리트 난간으로 햇살이 조물조물 내려앉았다. 딴 세상으로의 이륙을 위한 대교가 팽창하는 고무줄처럼 탄력 있고 길었다.

새총에서 튕겨 난 돌멩이처럼 버스가 먼바다로 날아갔다. 버스가 정차했을 때 딴 세상은 낯설지 않았다. 공항이 그 세상이었다.

여러 종족이 잠시 섞이며 맞물렸다가 떠나는 화려하고 혼탁한 공간.

내국인끼리 모였어도 공항이기 때문에 이국의 분위기가 생겼다. 몸동작도 표정도 이국의 종족과는 닮지 않으려 경계를 게을리하지 않았다. 낯선 이들의 의도된 구도가 너무 태연했다. 계산된 눈빛이 뒤엉키지 않으려 반들거렸다. 천장 트러스 구조물과 광고판으로 엿가락처럼 늘어지기도 하는 시선이 이국으로의 탑승객을 재빠르고 용의주도하게 훑었다. 들어오고 나가는 종족을 끊임없이 스캔하였다.

로비마다 더러는 앉고 일부는 서성거렸다.

공간의 직선과 곡선으로 절묘하게 조합되었다. 다국적 공간에서 유영하며 숨소리를 낮추고 흘낏거리며 일부러 시선을 회피했다. 동화되지 않으려는 의도가 엿보였다.

이진이 캐나다에서 오는 비행기의 착륙 전에 도착했다.

입국자 만남 로비에서 웃으려 해도 웃어지지 않는 얼굴을 들고 출구를 바라보았다. 승객이 컨베이어벨트에 놓인 부품처럼 마중 온 가족에게 조립되어 공항에서 나갔다. 단체 관광 팀은 소속 무리에서 이탈되지 않으려고 둥글게 서성거렸다.

이진이 도착 출구에서 고모를 기다렸다.

캐나다에서 온 낯선 부품과 조립되는 순간을 기다렸다. 스마트폰을 손아귀에 쥐었다. 고모가 출구로 나오면서 전화하겠다고 말했다.

시모가 마중 나오지 않은 이유를 어떻게 말할 것인가. 무슨 말로 관계를 시작해야 하는가. 시모와 동행했더라면 필요 없는 고민이었다. 시모의 부재로 비롯된 난감한 장면이 혼란스러웠다. 출구로 고모가 나타날 시각에 근접하면서 시모와 동행하지 못한 불안이 커졌다. 원망스러웠다.

수신음이 울렸다.

출구에서 낯모르는 사람을 기다리는 게 처음이지만 익숙한 것처럼 스마트폰을 귀에 대고 오른손을 들었다. 시모를 발견하지 못한 고모가 걸음을 늦추며 다른 곳으로 시선을 돌렸다. 이진이 손을 흔들었다. 실망과 분노의 빛이 일그러진 고모에게 이진이 걸어갔다. 어림잡아 시모와는 같은 나이의 외모였다.

이진이 고모의 가방을 들었다.

"네가 그 노인네 며느리냐?"

공항에서 나오면서 고모가 시모를 찾아 두리번거렸다. 이진은 긍정과 부정의 짤막한 대답만 했다. 고모가 입을 다물었다.

시모는 경로당에서 영감과 무슨 정담을 나누고 있을까. 캐나다에서 고모가 오고 있음을 알면서 영감의 손에 잡혀있는 중이었다.

고모가 만나야 할 사람은 시모였다.

하지만 고모를 경로당으로 안내할 수 없었다. 그렇다고 주인 없는 시모의 집에다 짐짝처럼 혼자 있게 할 순 없었다. 고모가 체류하는 동안 마물러야 할 곳은 이진의 아파트였다. 이진은 시모가 공항으로 나오지 않은 까닭을 어렴풋이 추정했다.

허기를 느꼈다.

캐나다에서 왔으므로 어떤 한국 음식을 선택할 것인지 물었다. 버스를 타고 오면서 대교와 도로와 식당을 두리번거리던 고모의 선택이 빨랐다. 뚝배기에 음식이 담기는 식당으로 들어갔다.

"시어머니는 어디 있는 게냐?"

된장찌개백반이 나오기까지 시모에 관한 질문을 시작했다. 경로당에 있다고 대답했다. 시모의 연인 영감을 말할 시점을 기다렸다. 고모는 한국의 경로당에 대한 정보 없이 노인들의 쉼터로만 알고 있었다. 그곳에서 이루어지는 황혼기 연애의 실상은 알지 못했다.

"다 늙어서 남정네라도 생긴 게냐?"

정곡에 침을 꽂듯 영감의 존재를 물었다.

"경로당에서 만난 영감님을 사랑하신답니다."

이진은 영감의 존재를 부정하지 않았다.

요양원에 할멈을 가둬놓은 영감과 시모가 바람났다고 말할 수 있으면 좋을 텐데.

고모가 모르게 슬쩍 웃었다.

고모의 표정이 일그러졌다. 이진의 표정도 따라서 굳었다.

된장찌개가 나오기까지 시모는 고모와 이진에게 마뜩하지 않은 존재가 되었다.

아침에 시모는, 고모가 멀쩡한 남편 두고 서방질한 년이라고 힐난했다. 그런 시모가 이국에서 찾아오는 친척을 외면하고 영감을 만나고 있다.

*

고모는 칠순이 지난 몸으로도 식욕이 좋았다.

밥은 물론 된장찌개도 뚝배기 바닥까지 남김이 없었다. 한눈에 보아도 시모처럼 차갑고 급한 노인이 아니었다. 시모와 마주 앉은 것처럼 생각이 모이지 않고 엇갈렸다. 무슨 질문을 느닷없이 던질지 몰라 손바닥에 땀이 났다.

이진은 고모와 시모를 만나게 해야겠다고 작심했다.

영감에게 넋이 나간 시모의 황혼 연애를 확인시켜주어야 한다고 마음먹었다. 경로당으로 방향을 돌려 전화했다. 떨떠름한 음색인 시모가 고모의 도착 여부를 묻지 않았다. 경로당에서 먹은 자장면이 그렇게 맛있는 줄 몰랐다며 자장면을 사 준 영감을 은근하게 내세웠다.

시모와 통화 중인 이진의 스마트폰을 고모가 잡아챘다.

"올케, 나 경자야. 한국에 온다는 연락 받지 못했어?"

고모가 성질을 죽이며 시모를 경자라고 불렀다. 응답을 듣는 고모의 표정이 일그러졌다.

"올케, 사십 년이나 흘렀어. 올케."

고모는 올케라는 말을 반복해서 인연의 끈을 놓지 않으려 했다. 목소리가 느리고 차분했다. 헐거워지고 빛바래고 낡은 인연의 끈을 잡으려는 목소리가 점차 작아졌다.

*
*

경로당은 할아버지의 방과 할머니의 방으로 나뉘었다. 산전수전을 모두 겪은 이들에게 남성과 여성의 구분은 의미가 약했다. 성을 구분하여 방을 만들었는데 노인들이 방의 성격을 재편하였다. 사실 이들은 성적으로도 노년기에 접어들었다. 기름진 음식을 먹으며 수명이 길어져 욕망은 잔재하고 있더라도 성적인 욕구를 채우기에는 쇠잔해졌다. 문틀에 부착된 할머니 방과 할아버지 방의 문구를 쓸모없는 문패쯤으로 간단히 의미를 낮췄다.

황혼 연애에 빠져들거나 황혼기 연애를 동경하는 부류와 황혼 연애를 경멸하는 부류로 구분되었다. 황혼기 연애를 경멸하는 노인은 무료한 시간을 허비할 수 있는 마땅한 공간을 찾지 못했다. 물과 기름처럼 융합될 수 없는 이들을 분리 수용하는 방이 필요했다.

황혼기 연애에 긍정적인 노인이 할머니 방을 차지했다. 할아버지 방은 허무하고 쓸쓸한 노인의 수용소가 되었다. 할머니 방에서 야릇함이 감돌았다. 할머니 방이 할아버지 방보다 온도가 삼 도쯤 높았다. 쇠잔해졌지만 열정이 아직 온기를 품고 있었다. 냄새도 달랐다.

이진은 시모의 낯을 세우기 위해 적어도 일주일에 한 차례는 할머니

방에 갔다. 막걸리와 안줏거리를 들고 가는 날도 있었고 방앗간에서 절편을 만들어 가기도 했다.

어제 봤던 노인이 갑자기 자리에 없는 날도 있었고 낯선 노인이 보이는 날도 있었다. 갑자기 생을 달리한 사람과 노인의 대열에 새롭게 들어오는 사람이 어느 동안 머물다 가는 마지막 간이역이었다. 노인마다 예측할 수 없는 변화의 조짐이 날마다 생겼다.

수명이 일주일 만에 삼사 년은 짧아져 보이는 노인이 있었고 그만큼 늘어나 보이는 노인도 있었다. 경로당은 서로의 수명을 잘라먹고 먹히며 황혼의 느릿한 걸음으로 힘겨운 간이역이었다.

시모도 영감의 연인이 되고서 심기가 뒤틀리는 정도의 변화가 생겼다. 연애를 마다하는 허허로운 노인의 수명을 잘라먹고 있음이 분명했다. 영감도 그랬다. 평생 책상에 앉아 서류정리만 하던 공무원의 곱고 오동통한 살집이 빛을 발했다. 영감이 시모의 수명을 잘라먹지 않음은 분명했다. 시모도 영감의 수명을 잘라먹지 않았다. 시모와 영감이 연합하여 이웃 나라 영토를 야금야금 침범하듯 경로당 노인들의 얼마 남지 않은 여생을 사마귀처럼 갉아먹는 중이었다. 서로 손을 맞잡고 호기스럽게 웃었지만, 숨긴 사마귀 발톱이 날카로웠다.

자식에게 황혼기 늦바람이 아름다울 수 없었다. 경로당에서 이성을 만나는 시간은 봉양의 미흡함을 잊고 있을 시간이므로, 자식은 황혼 만남에 가타부타 끼어들지 않으며 방관했다.

자식이 성장해서 새로운 세대의 가족을 형성했다.

자식의 영역이 또렷하게 생겨났다. 자식만의 영역을 빠르게 간파하는 눈치가 필요했다. 지혜롭게 물러나야 함은 노인의 의무가 되었고 뒷전으로 물러나는 순리를 알아야 했다. 뒷방의 역할인 경로당이 있어서 자식은 일정량의 짐을 덜었다.

"순자. 할망구 옷차림이 꼭 서양 무당 같구나?"

시모가 고모를 순자라고 불렀다. 경자와 순자의 환영받지 못하는 재회를 이진은 멀거니 방관했다.

말투와 눈빛으로 보아 둘은 나이가 같거나 어려서부터 아는 사이가 분명했다. 시모보다 원색인 옷차림과 밝은 피부와 고상한 미소를 짓는 고모는 서있는 자세와 웃음과 눈빛이 자연스러웠다. 심통이 난 시모의 모습은 부자연스러웠다. 영감이 이국풍의 고모를 세밀한 눈초리로 바라보았다. 시모의 콧바람이 불규칙해졌다. 시모의 내부에서 불균형 모멘트가 생성되고 있다는 증거였다.

"이 어르신이 올케의 보이프렌드?"

고모의 시선이 영감에게 닿았다. 보이라고 불리기가 민망해진 영감이 얼굴을 붉혔다.

"올드보이프렌드 맞죠?"

고모가 턱을 갸웃거려 씽긋 웃었다. 시모의 가슴을 주먹으로 탕 두드리는 웃음이었다.

시모의 왜소하면서 살집 없는 몸이 파르르 떨었다. 추운 나라 캐나다에서 살집이 알맞게 붙은 고모는 살결이 곱기도 하였거니와 설렁탕 국물처럼 부연 빛을 발했다. 시모는 살집이 없어 주름이 자글자글했다.

시모는 고모가 경로당에서 떠나기를 바라는 눈치였다.

고모는 영감과 시모를 번갈아 보면서 이국적인 웃음을 계속 흘렸다. 사십 년 만에 재회한 시모와 말을 더 나누고 싶은 눈빛이며 영감에게 미주알고주알 캐묻고 싶은 눈빛이기도 했다. 자신보다 영감에게 눈길을 더 던지는 영감의 태도가 시모의 가슴을 긁었다.

이진이 경로당 옆 슈퍼로 갔다.

마실 것을 고르는데 눈에 선뜻 들어오지 않았다. 탄산음료나 아이

스크림을 가져다줄 수는 없었다. 경로당 냉장고에 커피를 비롯한 간단한 차를 마실 수 있는 준비가 되었다. 매실청과 유자청과 한방차를 노인들이 좋아했다.

이진이 사다 놓은 매실청도 냉장고에 있었다. 시모가 요구해 복분자 음료도 사다 놓았다. 복분자 음료는 영감을 위한 시모의 생각이었다. 노인에게 캔이나 병을 불쑥 내미는 것은 실례라고 이진을 교육했다.

포트로 물을 끓였다.

매실액을 넣은 컵에 뜨거운 물을 붓고 빨대를 넣었다. 고모가 찻잔을 두 손에 감아쥐었다. 그 모습은 찻잔도 시모도 영감도 존중한다는 묵언의 처신이었다. 곧고 곱게 삶을 지탱하였다는 의도된 여유로 보였다.

영감이 빨대를 물고 한 모금 삼켰다. 매실의 시큼한 맛이 목젖을 자극했고 영감이 코를 벌름거렸다. 시모가 빨대를 찻잔에서 꺼냈다. 후루룩 소리 내어 삼킨 시모도 얼굴을 찡그렸다.

고모가 빨대를 시계방향으로 천천히 돌렸다. 영감도 고모를 따라 시계방향으로 빨대를 돌렸고. 시모도 빨대를 찻잔에 넣어 돌렸다. 시모의 빨대 회전 방향은 반시계방향이었고 자신만 방향이 다름을 알고 방향을 바꾸었다.

*
*

고모가 처음 등장한 날.

시모의 일 층에 임대로 살던 노인이 죽었다. 고모가 공항에서 오고 있던 오전에도 멀쩡했다는데 갑작스럽게 명을 달리했다.

시모가 앞장서고 고모와 이진도 장례식장에 갔다.

성격이 데면데면하고 통통한 며느리가 영정 앞에서 눈물을 연신 훔쳤다. 망자의 아들이 보이지 않았다. 사우디아라비아 건설 현장 노동자인 아들이 아직 도착하지 못했다.

죽은 자에게 도리를 해야 할 사람은 며느리 혼자였다. 시모가 조문하는 동안 이진이 영정을 바라보았다. 영정에서 망자가 무슨 말을 하려다 멈춘 듯 눈을 부릅떴다. 약간 오므린 입술에서 미처 하지 못한 말이 혀 밑에서 감돌고 있는 느낌을 주었다.

며느리에게 무슨 말을 하려 했을까?

며느리에 대한 말을 누군가에게 하려다 포기한 표정일까. 며느리는 뚱뚱한 몸을 바닥에 놓고 눈물을 닦다가 이진을 보고 짧게 웃었다. 며느리에게서 망자의 살아생전 험담을 들었던 사람 중에 이진도 하나였다.

다섯 시가 조금 못되었는데 저녁을 먹어야 할 상황이 되었다.

며느리가 검은 상복의 데면데면한 몸을 끌고 와서 장례 도우미를 손짓으로 불렀다. 사우디아라비아에 간 아들이 서둘러 도착해 어엿한 상주 노릇을 해야 한다고 시모가 며느리를 다독였다.

"자정이 넘어서 돌아가셨더라면 당신 아들 손으로 마지막이 될 텐데 복도 없어요."

며느리가 탄식했다. 시모와 이진이 의아한 눈빛을 서로 맞추었다. 낮에 돌아가셨으면 모레 영결식이 아니냐고 시모가 물었다. 사실은 어젯밤에 돌아가셨는데 정오까지 자는 줄 알고 있었다고 며느리가 훌쩍였다. 시모와 이진의 시선이 또 맞닿았다. 그러는 사이에 저녁밥이 차려졌다.

"사우디가 얼마나 멀기로서 부모 영결식도 못 본다는 말이냐?"

시모가 퉁명스럽게 뱉었다.

"건설 현장에서 공항까지 오고 직항이 아닌 비행기를 갈아타면서 오느라 이틀은 족히 더 걸리겠지."

비행기를 타본 고모가 시모의 말을 받았다.

"장지는 어디인가?"

어제까지도 한 건물에서 살았던 노인이 어느 곳에서 영면할 것인지 시모가 물었다.

"쪼그려 앉아있을 땅이라도 있으면 셋방살이 신세겠어요?"

한탄인지 고인이 된 시어머니를 원망하는 것인지 분간이 안 되는 표정으로 며느리가 대답했다.

"아들이 사우디에서 피땀 찔찔 흘려 번 돈은?"

대화를 건성으로 들으며 빈소와 장내를 흘끔거리던 고모가 물었다. 한국을 떠나기 전과는 달라진 장례문화를 귀국한 첫날에 맞닥뜨렸다.

"얼마를 보내왔는지도 모르고 보내왔다면 그 돈이 어디 있는지 저는 몰라요."

며느리가 시퉁스럽게 대답했다. 돈과 관련해서 시모에게 불편했다는 심정이 표정에 살아났다.

"내일이 발인인데 장지도 정하지 않았단 말이야?"

시모의 표정도 시퉁해졌다.

"시청에서 운영하는 화장터에 예약했어요."

화장터에도 예약한다? 며느리가 대수롭지 않게 한 말이 이진은 낯설었다.

"아들이 오기도 전에 시신을 불태운다고?"

며느리를 바라보는 시모의 시선에 가시가 돋았다.

며느리가 일어나 빈소로 갔다. 음식이 나왔는데 고모가 방울토마토 한 알 쥐었고 그대로 남았다. 아들이 번 돈을 며느리에게 주지 않은 이유를 이해했다는 동조일까. 시모와 고모가 눈을 맞추며 고개를 주억거렸다.

"쯧쯧. 죽었다고 천륜도 모를까?"

조문객도 없는 빈소에 펑퍼짐하게 앉은 며느리를 보며 시모가 혀를 찼다.

"묘를 쓸 땅이 있어도 화장하는 세상이 되었어."

고모가 말은 그렇게 했어도 표정은 씁쓸했다.

"캐나다란 땅은 눈이 폭폭 쌓여서 경자 너 거기서 죽어 땅에 묻히면 꽝꽝 언 송장이겠구나?"

시모가 느닷없이 시비를 걸었다.

"목숨 끊어진 송장인데 얼면 어떻고 말라비틀어지면 또 어떨까?"

고모는 너그러운 웃음을 얹어서 시모의 시비를 받아넘겼다. 시모가 얼굴을 찡그렸다. 시비를 건 속셈을 고모가 알아차리지 못했는지 알고도 모른 척한 것인지 어쨌든 시모는 찡그린 얼굴을 펴면서 쯧쯧 혀를 찼다.

"사우디로 아들 보내고 화장터로 가는 저 노인네는 죽어서도 박복하다만, 경자 너는 화장장에 태워다 줄 자식이 없으니 참말로 안타깝다."

시모가 시비를 걱정으로 둔갑시켜 고모를 자극했다. 경로당에서 영감 앞에 당한 수모를 앙갚음하려는 의도였다.

"길바닥에서 죽어도 관청에서 장사를 치러주는 나라니까 괜한 걱정 안 해도 돼."

고모가 사뿐하게 응수했다.

"싸늘한 나라에서 자식도 며느리도 없으니 평생을 냉방에서 사는 것과 뭐가 다르니?"

시모가 시비를 걸었다.

"캐나다 경로당에는 건장하고 듬직한 영감이 많아."

고모가 시모의 연인 영감의 왜소함을 비꼬며 너끈하게 받아넘겼다.

이진이 생수를 종이컵에 따라 두 노인에게 건넸다.

"너는 열아홉 살에도 말투가 사납더니 아직도 사사건건 트집을 잡고 나서는 게니?"

생수를 한 모금 마신 고모가 핀잔을 주었다.

"트집이 아니라 옳은 말이었어."

시모가 자식을 자꾸 들먹거려 고모를 곤란하게 만들려고 했다. 고모는 너그러운 웃음으로 시모의 시비를 피했다.

무리의 조문객이 들어왔다.

죽기 전에 다녔던 교회에서 신도들이 성경을 들고 며느리가 앉았던 빈소에 줄을 맞추어 앉았다. 찬송가를 부르고 기도문을 합창했다. 너 나없이 성경책을 펴들었다. 죽은 자의 영정 앞에서 손금을 펴고 자신의 수명을 계산하는 모습 같았다. 이진은 신도들을 바라보며 고모가 말한 시모의 열아홉 살 사나웠다는 말투를 되새겼다.

*

장례식장의 차려진 음식을 마다했으니 저녁을 먹어야 했다. 이진이 남편에게 전화했다. 남편이 중요한 회의가 있어 나올 수 없다며 통화를 끊으려 했다. 고모에게 인사라도 하라고 이진이 말하자, 잠시 후에 전화를 걸겠다며 통화를 끝냈다.

"저녁 드시고 들어가세요."

이진이 고모에게 말했다. 저녁 드신 후 시모의 집으로 가라는 의미였다.

"사람이 죽어 나간 빈집에 들어가기 싫다."

시모가 이진의 아파트로 오겠다고 말했다. 그래도 저녁은 식당에서 먹자고 이진이 청했다. 고모가 좋아했고 시모는 떨떠름한 표정을 지었다.

고모에게 공항에서 나와 점심으로 무엇을 먹었는지 시모가 물었다. 뚝배기 재래된장 찌개를 먹었더니 좋았다는 말에 시모가 다짜고짜 앞장섰다. 비행기 타고 그 먼 나라에서 왔는데 대접이 시원찮다며 식육 식당으로 들어갔다.

허름한 실내로 들어가자 고기 굽던 연기가 찌들어 비릿한 냄새가 코를 자극했다. 빙판을 걷는 것처럼 바닥이 미끈거렸다.

시모가 걸려 온 누군가의 전화를 받는 중에 남편의 전화가 왔다.

시모가, 아범이냐? 물었고. 통화 중인 이진이 그렇다고 대답했다.

"손님 한 분 더 오신다."

이진이 통화를 하는 중에 시모가 다짜고짜 말했다. 식당으로 마땅히 가야 하지만 업무 때문에 가지 못한다는 남편의 말과 겹쳤다.

"누가 또 오신다고 하셨어요?"

이진이 통화를 끝내고 물었다.

"영감님이 도착하기 전에 아범이 와있어야 도리다."

시모가 선언했다. 이진은 난처해졌다. 시모의 아들이 오지 못한다고 방금 통화했음을 모르고 영감만 앞세워 도리를 운운했다. 이진이 난감한 표정으로 쭈물거렸다.

"어째 대답이 없냐? 넌 시어미 말을 귓등으로 듣는 몹쓸 버릇을 아직도 못 버렸니?"

시모가 다짜고짜 언성을 높였다.

"아범이 못 오는 것이로구나?"

고모가 잔잔한 음색으로 시모의 버럭 화를 무력화시키고 이진을 다독였다.

"아범이 고모님을 뵈러 와야 도리인데 회사에서 나오기가 어렵다고 방금 통화했어요."

이진은 고모가 고마웠다.

"아범이 그렇게 말하더냐?"

시모가 또 왈칵 성을 냈다.

"회사에 중요한 일이 있어 늦을 거라고 어제부터 말했어요."

이진이 없었던 말을 급조했다.

"아범이 참말로 그렇게 말했냐?"

시모가 입술을 오므렸다. 속에서 불편한 심기가 뭉치고 있음이었다.

"네."

이진이 짧게 대답했다.

"못된 것."

시모가 기어코 어금니를 깨물고 아들을 힐난했다. 고모에게는 도리상 뵙지 못하여 죄송하다면서, 영감을 향한 변명이 없으니 시모의 화기가 돋았다.

"회사가 바빠서 오지 못한다는데. 어미로서 자식에게 할 말이니?"

고모가 시모에게 화를 냈다.

"내 자식 밥숟가락에 돌을 얹던, 쌀밥을 얹던 경자 네가 상관할 바 아니다."

시모가 목을 곧추세웠다.

"내가 캐나다에 가있는 동안 매사에 그랬구나? 불쌍한 내…."

고모가 말을 멈추고 눈물을 뚝 떨궜다.

뜻밖의 상황에 시모의 얼굴이 창백하게 굳었다. 고모가 입술을 꼭 깨물었다. 볼로 떨어지는 눈물을 주먹으로 뭉갰다. 불판에서 지글지글 익은 삼겹살을 고모는 한 점도 먹지 않았다. 시모도 몇 점 입에 넣고는 젓가락을 놓았다.

이진이 불판에 상추를 깔고 익은 삼겹살을 얹었다. 시모는 물론 고모도 목젖에 대추나무 가시가 콱 찔린 듯 목울대를 울컥거릴 뿐 더 먹지 않았다.

이진은 고모의 끊어낸 불쌍한 내…, 뒷말이 무엇일까, 시모는 왜 갑자기 창백해졌을까, 궁금했으나 물어볼 분위기가 아니었다.

시모가 영감에게 소곤소곤 통화했다. 저녁 식사가 끝났는데도 이진이 일어날 수 없었다. 지갑을 손에 쥐고 시모의 눈치를 살폈다.

"영감님은 못 오신다."

시모가 자리에서 일어났다.

시모와 고모의 말다툼 후 갑작스러운 침묵과 서로를 흘끔거리며 무엇인가를 경계하는, 일련의 어색하면서 불편해진 상황은 남편에게서 비롯되었다. 두 노인 사이에 함부로 말할 수 없는 무엇인가가 똬리를 틀고 있음을 이진이 확신했다.

제6장
___

나팔꽃과
트럼본

휴일 한낮. 출근하지 않는 휴일 낮잠은 지켜보는 사람에게도 꿀맛이다.

소파에서 정민이 낮잠에 함몰되었다. 부쩍 두툼해진 옆구리로 살집이 뭉치는 장면이어서 이진은 언짢고 짜증 났다. 실내 공기의 흐름이 정지되고 무료가 숨을 틀어막았다.

이진이 일부러 소리 내어 창문을 활짝 열었다. 실내로 부는 바람도 잠깐이었다. 무엇인가 하지 않으면 이진도 안방 침대나 식탁 의자에서 정민처럼 낮잠으로 응고될 것 같았다. 그러면 안간힘 중인 뱃살이 깍짓동처럼 늘어질 터였다.

고모가 노모를 만난다며 경로당에 갔다.

귀국하는 날 시모와 영감을 찾아갔을 때의 경로당의 노인들이 궁금한 거였다.

*
*

정민이 무거운 몸으로 소파에서 뉴스를 보는 동안 이진이 설거지하고 세안하여 보습크림을 발랐다. 욕실 배수가 시원스럽지 않았다. 양치하고 입을 게워낸 하얀 물이 세면대에서 게으르고 늙은 연체동물로 똬리를 틀었다가 내려갔다.

뉴스가 종료되고 정민이 침대로 어정어정 걸어왔다.

소파에서 리모컨 버튼으로 채널을 돌리다가 잠들곤 하던 남편이 침대의 아내에게 왔다. 이진이 이마로 덮은 이불을 손아귀로 움켜쥐었다. 정민이 이불을 잡아당겼다.

샤워 후 누운 이진의 가슴과 배꼽 언저리와 허벅지에서 희부연 여유로움이 드러났다. 정민은 콩새를 생각했다. 벼락과 돌풍으로 나뭇가지가 부러지는, 비 오는 날의 콩새. 두려워서 깜빡이지 못하는 눈동자. 공포에 잔뜩 웅크린 콩새를 떠올렸다.

이진은 어떤 감흥을 느끼지 못했다. 남편은 거실의 텔레비전으로, 아내는 나른한 사물로, 무관심하던 시간이 서로를 바라보며 대화하던 시간보다 월등하게 많았다.

정민이 이진의 목을 쓰다듬었다. 살집이 여유로워진 만큼 감각이 둔해진 것일까. 욕실을 차례로 쓰고 먼저 변기에 앉았던 자의 냄새를 맡아야 했고. 어쩌다 칫솔도 섞어 쓰고. 벗은 몸을 아무런 느낌 없이 바라보고. 방관하며 살아 놓고서 처음의 설레던 느낌을 기대하는 것은 누가 들어도 참 웃기는 얘기였다. 서로 익숙해지는 만큼 서로가 잃는 것도 있어야 했다.

"요즘 말이 없어졌어?"

정민이 곁에 누웠다. 말이 없어진 게 아니라 서로를 방관한 거였다.

이진은 잠자리에서 정민의 얼굴을 바라본 기억이 없었다. 이십 년이나 몸을 섞으면서 정민의 표정을 응시한 기억이 없었다.

벌겋게 상기된 얼굴이었을까. 몸 어딘가 아픈 표정으로 땀을 이마에 송골송골 맺고 있었을까. 아이스크림을 먹는 소년처럼 행복한 얼굴이었을까. 입술을 하얗게 말리며 무엇인가를 갈구하고 있었을까. 그것도 아니면 이진처럼 눈을 감았을까.

어쨌든 이진은 정민을 바라보지 않으려 눈 감고 외면한 행위였다.

각자의 가파른 언덕길을 바삐 또는 나른하게 지났던 행위에 불과했다.

이진은 이혼한 동창과의 카페 수다가 떠올랐다.

부부가 결혼 후. 오 년 동안 행위마다 남편이 나무판에 못을 하나씩 박았다.

어느 날은 두세 개도 박힌 날이 있었다. 결혼 오 년 차부터는 행위마다 박아놓은 못을 제거했다. 천명을 다해 임종을 맞는 순간의 남편이 아직도 남은 나무판의 못에 한을 버리지 못하더라는, 가치라곤 좁쌀 알갱이만큼도 못한 수다를 생각했다.

*
*

정민이 괴로운 계절이 시작되었다. 풍만한 살집이 뿜어내는 땀은 당사자도 고역이지만, 이진도 땀으로 번질번질한 접촉이 싫었다. 땀을 닦아내야 할 수건이 소파나 침대에 필요했다. 이진이 습하고 구질구질하다며 싫어하는 장맛비를 정민이 반겼다.

저녁 여덟 시. 정민이 일어나 맨손체조를 하다가 공원에 가자고 했다.

어두워진 놀이터의 둥근 가로등 아래로 아이들이 우글거렸다. 아파트와 산의 접점 자투리 공원이 등산로와 연결되었다.

산은 나지막했다. 아이가 놀이터에서 소란했고 등산로에 삼삼오오 자리를 깔고 음식을 먹었다.

뜻밖의 외출에 이진은 돗자리와 얼음물을 마련했다.

짙게 우거진 숲에서 어둠이 내려오다 가로등에 막혀 주춤 물러났다. 정민이 놀이터 철봉에 매달렸지만, 아주 잠깐 대롱거렸을 뿐이었다. 철봉에 매달리는 정민이 갸륵해서 이진이 터지는 웃음을 참았다.

"절벽에 매달리는 순간 삼 초도 버티지 못하고 떨어지겠네."

자조 섞인 말로 정민이 등산로에 들어갔다.

몸무게를 줄여. 식단관리를 해야겠어. 여타의 아내라면 했을 잔소리를 이진은 생각만 했다.

겨우 삼 초나 매달렸나? 정민이 어깨에 통증이 생긴 듯 주물렀다.

"단련하지 않으면 근육이 파열해."

이진이 웃지 않으려 해도 비아냥이 섞였다.

"옛날 형벌에 사지를 찢는 거열형이 이런 통증이려나?"

정민이 이진의 허벅지만큼 굵은 팔뚝을 주물렀다. 손가락도 통통하게 살이 붙어서 한입 뜯으면 맛있을 닭 다리가 생각났다.

어둠을 품은 숲에서 바람이 불어 나왔다. 등산로 곳곳의 돗자리에 삼삼오오 앉아 잡담을 나누거나 소란하게 술을 마셨다.

들어갈수록 시원해지는 바람 탓에 인적이 드문 곳까지 올라갔다. 어둠이 웅크린 숲에서 기척이 났고 중년 후반의 남녀가 걸어 나왔다. 남자가 옷을 툭 툭 털어 매무새를 고쳤고 여자는 돗자리와 물통을 손에 들었다.

"등산객을 호객하는 매춘부야."

정민이 이진의 귀에 속삭였다.

남자가 멋쩍게 손들어 여자와 인사를 나눈 후 놀이터로 내려갔다. 여자가 벤치에 앉아 담배를 태웠다. 올라오는 남자에게 웃으며 가래가 끓는 탁한 목소리로 남자를 유혹했다. 아저씨, 커피 마시고 가요. 아저씨, 이리 와. 여자가 계속해서 지나는 남자들에게 말을 걸었다.

위쪽으로 거리를 둔 여자가 더 있었다. 돗자리와 보온 물통을 든 여자가 모두 그런 여자로 보였다. 이진은 정민의 돗자리와 자신의 물통에 후후후 웃었다. 정민의 돗자리를 이진이 넘겨받는다면 영락없이 매춘부로 여길 터였다.

"잠깐만 들고 있어."

장난스레 웃은 정민이 돗자리를 다짜고짜 건네고 매춘부로 갔다. 입에서 댓진 냄새 지독할 여자와 몇 마디 주고받던 정민이 이진을 향해 웃었다.

이진이 돗자리와 물통을 들고 숲으로 숨었다. 여자의 시선에서 멀어지고 싶었다. 정민이 여자가 따라 주는 커피를 마시면서 웃었다. 나무 밑에 숨은 이진을 보며 크게 웃기도 했다.

여자가 일어나 어둠으로 들어갔고 쪼그려 앉은 이진을 정민이 또 바라보았다. 정민이 방금 여자가 들어간 어둠으로 들어갔다. 이진이 일어나 소리 지르려다 한 무리 일행이 시끌벅적 내려오는 중이라 입을 다물었다. 일행이 이진 옆으로 지나 내려갔을 때는 여자도 정민도 보이지 않았다.

놀이터에서 올라온 남자가 다가와 이진을 응시했다.

"난 아니에요."

이진이 떨리는 목소리로 저항했다.

"잠깐이면 되잖아요."

남자가 손목을 잡았다. 위쪽에서 사내를 기다리던 여자가 이진을 향해 침을 탁 뱉었다. 정민이 들어간 숲이 함정처럼 캄캄했다.

이진은 남자가 이끄는 대로 등산로에서 내려왔다.

놀이터에서 남자는 잡았던 이진의 손을 놓고 앞장서 내려갔다. 이진은 사람들이 많은 놀이터에서 도움을 요청하거나 거부해야 했는데, 귀신에 홀린 듯 남자를 따라 골목으로 걸어갔다.

남자가 이진을 놀이터와 가까운 모텔로 데려갔다. 침대와 화장대와 둥근 탁자와 의자 두 개가 있는 객실에 갖은 냄새가 물큰한데, 거북스럽지 않았다. 약에 취한 듯 망연한 이진을 남자가 의자에 앉혀놓고 셔츠를 벗어 옷걸이에 걸었다. 바지도 벗어 셔츠와 나란히 걸었다.

"색다른 아름다움이 보였어요."

남자가 마주 앉아 웃었다.

이진은 그저 남자를 응시했다. 남자가 양말을 벗으며 이진도 함께 벗어 줄 것을 눈빛으로 요청했다. 이진이 마술에 걸린 요정처럼 망연해져 블라우스 단추 여밈을 풀었다. 남자가 이진을 일으켜 가슴에 안았다. 치마가 바닥으로 떨어졌다. 남자의 가슴에 안겨서 발목에 걸린 치마를 방구석으로 밀었다. 남자가 이진을 침대에 조심스럽게 눕혔다. 남자가 브래지어와 팬티와 양말을 차례로 벗겼다. 남자가 몸을 포개 와서 목덜미와 젖가슴과 그리고 입술에 입을 맞추어 왔다. 배꼽 근처와 살 가까이 아주 정성스럽게 입을 맞췄다.

외간 남자에게 벌거벗은 채 수치심과 열기를 동시에 느꼈다. 남자가 알몸의 이진을 내려다보면서 옷을 모두 벗었다. 이진은 남자의 그것을 보았다. 남자의 그것이 탄탄하게 부풀었다.

이진이 눈 감고 정민을 생각했다. 요즘 정민의 그것이 고깃덩어리에 불과한 날이 가끔 생겨났다. 뚱뚱해져 혈액 순환에 장애가 생겼다고 이진은 단념하곤 했다. 정민의 요청으로 혀와 입술로 애무해도 탄력을 잃은 부드럽고 작은 살덩이였다.

이진이 남자와 들어갔던 모텔 옆 건물의 카페에서 기다린다는 메시지가 삼십 분 전에 도착해 있었다.

"미안해."

이진이 카페로 들어가 자리에 앉자 정민이 말했다.

이진은 대구하지 않았다. 말을 꺼내면 평소와 다른 음색이 나올까 두려웠다.

"호기심 때문에 따라가 봤어. 십 분 정도 여자와 얘기하고 나와 보니 당신이 없어졌더군. 등산로 꼭대기까지 갔는데도 당신이 없었어. 오해하고 있을까 봐 얼른 당신하고 만나려고 했는데, 벌써 오십 분이나 지났어."

정민이 변명했다.

이진은 고개를 끄덕이고 입을 열지 않았다. 입을 열면 남자와 엉겨 붙어 지르던 신음이 나올 것 같았다.

"정말 미안해."

정민이 재차 사과했다. 이진이 아무런 말 없이 편안하게 웃어주었다. 정민의 당황스러워하던 표정이 풀렸다.

"이해할 줄 알았어."

정민이 이진의 손을 잡았다. 이진의 살갗 이곳저곳에서 남자와 달구었던 쾌락의 잔재가 파삭파삭 튀었다. 돌아오면서 남자가 주머니로 넣어준 지폐를 만지작거렸다.

*
*

자영이 축제라서 강의가 없다며 기숙사에서 돌아왔다.

첫 축제를 마다하고 집에 온 딸에게 반가운 마음도 있지만, 어울리지 못하는 외톨이가 아닌지 염려되었다. 혹시 자영을 감시하고 통제하는 몹쓸 녀석이 생긴 것은 아닐까.

예고 없이 배달된 소포처럼 자영이 현관에서 환하게 웃었다.

이진은 반가움도 냉랭함도 아닌 멀뚱한 시선으로 자영을 살폈다. 굽이 높고 표면이 반질반질 코팅된 우윳빛 구두를 벗고 걸어와 아프리카 오지를 석 달쯤 다녀온 표정과 동작으로 이진을 포옹했다. 이진은 딸의 목덜미에서 금빛 체인 목걸이를 보았다. 어떤 종류의 샴푸와 향수를 사용하는지 짧은 호흡으로 염탐했다.

언제나 그랬던 것처럼 자영이 이진의 시선을 받으며 미니스커트와 블라우스를 벗어 헐렁한 바지와 셔츠로 갈아입었다. 오월 볕의 호박 덩굴손처럼 빠르게 성숙이 진행되었음이 목격되었다. 교실과 교과서와 평가 문항에서 벗어난 자영의 변화는 경사가 급한 계곡물처럼 빠르고 명쾌했다. 좁은 틈으로 굽이치다가 너럭바위를 만나고 수심 깊은 용소를 지나서 강의 본류와 합류하듯 성인이 되어가는 표정과 말투가 엿보였다.

이성 친구가 생겼을까?

소포 포장을 벗기듯 요모조모 뜯어보았다. 공장에서 출시된 상품의 오류를 검사하듯 깐깐하게 관찰했다. 고등학교 삼 년의 억제되었던 성숙 호르몬이 터진 물처럼 자영을 변모시켰다.

"바다에 가고 싶어."

자영이 문득 바다를 말했다.

"출렁이는 파도가 보고 싶어. 파도는 왜 하얗지? 바다는 푸른데 파도는 왜 하얀 모자를 쓰고 있을까?"

자영이 바닷바람을 토해내듯 숨을 몰아쉬었다.

이진의 가구가 케케묵던 거실에서 짠 냄새가 버석했다.

자영이 거울에다 표정을 요리조리 바꾸었다. 표정에 따라 시선을 어디에 두고 있어야 매력이 있어 보이는지와 그때마다 어떻게 미소를 지어야 하는지 터득하는 과정이었다.

이진은 자영의 손가락에 커플 반지가 있는지 살폈다. 옷깃을 여며주며 체취를 또 맡았다. 눈동자의 깊이가 분명히 달라졌다. 고등학생의 굴레에서 대학생의 광장으로 옮겨간 자영에게 변화가 있음은 분명했다. 이성 친구가 생겼다는 확신은 찾지 못했다.

"바다로 가자니까?"

이진의 의심스러워하는 시선을 자영이 잡아챘다.

"그래. 갯바위 보러 가자."

이진이 흔쾌히 동의했다. 자영은 창이 긴 모자를 쓰고서 파도를 보고 싶다고 중얼거렸다. 이진은 갯바위에서 수평선으로 조물조물 내려앉는 햇살을 오랫동안 바라보겠노라 생각했다.

"결혼하면 아이를 낳아야 한다는 거 어떻게 생각해?"

이진이 준비하지 않았던, 겨우 스무 살인 딸에게 뜬금없이 물었다.

"아이를 낳아?"

자영이 화들짝 놀랐다. 이진도 자신에게 놀라 자영의 손을 쥐었다.

"엄마가 스물넷에 날 낳았다는 거 이해할 수 없어. 스물넷은 아이를 낳을 만큼 세상을 알지 못하잖아?"

자영이 입술을 삐죽였다.

"그렇지? 너는 서른은 되어 아이를 낳았으면 좋겠다."

이진이 손아귀에 힘을 주었다. 꼭 그렇게 하라는 압박이었다.

"아이… 같은 거. 낳지 않아."

자영이 손을 빼냈다.

"아이 같은 거?"

이진의 눈이 동그랗게 떠졌다. 자영이 이진과의 대화를 회피하듯 베란다로 돌아섰다. 이진이 자영을 소파에 앉혔다.

"대학 가더니… 변했구나? 지금 그런 생각할 시기가 아니잖니?"

이진이 다리를 오므려 바르게 앉았다. 딸에게 해야 할 말의 무게를 얹기 위해 엄숙한 표정도 지었다.

"나는 엄마에게 뭐야? 아빠에게는 나는 어떤 존재야?"

대학생이면 절반은 타인이 된다고 예감했다. 양육의 최종은 자녀를 남남으로 만드는 것이라는 말에 이진도 동감했다. 대학생이 되고 두 달이 지났다. 생각의 변화가 이렇게 바삐 진행되었단 말인가? 스무 살의 딸에게 변화를 안겨 준 자가 어느 놈일까.

"아빠나 엄마를 존재라고 말하면 곤란해."

이진은 딸의 변화를 조절해야 한다는 조급함에 사로잡혔다.

"존재가 아닌 거야?"

자영이 모유를 주던 이진의 가슴과 주름이 생긴 목을 바라보았다.

"난 너를 낳은 엄마고 아빠는 너를 이 세상에 태어나게 하신 분이야."

이진은 차분하게 조합한 설득이 어줍다는 것을 깨달았다. 서툴고 어줍은 화술. 이진이 아직도 세상을 사는 방식이라는 서글픔이 빠르게 스쳐 갔다.

"나란 존재. 엄마와 아빠를 묶어주는 역할. 운동화를 살 때 켤레가 섞이지 않도록 묶어둔 끈. 한 짝만 살 수 없도록 운동화를 묶어놓은 끈이 나란 존재일까?"

자영이 눈자위를 뒤집으며, 생각을 조합하며 느리게 말했다.

"너… 남자 친구 생겼니?"

자영이 배달된 소포처럼 현관에 섰을 때 가슴에 고였던 말을 꺼냈다.

"엄마가 남자 친구를 왜 물어?"

자영이 사각형 교실의 지문과 문항의 굴레에서 벗어났다. 사각의 가변 불가하던 생각의 틀이 변할 줄은 이진이 예감하지 못했다. 오각형의 내각을 조절하면서 생각의 틀을 다양하게 적용하기 시작했음이 엿보였다. 내각이 날카로운 예각으로 접히면 외곬의 돌발적인 성격으로 변모하는 게 아닌가. 자영이 위태롭게 보였다.

"아빠와 엄마는 서로에게 무관심해질 때가 되지 않았어? 이제부터는 서로에게 설득과 강요는 그만해. 감정이 상하고 자존심이 구겨지는 일이 생겨도 무관심하면 원만해지는 거야."

자영이 표정이 모호하게 변했다. 무관심이란 단어를 선택한 자책 때문일까.

이진은 자영을 바라보는 시선이 냉랭해짐을 어쩔 수 없었다.

이진의 시선에 움찔해진 자영이, 무관심해졌다고 서로 사랑하지 않음이 아니라고 변명했다. 엄마와 아빠는 서로에게 생채기를 내지 않는 삶의 방식을 터득해놓고 무관심을 가장하고 있다고 변명에 대한 변명을 덧붙였다. 그렇다고 젊은 시절의 관심과 연민과 동정이 없어진 것은 아니라고도 했다. 감정도 오래 묵으면 볼트의 조임처럼 닳고 헐거워지고 느슨해짐이 누구나 있다고 말했다. 다투거나 심지어 이별할 열정이 소진되어 헤어질 가능성도 배제되었다고 말했다. 자영이 최근에 심취한 교수가 아마도 노년일 것이며, 남성이 닳아서 중성으로 변모했을 것이라고 이진이 추정했다.

"황혼 이혼이 거리낌 없이 유행한다는 거 알지?"

이진이 자영의 논리에 빗장을 걸었다.

"무관심 때문에 이혼하는 게 아니야. 돌이킬 수 없을 만큼의 틈이 생기면 바위가 갈라져야 하는 것처럼 각자 편안한 위치에서 홀로서기를 하는 거야."

자영의 논리가 흔들렸다.

"노년에 각자의 편안한 홀로서기가 가능할까?"

이진이 반문했다.

"태어날 때도 혼자였잖아?"

이성 친구 며칠 사귀었을 감정의 그물로 이십 년 부부의 삶을 논쟁하려는 자영의 얼굴이 붉어졌다.

"황혼기에 연애하는 노인도 많아."

네 할머니처럼. 말끝에 덧붙이려다 거두었다.

시모가 경로당에서 영감과 정분이 난 사실을 자영은 어떻게 받아들일까.

"인생은 나팔꽃이래."

자영이 겸연쩍게 웃었다. 인생을 통달한 듯 엄마에게 말해서 겸연쩍어진 거였다.

"나팔꽃을 보기나 했니?"

이진은 나팔꽃을 말함으로써 자영의 겸연쩍어진 언저리를 토닥였다.

"트롬본처럼 생긴 꽃 아냐?"

자영이 머뭇거림 없이 대답했다.

"나팔꽃이 트롬본처럼 인생을 빠악빠악 연주라도 한다니?"

자영이 나팔처럼 생긴 꽃이라고 대답했다던가, 꽃잎이 나팔처럼 생겼다고 대답했다면 이진은 더 묻지 않았을 것이며 자영은 겸연쩍은 언저리를 조금은 더 안고 있어야 했다.

태양은 일곱 자매였다.

태양들은 각자의 영역을 다스렸다. 막내 태양은 게으른 마을을 맡았다. 막내 태양이 그 마을을 지나면 사람들이 자고 있어서 무척이나 심심했다. 그래서 언니 태양들이 나팔꽃 씨와 병아리를 주었다. 막내 태양이 기뻐서 열심히 키웠다. 씨는 자라서 여러 송이의 나팔꽃을 피웠고, 병아리는 자라서 닭이 되었다. 새벽마다 닭이 홰를 치면서 꼬끼오 울었다. 닭의 울음에 놀란 나팔꽃이 나팔 소리를 냈다. 이미 게으름이 몸에 밴 사람들은 너무나 짜증이 났다. 아침마다 잠을 깨우는 소리를 찾아 나섰다. 닭을 찾아낸 사람들은 닭을 두들겨 패기 시작했다. 너무나 많이 맞은 닭은 온통 몸 주위에 알록달록한 멍 자국이 생겨났다. 닭이 두들겨 맞아 피부가 오돌오돌해지는 것을 목격한 나팔꽃은 겁이 덜컥 났다. 아침마다 나팔 소리를 낸다면 자신도 두들겨 맞아 우그러지고 찌그러질 것 같았다. 나팔꽃은 맞기 싫어서 매일 새벽에만 나팔꽃을 피웠다가 해가 뜨면 꽃을 접었다.

"나팔꽃은 새벽이나 그늘에서만 아름다운 꽃잎을 틔워. 정작 활기 있어야 할 낮에는 시든 채."

이진이 자영의 어깨에 손을 얹었다.

그늘에서만 사는 인생이 되지 마.

＊
＊

축제가 사흘이라던 자영이 친구를 만난다며 하루를 소진했다.

이튿날 이진은 자영과 바다로 가는 차를 탈 생각이었다. 아침 식탁에 마주 앉았다가 자영이 방으로 가서 통화했다. 정민과 이진이 수저를 놓고 자영의 통화가 끝나기를 기다렸다. 십 분 후 통화가 끝나고 자영이 식탁으로 오더니 아침을 먹지 않았다. 정민과 이진이 아침을 먹는 동안 샤워했다. 이진이 설거지하는 동안 화장하고 텔레비전 리모컨을 쥔 정민에게 돈을 얻어 외출했다.

이진은 자영이 바다로 가기 위해 오전에 돌아올 것이라는 믿음으로 기다렸다. 오후 세 시에 전화가 왔다. 점심을 먹었으니 걱정하지 말라고. 저녁을 먹고 들어올 것이라며 밤에 영화관에 갈 것인지는 아직 불확실하다고 했다.

자정까지 기다리다 아침에 일어나서 자영이 돌아왔음을 알았다. 곤하게 잠든 자영을 깨워 몇 시에 들어왔는지 새벽까지 누구와 무엇을 하였는지 캐물어야 했다. 정민이 만류했다. 자신은 자신이 책임지는 나이가 되었다는 이유였다. 고등학생이었다면 자영을 몰아세울 정민이었다. 이진의 눈에는 배려가 아니라 방관으로 보였다.

자영을 깨우지 않고 아침을 먹었다. 정민이 이진과 자영을 위해 차를 두고 버스로 출근했다. 이진은 자영과 바다에 갔다 올 요량이었다.

아홉 시가 넘어도 자영이 일어나지 않았다.

도대체 몇 시에 들어온 것일까? 궁금증을 입에 물고 자영이 방에서 나오기를 기다렸다. 스마트폰 벨이 울린 후에야 자영이 헝클어진 머리칼로 걸어 나왔다.

"선배도 잘 들어갔지?"

자영을 깨운 것은 새벽까지 같이 있었던 선배였다.

통화가 끝난 자영이 분주해졌다. 머리를 감고 샤워하면 뽀얗고 말끔해져 예쁠 텐데. 욕실에 들어가기 전 거울에 섰다. 어깨로 늘어진 머리를 손으로 묶어 올리고 눈을 똥그랗게 치켜뜨고 립스틱을 바르는 시늉으로 입술을 포갰다. 보조개가 생기도록 입술을 오므렸다.

이진은 자영이 바다에 갈 것이라고 믿었다. 씻는 시간도 길었고 화장하는 시간도 길었다. 이진은 자영을 참을성 있게 바라보았다.

"엄마, 나와 시간 같이 보낼 수 있지?"

열 시가 넘어서 자영이 말했다.

"어느 바다로 갈까?"

이진이 어제부터 입에 담고 있던 말을 토했다.

"바다?"

자영이 바지를 끌어 올리다가 멈췄다.

"그래. 바다에 가자."

"바다를 가? 엄마하고?"

자영이 마저 입지 못한 바지를 끌고 어정어정 걸어왔다. 스타킹과 다름없는 바지가 허벅지를 조였다.

"남해는 멀고 서해로 갈래? 아빠가 차 두고 출근하셨어."

이진은 바다에 갈 수 있다는 기쁨에 들떴다.

"안 돼. 바다는 너무 멀어."

자영이 돌아서서 바지를 끌어 올렸다. 엉덩이를 탱탱하게 조여서 걸을 때마다 씰룩였다. 접착제로 헝겊을 몸에 도배한 것처럼 허벅지의 살이 도드라졌다. 종일 걸어 다니면 사타구니의 피부가 벗겨지고 심지어 질에 염증이 생길 수도 있을 텐데. 이진은 걱정되었으나 외출에 달뜬 자영의 기분을 훼손하고 싶지 않았다.

"바다에 가자고 네가 먼저 말했잖아?"

이진은 자영의 말을 상기시켰다.

"선배가 아파트 입구에 와있어. 선배랑 가고 싶은 곳으로 엄마가 운전하면 돼."

자영이 베란다로 나가 손을 흔들었다.

선배는 남학생이었고 병역의무를 마친 복학생이었다. 이진이 시동을 걸자 자영이 복학생을 손짓으로 불렀다. 복학생이 걸어와 이진 앞에서 넙죽 인사했다. 자영이 복학생의 손을 덥석 잡아 뒷좌석으로 밀어 넣었다.

"오늘의 기사님. 경치 좋고 점심 맛있는 곳으로 출발."

자영이 복학생 옆에 앉았다.

"오월은 그곳이 어디든 아름답고 황홀해."

마치 오십 년쯤은 살아본 듯 복학생이 말했다.

아름답고 황홀해? 스물다섯 살의 저 녀석이 감히 말해도 되는가?

이진은 주행 기어로 전환하면서 심하게 불쾌해졌다.

자영이 복학생의 오른손을 가져다 허벅지에 놓았다. 복학생이 아름답고 황홀하다는 말은 자영에게 한 말이었다. 이진은 자영의 요구로 경치 좋고 점심 맛있는 곳으로 운전이나 해야 하는 기사가 되었다. 점심시간이 되려면 두 시간은 더 있어야 했다. 두 시간 동안 자영이 말한 경치 좋은 곳이 선뜻 떠오르지 않았다. 자영의 경치 좋은 곳, 복학생의 아름답고 황홀한 곳을 찾아서 도심을 벗어났다.

신호등에 멈추어 룸미러로 바라본 자영의 두 손에 복학생의 손이 여전히 쥐어져 있었다. 복학생의 시선이 닿는 곳에 자영의 시선도 따라다녔다. 복학생에게 자영이 환하게 웃었고 복학생은 룸미러에 비치는 이진의 시선을 의도적으로 피했다.

이진은 운전이나 하면서 오월의 청춘 남녀에게 이물질이 되었다는 자괴감이 들었다. 기분이 씁쓸해졌다. 경치 좋은 곳이 아니라 이진이 가고 싶었던 방향으로 바꾸었다. 정민과 결혼 전의 기억이 아슴아슴 살아있는 곳으로 차를 몰았다. 강물이 굽이치는 둑 공터에 주차했다.

유원지도 계곡도 아닌 강둑에 주차한 차에서 자영이 생뚱맞다는 표정을 지었다. 이진이 시동을 끄고 차에서 내렸다. 자영이 복학생의 손을 잡고 둑으로 올라갔다. 자영과 복학생이 둑 저쪽으로 어깨를 맞대고 천천히 멀어졌다.

이진이 손수건을 꺼내 바닥에 깔았다.

질경이가 널따랗고 두텁게 잎을 키웠고 앙증맞은 제비꽃잎 빛깔이 청명했다.

*
*

강둑에 앉아서 결혼 전 가을의 꽤 오래된 기억이 떠올랐다.

가을 단풍이 산등성에서 차츰차츰 내려왔다. 벌판으로도 가을의 자락이 닿았다. 하늘도 자고 나면 한 뼘씩 높아졌다. 어두울수록 별이 선명했다. 공원에서 가을의 별자리를 한참이나 바라보았다. 별자리를 보는 기준은 언제나 북두칠성이었다. 북쪽 하늘에 북두칠성이 가까스로 걸쳐있고. 에티오피아 강가의 카시오페이아자리, 케페우스자리, 안드로메다자리가 북쪽 하늘 복판에 보석으로 걸렸다. 페르세우스자리도 북동쪽 하늘에서 안드로메다를 겨냥한 채 은근하게 추파를 던졌다. 처녀자리와 천칭자리는 서쪽 하늘로 밀려나 보이지 않았다. 남동쪽에 고래자리, 물고기자리, 돌고래자리, 물병자리가 보였다.

공원이 내려다보이는 커피숍에서 스무 살의 학부 동기 용곤과 만났다.

여름 볕에 그을린 사내의 건강하고 서글서글한 얼굴이 보기 좋았다. 제대 복학생인 정민의 구애에 응하고도 용곤과 만나는 이진은 밤송이를 겨드랑이에 낀 것처럼 마음이 껄끄러웠다.

용곤도 그럴 기분이었으나 서로 모른 척했다. 정민과 이진이 연인임을 용곤이 알고도 커피숍에 나왔다. 이진과 용곤은 정민의 삼 년 후배였다.

"나이가 어떻게 되죠?"

이진이 용곤의 아는 나이를 물었다. 깔끄러운 분위기를 깨려는 유머였다.

"제 나이요?"

용곤이 놀라는 시늉으로 되물었다. 비집어 나오는 웃음을 참느라 어금니를 물었다. 광대가 도드라진 용곤에게서 발견하지 못했던 사내다움의 매력을 느꼈다.

"그럼, 여기 누구 또 있나요?"

이진의 반문에 용곤이 눈을 동그랗게 키웠다. 매력이랄까, 멋진 포인트를 일부러 드러냈다.

"처음 뵙는 분이라선지 분위기가 좀 어색하지 않으세요?"

용곤이 되물었다. 이미 아는 것을 묻고 답하는 장소가 적당하지 않다는 의미였다.

"이러지 말고 야외로 옮깁시다."

이진이 도심에서 벗어나자고 제안했다.

용곤이 하얀 이를 드러낸 웃음으로 동조했다. 볕에 그슬린 얼굴에서 치아가 하얗게 도드라졌다. 정민과는 다른 건강한 자신감이었다. 비가 오고야 말 날씨였다. 그렇다고 야외로의 행보를 주저할 기분이 아녔다. 이진이 강으로 가자고 했다. 용곤의 차를 타고 도심에서 벗어나는데 빗방울이 떨어졌다.

"어줍고 꺼림칙함이 빗물로 방울방울 침잠하면 좋을 듯해요."

이진의 목소리가 비에 젖었다.

"강은 위대한 해결사죠. 낯설거나 어지러운 것을 포용합니다."

빗줄기가 굵어졌다.

"생각하고 싶지 않은 게 가라앉겠죠?"

이진은 불현듯, 지금 정민은 무엇을 하고 있을까, 잠깐 생각했다. 오늘은 용곤만 생각하고 용곤의 뜻에 따르자고 자신을 다독였다.

유리에서 빗방울이 파열되었다가 줄기로 뭉치며 흘렀다. 용곤이 윈도브러시를 작동했다. 윈도브러시가 지나간 순간은 선명했다. 비 오는 날은 흐릿하던 것들이 가까이 다가온 듯 도드라지는 마법의 날이었다. 용곤의 얼굴선이 카페와는 달리 부드럽고 세밀하게 보였다. 외모는 그대로였는데 비가 왔다고, 둘이 차 안에 갇혔다고 감정이 촉촉해진 탓이었다.

용곤이 윈도브러시 작동을 중단시켰다. 흐르는 물로 둘이 갇혔다는 느낌, 오롯함이 생겼다.

"갇히고 말았네요."

허공에서 뿌옇게 혼탁해지는 미루나무를 보면서 이진이 말했다.

"캔버스를 생각하고 있었어요. 하늘이 캔버스였으면 하는 생각을 해요."

용곤이 한국화를 전공하는 미술학도의 티를 냈다.

"회화를 전공하시니 보이는 것들이 구도로 잡히겠네요?"

국어국문학 전공인 이진이 구도를 말해놓고, 정민의 화폭에서 이진은 어떤 구도일까 생각했다.

"꿈이랄까. 목표랄까. 염원이랄까. 어쨌든 그런 것들을 마구 그리고 싶을 때가 있어요."

"한국화를 전공하시니 그리고 싶은 충동을 외면할 순 없잖아요?"

이진이 용곤의 옆모습을 흘끔거렸다. 용곤은 유리로 흘러내리는 빗물에 시선을 붙박았다.

"청명한 하늘에다 해류를 타는 미역 줄기를 그리고 싶거든요? 해저 협곡에는 백 층 빌딩을 그리려고 무진 애를 쓰곤 해요."

용곤이 우산을 펴서 둑으로 올라갔다. 이진이 우산의 품으로 닝큼 들어갔다.

"강둑에 나와 그림을 그린 적이 많았어요. 한 번도 입선을 못 했지만 그림은 실컷 그렸어요."

이진은 한국화 액자가 들쑥날쑥 포개져 있을 용곤의 화실을 상상했다.

"만족하는 작품은 아직입니다. 내 마음속에… 내 안에 잠긴 게 없어서인가 봐요. 묵은 밭처럼 잡초만 우거지고."

비가 가늘어졌다. 수면에 수만 개 수놓아지던 동심원이 점점 작아졌다. 바람이 그것마저도 없애면서 수면을 뱀의 비늘로 쓸었다. 용곤이 우산을 접었다.

"어딘지 모르게 얽매인 사람 같아 보이지 않아요? 마음 밭에 멋진 나무 한 그루 심어놓지 못하면서 무엇인가에 얽매여 있다는 느낌을 떨칠 수 없어요."

용곤이 우산 꼭지를 젖은 바닥에 콕콕 질렀다. 비가 완전히 멎었다.

이진은 멋진 나무 한 그루 없으면서 무엇인가에 얽매였다는, 용곤의 말을 곱씹었다. 누구를 차지하고 싶은데, 미치도록 구애하고 싶은데 자신이 없다는 의미일까?

"사랑해 보세요. 주체할 수 없는 광기로 그림을 그리듯 누군가에게 집착해 보세요."

불쏘시개를 용곤의 가슴에 얹어주듯 이진이 말했다. 어둑해진 거리의 이글이글한 눈빛으로 용곤을 쏘아봤다.

"불씨가 필요해요."

용곤도 이글이글한 눈빛으로 이진을 바라보았다. 이진은 용곤의 의도가 가늠되었다. 대꾸하지도 한 걸음 가까이 가지도 않았다. 돌아서서 공깃돌 하나의 충격에도 와장창 깨질 긴장을 지웠다.

비안개가 강 건너의 산으로 하얗게 오르는 중이었다. 비안개에 휘말리는 미루나무가 용곤을 선명한 정물이 되도록 밑그림이 되었다.

"사람의 마음을 조종하는 그림을 그릴 수 있으면 좋을 텐데."

용곤이 표정을 바꾸어 하얀 이를 드러내고 웃었다. 구애의 의중을 알아차렸다고 확신하는 모습으로 이진은 해석했다.

어둠이 강물로 먼저 내려앉고 강 건너 미루나무에 잿빛이 엉기었다. 별이 반짝이기 위해 더없는 밑그림이었으나 구름에 가려서 별이 보이지 않았다.

"화선지처럼 하늘이 칠흑인데 반짝거리는 보석이 없어요. 나무 한 그루 심어놓지 못한 제 가슴처럼."

용곤이 푸념을 섞었다.

*
*

자영의 손을 잡은 복학생이 이진의 차로 걸어왔다.

점심 먹으러 운전하면서 이진은 떠올렸던 용곤과의 기억을 지웠다.

자영이 일정을 바꾸어 기숙사로 갔다.

서릿발처럼 성근 세상을 서툴게 함부로 걸어도 되는 걸까. 물동이를
이고 외나무다리를 건너오는 듯 위태롭다는 불안을 남기고 돌아갔다.

결국 바다에 가지 못했다. 여름이 오기 전 바다에 갈 것이라고 위안
했다. 위안이 싹을 틔우고 잎이 달리면 나팔꽃이 트롬본 가락을 빠악
빠악 연주할 그날,

꼭 바다에 가야겠다.

혼자서라도.

제7장

아스트릭스캅셀
100mg

청량음료를 청산가리처럼 싫어하는 남자, 정민.

언뜻 보면 따뜻하고 온화한 성격이라는 믿음을 쉽게 주었다. 아파트 밖에서의 모습이었다. 정작 가까이 있는 아내에게 무관심하고 냉소적인 면을 잘 드러냈다.

결혼 초에는 햄버거나 치킨을 멀리하며 비지장을 좋아하고 술은 가리지 않았다. 성인병과 비만에 좋지 않다며 탄산음료와 인스턴트 음식을 싫어했다. 하지만 한정이 없는 술 때문에 그 노력은 허사였다. 거실에 앉아 소주병 마개를 열면 반병쯤 마시고 마개를 덮었는데, 체중이 늘면서 한 병을 모두 비우고도 부족하게 주량이 늘어났다.

열두 시에 잠들었다가 여섯 시에 일어나 고혈압 알약 두 알, 안지오텐신과 아스트릭스캅셀 100mg을 복용했다.

탈모는 삼십 대에 시작되어 완성되었다. 시부가 사십 대 초반 인생의 징검돌에서 실족했다고 말했는데, 정민이 열 살쯤 되었다고 기억했다. 시부의 생전 사진에서 탈모는 보이지 않았다. 반들반들 빠진 것도 아니고 정수리를 중심축으로 찻잔 접시를 엎어놓은 원형탈모로 변했다.

외모가 보통 사람의 범주에서 벗어난다는 건 단순히 겉모습만 주눅 드는 게 아니었다. 외모로 포장된 정민의 감정과 사상도 덩달아 변화되는 것을 이진이 목격했다. 포장지가 빛이 바래 너덜너덜해지듯 사람의 감정도 묵으면 닳거나 쇠잔해지는 것일까? 어쨌든 정민의 머리칼은

낡은 오라기처럼 풀려나갔다. 정수리 주변에 반질반질한 속살이 드러났다. 탈모가 진행되면서 정민의 행동 방식도 느릿한 속도로 변했다.

성격이 녹스는 금속처럼 둔감해졌다.

주변 상황에 대한 무관심과 멀어진 이웃으로서의 구경꾼을 자처하면서 삶의 촉수까지 무디어져 갔다. 무디어진다는 것은 곧 상실이었다. 거미줄처럼 정돈되어 있어야 할 주변과의 관계가 끊어지고 있었는데, 더욱 우려되는 것은 그러한 사실을 알면서도 방관하고 있다는 사실이었다. 거미줄의 동심원을 지탱하는 방사선이 삭아 끊어지듯 주변과 이탈되는 중에 치명적인 것은, 관계의 중심에 있으면 안 된다는 착각이었다.

방관과 착각으로 자신의 가치를 상실해갔다.

정민의 종착점이 삶의 경계선 밖으로 점점 조준되고 있음을 이진이 먼저 깨달았다. 도구가 점차 낡아지듯이 사람도 사람이 쓰는 도구와 다를 수 없는 존재였다. 낡아지는 것은 곧 보수적임을 여실히 드러냈다. 정민은 선거 때마다 가장 보수적인 후보에게 표를 던지겠다고 노골적으로 말했다. 보수는 곧 안정이라는 것이 정민의 논리였다. 보수가 아닌 모든 것들은 혼란과 불안정으로 뭉뚱그려 단정되었다.

변화를 청산가리처럼 회피하는 낡음의 위력.

정민에게 일어나고 있는 육체적 정신적 낡음의 끝은 무덤이며, 점점 캄캄해지는 정민의 통로는 변화를 거부하려는 체념일 터였다.

*

휴일의 이른 시각은 도로가 한산했다.

어지러이 넝쿨로 얽히던 군중이 밀물로 빠져나간 호젓함이랄까. 추수 끝난 들녘의 허수아비로 서면 이렇게 홀가분할까. 손에 쥘 게 없으면서 정체를 알 수 없는 후련함과 마음의 풍족이 들어찼다.

도롯가에서 누굴 기다리는 등산복장의 정민에게 승용차가 스르르 굴러와 멈췄다. 정민을 앞좌석에 넣고 출발한 운전자는 등산복장이 아니었다. 그녀는 정민과 같은 부서의 과장으로 연옥이었다. 그녀도 정민처럼 부장 승진에는 가망이 없었다. 정지 신호등에 정차했을 때 정민과 연옥이 악수했다. 사장의 아들이 정민보다 어렸으나 부장이라서 퇴직까지 승진의 여지가 없는 만년 과장 처지였다. 승진이 가로막힌 두 과장은 서먹서먹한 관계였다가 갑장임을 알고서 마음을 열었다.

 "거기로 갈까요?"

 연옥이 가방에서 선글라스를 꺼냈다.

 작년 겨울. 대천 어시장을 둘러보다가 대천항 어시장 좌판에 앉아 자연산 광어를 주문했다. 열한 명의 여행자에게 광어 한 마리는 부족했다. 우럭회가 추가되고 술판이 길어졌다. 소주가 계속 주문되고 사장의 아들인 부장의 발음이 서툴어지고 어눌해졌다.

 정민은 안주의 추가로 소주가 소진될 시간을 어림했다. 부장의 어눌함이 서툰 발음으로 변하는 상황에서 누구도 소주잔을 들지 않았다. 회사 실세인 부장의 허세를 깨뜨릴 수 없었다. 술에 취한 부장의 자칭 무용담과 열 번도 넘게 들었던 자랑을 주절주절 계속했다. 적어도 삼십 분은 부장의 술주정에 가식으로 동조해야 한다고 정민이 가늠했다. 직책은 아래지만 부장보다 세 살이 많은 정민이 자리에서 일어났다.

 약국 골목으로 들어갔다.

 "과장님."

 정민과는 맞은편, 부장의 옆에 앉았던 연옥이 따라왔다. 정민이 뜻밖인 연옥을 물끄러미 돌아봤다.

 "어디 가세요?"

 연옥이 환히 웃었고 정민도 가벼운 웃음으로 화답했다. 사무실에서 느끼지 못한 중년의 풋풋함이 엿보였다. 구운 김을 파는 시장 골목으로 들어갔다. 점원이 갓 구운 김 쪼가리를 시식으로 건넸다.

"굽지 않은 김을 사세요."

연옥이 다가와 어깨에 고개를 얹을 듯 낮게 말했다. 연옥이 말하지 않아도 소금이 곁들인 해물을 사지 않을 작정이었다. 소금이 가미된 식품은 혈압 때문에 정민에게 맞지 않았다. 백육십 정도의 신장. 몸집이 연한 두부처럼 밉지 않게 부풀어 늘 미소를 곁들여 서글서글한 중년이었다.

부장이 어시장 좌판의 술판을 끝낼 때까지 정민과 연옥이 시장에서 배회했다. 정민이 말을 건넬 때마다 웃으며 팔짱을 낄 듯 가까이 오는 연옥은 나이에 걸맞지 않게 귀여웠다.

연옥은 열일곱 살에 입사했다. 생산직의 최고 경력자가 되면서 관리직으로 특채되었다. 남편은 송전탑 철재를 연결하는 리벳 기술자로 그 분야의 전문가로 인정받았다. 한국전력에서 발주하는 송전탑 공사장이 주로 지방 소도시 산간이었다. 남해 원자력 발전소에서 중부내륙으로 전력을 송전하는 철탑 공사가 십 년째 진행되었다. 오 년 만에 끝났어야 할 공사가 지역주민과 시민단체의 농성으로 공사 기간이 엿가락처럼 늘어났다. 남편이 송전탑 공사장으로 간 지 칠 년이 되었다.

부장의 술판에 붙들렸던 일행이 걸어 나올 골목의 방파제로 갔다. 붉은 햇덩이가 수평선에다 머리채를 길게 늘였다. 오늘을 건너온 고단함을 가누며 노을빛 이부자리를 펴는 중이었다.

"아침에 붉어서 떠오른 저것이 또 저렇게 붉은 채 본래의 모습으로 돌아가죠. 내일이면 방금 뽑아낸 달걀처럼 따끈따끈하게 떠오르겠지만."

연옥이 정민의 어깨로 얹을까 말까 주저하던 머리를 기댔다.

"쉴 없는 행군이죠. 어쩌면 우리처럼. 달걀처럼 따끈따끈한 순간이 있기는 했을까요?"

우리라고 말하며 정민이 상체를 연옥에게 굽혀 화답했다.

연옥이 정민의 옆구리로 팔을 비집어 넣었다.

그렇게 대천 여행에서 우리로 친해졌고, 휴일에 만나는 사이가 되었다.

*
*

연옥이 대천으로 차를 몰았다. 정민은 지난겨울 대천에서의 연옥을 생각했다. 괜하게 시샘이 돋았고 귀밑이 화끈하니 부끄러웠다.

지난겨울 여행에서, 낙조에 얼굴이 노릇노릇하게 여물고, 해수욕장의 숙소에다 여장을 푼 후 청해식당으로 회를 먹으러 가기 전에도 연옥은 그냥 직장 동료인 사십 중반의 아줌마였다. 연한 두부처럼 밉지 않은 얼굴로 서글서글한 웃음을 풀어내는 연옥에게 저녁 모임 내내 마음을 품었다. 낙조를 바라보며, 우리라고 말했던 순간이 뇌리에서 지워지지 않았다.

내가 미쳤어.

소주를 목에 털어 넣으며 정민이 도리질했다. 도리질의 순간에도 연옥의 웃음이 종료되지 않는 영화의 스크린처럼 멈추지 않았다.

사장의 아들인 부장의 횡설수설이 싫어서 감정의 막이 엷어진 거야.

업무는 뺀질거리면서 제 몫 챙기기는 으뜸인 조직폭력배 부장의 희희낙락에 장단을 맞추는 연옥에게 화가 났다.

중년 여성은 투박하고 난폭한 나쁜 남자를 왜 좋아할까. 온순하고 부드러우며 착한 남자를 외면하다니. 거칠고 볼썽사나운 짓거리에 취한 부장에게 추임새를 멈추지 않는 의도가 궁금했다. 화가 난 게 아니라 시샘과 질투가 돋았다.

이차로 간 노래방에서 부장이 나훈아의 노래를 부르면서, 살다 보면 알게 된다는 둥. 너나 나나 미련하다는 둥. 우쭐해서 기고만장할 때,

연옥의 놀라워하고 신기해하고 감탄도 하는 눈빛. 맥주 캔을 손아귀에다 휴지처럼 구겨서 바닥에 패대기치고 싶었던 정민의 짜증과 우울을 연옥은 알기나 했을까?

질투일까? 미쳤어? 유부녀에게 질투하게?

부장 편에서 까르르 웃는 연옥을 시기하는 마음이었을지라도 짝사랑은 아닐 거라고. 흔들리던 마음을 바로잡는 중에, 대천항에서 산 바지락 상자를 들어주는 부장의 딴딴하고 우람한 엉덩이에 불쾌감이 확 치민 것은 또 무슨 변덕일까? 연옥이 부장의 탄탄한 하체를 곁눈질로 살피던 모습이란. 혹시 연옥과 부장이 우리가 모르는 그렇고 그런 사이가 아닐까? 정민만 모르고 회사 구성원 다수가 눈치를 채고 있는 불륜? 생각은 상상으로, 상상은 날개가 돋아 종횡무진했다.

그날 숙소가 그만하면 깨끗했다.

둘째 날. 한 상에 이십만 원 하는 저녁 만찬 상차림도 만족했다. 이차 행사인 노래방에서 노래도 실컷 불렀다. 부장이 늘 선점해서 부르던 십팔 번 노래도 정민이 선수를 쳐 기분 좋게 불렀다. 삼차로 간 주점에서 맥주 한 상자를 해치웠다. 그런데 즐거워야 할 여행이 생굴을 먹다 껍질을 버석 씹은 것처럼 찝찝했다.

순간적인 감정의 변덕이겠지. 중년에 올 수 있는 자기 상실감의 한줄기겠지. 중얼거리며 자기최면을 걸어도 부장이 괘씸했고 연옥이 얄미웠다.

삼차 모임에서 이탈한 연옥과 둘이 방파제에서 바닷바람을 맞게 되었다. 연옥이 슬쩍 다가와 어깨에 머리를 기댔지만, 정민은 질투의 뒤끝이 남아 허전했다. 연옥과의 화간을 꿈꾸어 온 것은 아닐까?

연한 두부처럼 밉지 않게 부푼 연옥의 육체에다 욕정을 품고 있었던 게 아닐까? 같은 공간에 근무하면서 메신저로 보낸, 인터넷에서 건져 올린 유머 나부랭이들. 메신저를 열고 키득키득 웃던 연옥을 성적

감흥의 동조자로 착각한 것은 아닐까.

얼기설기 성글게 엮은 그물에도 걸려들, 부끄러움이 얼굴 뜨겁게 회상됨을 무슨 언변으로 변명할 수 있을까. 메신저로 동의 없이 날린 저급 유머들. 인터넷 사이트에서 건져 올린 아가씨와 대머리 아저씨의 웃긴 실화. 아들을 면회했다가 평생 씻지 못할 사건에 휘말린 어머니의 사연. 인터넷에서 건져 올린 가십거리를 메신저로 보내고서 연옥의 반응을 몰래 훔쳐보던, 스토커로 몰려도 항변하지 못할 저질스러운 행동 때문에 귓불이 화끈거렸다.

연옥은 버스에서의 대머리 아저씨와 아가씨 사연에 허리를 비틀고 키득키득 웃어서 부장에게 실없다는 눈총을 받았다. 키득거림을 참지 못하는 연옥이 사랑스러웠다.

…더운 여름이었어요. 장소는 시내의 구간 버스. 그날따라 왜 그리 더운지. 빈 좌석은 없고 선 사람도 없고. 그러다 멈춘 정거장에서 하얀 원피스를 시원하게 차려입어 단정하게 생긴 아가씨가 타네요. 차는 출발하고. 하필 그 아가씨가 좌석이 없어 혼자 서있는데 배가 나온 중년의 남자가 고개를 뒤로 까딱까딱 낮잠에 빠진 정오 무렵. 아가씨가 손가방에서 하얀 손수건을 꺼내어 땀을 닦다가 그만 떨어뜨립니다. 아뿔싸. 하필 손수건이 낮잠 자는 남자의 거기 위로 정확히 떨어지고 마는 겁니다. 몇몇 승객들은 무료를 달랠 겸 아가씨를 보고 있던 차라 그 상황을 주시하고 있었는데, 그 아가씨가 별생각 없이 수건을 집으려다 누군가가 킥킥 우는 바람에 어마, 소리를 지르고는 손을 도로 회수하네요. 하나둘씩 킬킬거리니 얼굴이 빨개진 아가씨가 손수건을 집으려다 말고 손이 거기까지 가다가 놀래서 돌아오고. 차 안은 웃음바다가 됩니다. 소란에 눈을 뜬 남자가 잠이 덜 깬 채로 왜 이리 웃나 두리번거리다 바지 위에 있는 손수건을 보더니, 어험! 하며 바지 지

퍼를 열고 속으로 쑥 집어넣어 버리네요. 잠결에 팬티가 나온 줄로 착각한 모양입니다. 룸미러로 흘끔거리던 기사까지 웃음바다가 되고. 뒤에 앉은 어르신 승객이 남자를 깨워서 손수건을 찾아주었지만, 그 아가씨 얼굴이 홍당무가 되어 버스를 내리고 맙니다….

일행이 노래 주점에서 나와 웅성거리자 연옥이 숙소로 들어갔다.

좌초된 범선처럼 방향 없이 떠밀리는 허전함이 몰아쳤다. 정민은 일부러 걸음을 늦추다가 일행과 방향을 바꾸었다. 해수욕장 콘크리트 제방에 엉덩이를 얹었다. 밤바다는 시커먼 함정이었다. 엉덩이를 흔들고 가성으로 재주를 부려 연옥의 관심을 송두리째 뺏어가던 부장의 구린내 진동하는 아가리, 밤바다가 시커멓게 입을 벌렸다. 가만히 앉아서 바라보니 밤바다도 부장처럼 노래를 부르고 있었다. 탄탄한 엉덩이를 흔들 듯 몸체를 뒤틀었다. 부정의 노래에 탬버린을 흔들던 연옥의 입술처럼 바다가 젖은 신음을 토했다.

숙소에서 잠들었을 연옥은 정민에게 어떤 존재일까?

정민은 연옥에게 무엇인가? 서로 맹물 같은 존재라는, 맹물보다 더 멍징한 결론에 정민은 헛기침을 연신 토했다. 정민이 멋대로 연옥을 마음에 담았고, 자기 편의로 생각을 굴리고, 자기중심으로 질투하며 허전했던 것일까.

*
*

바다 여행에서 목격한 연옥의 습관을 정민이 답습하기 시작했다.

연옥은 바닷가인 서산이 고향이라 회를 자주 먹을 수 있는 환경에서 성장했다. 머리와 지느러미를 떼어내고 껍데기까지 벗겨서 접시에 썰어 놓은 속살만으로도 연옥이 횟감 고기를 알아맞혔다. 회를 입에 넣고 씹었을 때의 느낌까지 연옥 나름대로 정립하고 있었는데, 회를 먹는 방법이 달랐다. 정민은 초장에 회를 푹 찔렀다가 달착지근한 맛으로 즐겼다.

사실 횟감의 독특한 맛이 아닌 초장의 매콤달콤함으로 회를 먹었다.

여행에서 연옥이 보여준 회를 먹는 방법은 의외였다. 회의 중간 부분에 녹색 겨자를 콩알의 사 분의 일 정도 문질러 발랐다. 겨자가 보이지 않게 젓가락으로 회를 접었다. 접힌 끝부분에 간장을 슬쩍 묻혀 입에 넣었다. 정민도 연옥처럼 먹기로 했다. 여행이 끝나고 두 달이 지났다.

사원의 회식이 생겼다. 여섯 시에 삼겹살과 소주로 시작해서 노래방에 갔다. 물론 부장이 나훈아의 노래 공을 공들여 불렀다. 부장이 그 불량하고도 딴딴한 몸으로 노래를 불렀는데, 연옥의 반응이 시큰둥했다. 정민은 부장에게 시큰둥한 연옥에게 흡족한 시선을 보냈다.

모임이 끝나고 근처 횟집에서 정민과 연옥이 따로 만났다. 몸이 납작해서 코도 납작한 광어가 회의 양이 많다는 것을 연옥이 귀띔했다. 정민은 연옥의 회 먹는 방식을 알기 때문에 양이 많은 광어회로 주문했다. 푸른 겨자를 좀 넉넉하게 달라고 했다.

입구가 트인 방에서 둘이 마주 앉았다. 열한 시가 넘었을 때 종업원이 퇴근을 기다리며 시계를 흘끔거렸다. 하품을 주먹으로 막으면서 초점 흐린 시선으로 정민과 연옥을 바라보았다. 연옥이 상에 놓인 대나무 젓가락을 만지작거렸다.

"이슥한 밤의 회가 별미로군요."

하지 않아도 될 엉뚱한 말이 나와서, 연옥을 좋아하게 됐다는 작심한 말을 고백하지 못했다. 영업 마감으로 쫓겨나기 전에 고백해야겠다는 작심을 잃지 않으려고 소주를 천천히 잔을 잘라 마셨다. 좀처럼 취하지 않았다. 혀가 꼬이고 시선이 흐릿할 만큼의 소주를 마셨는데 말똥말똥했다. 연옥을 집 가까이 바래다주는데 그때야 취기가 얼굴로 벌겋게 올랐다. 연옥이 휘청거린 정민에게 히죽 웃었다. 술에 취한 연옥이 더없이 아름다웠다. 흐트러진 자세가 매력 있었다.

제8장

데면데면한
욕정

두려움에 느닷없이 휩싸이는 생각의 모태는 무엇일까. 청천 하늘로 엄습하는 먹구름처럼 은근한 도발일까. 이미 잠복된 것인데 노출될 시점이 다가옴으로써 싹을 틔우듯 떡잎을 내미는 것일까. 드러나지 않은 두려움의 이물질이 어디쯤에서 태연자약할까.

곧 두려워질 것이라는 예감이 생겼다. 무엇이 두려워질 것인지 몰라도 어쨌든 두려움에 휩싸일 것이라는 조짐을 떨쳐낼 수 없었다. 그러면서 몸속 어딘가로 이물질이 들어왔다는 느낌이 점차 커졌다. 검정콩 낱알의 이물질이 물 먹는 스펀지처럼 느리게 존재감을 키우는 중이었다. 가랑비가 정수리에서 목덜미로 흘러 정강이를 적시듯 이물질이 싸하게 번졌다.

**

"우리… 한 번은 만날… 수 있잖아?"

스마트폰으로 들려온 목소리가 남자였다.

익숙하지 않은, 기억나지 않은 말투에 이진은 대답하지 못했다. 남자 또한 망설이고 주저하다가 용기를 낸 듯 부자연스러웠다.

우리?

이진은 중얼거리면서 우리란 단어를 쓸 수 있는 남자를 생각했다. 그럴만한 남자가 생각나지 않았다. 한 번은 만날 수 있는 관계의 남자는 더욱 생각나지 않았다.

한낮의 아파트가 고요하고 아늑했다.

맨발로 선 베란다에서 몇 대 남지 않은 승용차의 정수리를 바라보았다. 스물네 조각의 회전하는 원판이 돌고 돌아서 어제 그 고요의 원판이 돌아왔다. 지루하고 더딘 분침을 힐끔거리며 냉장고를 열어보고 텔레비전 채널을 이리저리 돌렸다. 관상어 없는 어항, 망둑어가 살았던 모래가 하얗게 말랐다.

한 번은 만날 수 있잖아?

뜬금없이 뱉어놓은 남자의 기억나지 않는 존재가 모래알로 버석거렸다.

현무암 숭숭한 구멍으로 뽀글거리던 거품에 입질하며 유영하다 소멸한 망둑어 가족. 남자의 정체를 더듬으며 죽은 망둑어를 생각했다. 한 번은 만나자고 말할 수 있는 남자가 도대체 있기나 했던가.

일단 생성된 숫자는 되돌릴 수 없음을 디지털시계가 쉼 없이 명멸했다.

남자가 숨소리를 애써 낮추며 입술을 깨무는 장면이 유추됐다. 그러니까 남자는 꽤 긴 시간 망설였고, 막상 통화가 연결되니 또 머뭇거렸다. 통화가 또 연결된다면 어떤 말을 해 올까. 기억세포에서 우리 한 번은 만나도 괜찮은 남자가 예고 없이 찾아왔다. 통화가 다시 연결되었다.

"이십… 년 전의 조팝꽃 기억하고 있을까? 지독한 향기를 설마… 잊지는 않았겠지?"

조팝꽃 향기? 이십 년 전?

남자가 띄엄띄엄 건네준 단어가 송곳날로 기억세포를 후볐다. 세포의 막이 열리고 기억이 일벌로 왕왕 날아올랐다. 전화를 걸어놓고 뜸을 들인 남자를 알아차렸다. 남자의 음색도 완전하게는 아니지만 기억해냈다. 이십 년 전 이십 대의 음색이 사십 대 중반의 음색과 똑같을 수는 없었다. 망둑어가 없는 빈 어항처럼 정체가 공허하게 드러난 남자. 상황이 빠르게 조합되었다.

우리… 한 번쯤은 만날 수 있다는 남자는 용곤이다.

용곤의 존재가 희미해졌어도 조팝꽃 향기를 어떻게 잊을 수 있단 말인가. 독한 꽃향기가 콧속으로 아득했다. 아직도 가슴이 울렁거리는 기억의 장면들이 떠올랐다. 통화를 연결해 놓고 머뭇거리는 용곤도 그럴 터였다.

이십 년 전이라고 말했지만 정확하게는 이십오 년 전이 옳았다. 이십오 년 전 용곤과의 장면이 아뜩하게 떠올랐다.

한 번쯤은 만나자는 의도가 무엇일까.

이진이 생각을 굴리는 중에 통화가 끊겼다. 이진의 반응을 듣지 못하고 통화를 종료했음은 한 번의 만남을 확신하지 못한 거였다.

*

스마트폰 벨이 울렸다. 정민이 등산로 입구에 도착했으며, 등산객이 드물어서 한가로우며, 햇살이 하얗게 닿는 모두부를 보니 이진과 동행하지 않음이 후회된다고 들떴다.

이진이 두부를 좋아하게 된 식습관은 정민에게서 비롯되었다. 영원히 불변할 줄 알았던 이진의 습성이 변했다. 변화는 볕에 놓아둔 플라스틱과 흡사했다. 의지와는 관계없이 볕과 시간의 양에 비례하여 변형되고 퇴색했다. 정민과의 부부로 살았던 시간이 늘어난 만큼 이진도 변화되어야 했다. 의도하지 않은 변화가 감지되어도 무관심을 가장하여 방관했다. 반발의 의지가 없지는 않았다. 남편과 평생을 같이 산다는 명제가 방관의 주모자였다.

정민이 이진과 산행에 동행하지 못해 무척 아쉬워했다. 줄곧 동행하였던 누군가가 등산로에 나타나지 않은 거였다. 상수리나무 우거진 잎에서 멍든 햇살이 정민의 가슴에 닿았고, 애잔한 심성이 생겼다고 추정했다. 용곤의 등장으로 흩어지던 의식이 정민의 통화로 맑아졌다.

용곤의 통화가 또 연결되었다.

"이십 년만이야. 한 번쯤은 만날… 수 있잖아?"

만나야 하는 당위성은 이십 년만이기 때문이고 만남이 한 번쯤임을 재차 강조했다.

"이십오 년이나 만나지 않았는데 한 번쯤의 만남이 필요할까?"

용곤은 이십오 년을 이십 년이라고 오산했다. 이진을 생각하는 진정성의 결여였다. 게다가 이십오 년 만에 나타나서는 고작 한 번쯤의 만남을 제의하다니.

"이십 년이나 만나지 못했는데. 오늘은 꼭 만나고 싶어."

용곤은 이십오 년을 거부하고 이십 년을 고집했다.

"만나지 못할 것도 없어."

이진이 만남을 수락했다. 용곤이 제시한 시각과 장소가 아파트에서 가까운 거리였다. 이진이 그곳을 알고 있다고 대답했다. 만남의 장소에 나가겠다는 대답이 되었다. 용곤이 삼십 분 후인 열 시에 만나자고 했다. 삼십 분은 촉박했다. 만남의 시각을 오전이 아닌 오후로 요구했다. 시각의 변경을 요청했으니 용곤은 이진과의 만남에 확신을 가졌을 터였다.

정민이 두부모에 쏟아지는 햇살에 애잔해져서 돌연 돌아오는 가능성을 염두에 두었다. 불륜이 예감되는 희열이 서릿발로 와드득 돋았다. 정민이 예정대로 등산을 마친다면 오후 다섯 시쯤 돌아올 터였다. 이십오 년만의 만남은 오후 두 시가 맞춤이었다.

정민과 용곤이 아는 사이였다. 용곤이 협상하듯 열두 시로 수정을 요구했다. 점심을 같이 먹자는 의도를 이진이 거절했다. 요즘 부쩍 늘어난 옆구리 살집을 손아귀로 움켜쥐었다.

정민에게 화석화되었다고 믿었던 성향이나 습관이 변하고 있음을 이진이 감지했다. 볕이 잘 드는 창턱에 얹어두고서 몇 달을 잊고 있었던 신문처럼, 어느 날 문득 변색이 진행되었음을 깨달았다. 목소리부터 변했다. 급하게 터져 나왔다가 싱겁게 끝을 얼버무리는 충청도 억양이 하향평준화 되어 얼핏 들으면 배터리가 방전되는 녹음기와 같았다. 저러다가 희망과 열정과 미움과 환멸이 반죽 되어 삶의 의미를 통달한 늙은 광대가 되는 것은 아닐까.

손바닥에 얹어 무게나 질감을 만지작거려 볼 수도 없고. 표현했다 해도 뒷맛이 개운치 않았던 정민과의 사랑. 아마도 사랑이 존재했는데 알아채지 못한 거라고 믿기로 했다. 사랑의 흔적을 찾으려고 공용 공간 어디엔가 잃어버린 바늘을 찾듯 돋보기를 들이댄다면, 정민의 점점 말 없어짐 외에는 존재하지 않았다.

밥을 먹으면서, 텔레비전을 보면서, 심지어 침대에서 이진의 의도와 행동에 빗장을 걸던, 말 수가 점점 없어짐이 배려하고 자유를 주는 것일까. 사랑의 실체로.

정민과 살면서 나누었던 말들을 이리저리 둥글려보고 뒤집어 보고 매만져도 특별나게 기억나는 단어가 남지 않았다. 함께 살고 있으니 자신의 편의를 위해 상대방에게 권고한 말을 빼고 나면 사무적으로 산 거나 다름없었다. 서로 의식하지 않았는데 같은 곳으로 시선을 보냈던 기억이 더러는 있었다.

정민이 정상에 올랐다며 전화했다.

저녁에 골뱅이 소면 무침을 매콤하게 먹고 싶다고 말했다. 조금씩 햇살이 강렬해지고 있어서 생미역을 무치고 오이냉채를 조리해서 냉장고에 넣어두었다. 골뱅이 소면 무침을 먹고 싶다? 정상에 올라 도시락을 펼친 후 시큼하고 달콤한 것이 생각난 거였다.

시퍼렇게 벼린 칼날이 코앞으로 날아오는 순간이 극도의 공포일까. 수평의 아파트가 예각으로 기울고 도로가 용트림으로 승천하면 공포에 휩싸일까? 숨 막히게 고요한 아파트의 지루함을 으깨어 버릴 만큼의 섬뜩한 음식이 있다면 무엇이며 어떤 뒷맛일까? 이십 년이나 익은 세월에 향기가 있다면 조팝꽃 향처럼 아득할까?

검색해서 솜씨를 냈다. 정민의 차가 주차장에 도착하면 냉장고에 넣어두었던 생미역 무침과 오이냉채를 식탁에 놓을 참이다. 정민은 식탁의 음식에 타박한 적이 없다. 이진의 음식 솜씨가 썩 좋은 것도 아니다. 식단을 짜서 건강하고 낭비 없는 식탁을 차리지도 않았다. 이진의 독단으로 계획하지 않은 식탁이 차려졌다.

밥과 반찬의 구색이 걸맞지 않은 끼니도 많았다. 정민은 식탁이 차려지면 어정어정 걸어와 군소리 없이 그릇을 비웠다. 좋게 보면 음식을 가리지 않는 무던한 성격이라고 좋게 여길 수 있는데 어떤 날은 여물을 끝까지 먹어 치우는 미련한 소가 연상됐다. 마트에서 골뱅이 캔과 오이와 쑥갓과 참기름을 샀다. 상가의 일 층에 미용실 세탁소 문구점 치킨호프, 이 층에 피아노학원과 소아과 의원이 간판을 걸었다.

마트에서 나와 다섯 걸음 걸었을 때 슬리퍼를 끌고 왔음을 알았다. 슬리퍼는 베란다에서 신던 것이었다. 베란다 물청소하면서 현관으로 잠깐 옮겨놓았다. 몰랐으면 괜찮았을 텐데 알고 나니 슬리퍼가 부담스러웠다. 욕실 변기에 걸터앉았다가 생각 없이 걸어 나온 철딱서니 없는 주부로 보일까. 얼굴이 화끈거렸다. 슬리퍼에 시선을 주는 사람이 없는데 실내에서나 신어야 할 슬리퍼를 끌고 나왔다는 자괴감에 보폭이 출렁거렸다.

운동화를 신은 것처럼 가장하여 태연하게 걸었다. 그럴수록 슬리퍼로 신경이 모여서 발걸음이 흔들렸다. 자세히 보니 슬리퍼는 제 짝이 아니었다. 오른발에는 베란다용 슬리퍼가 왼발에는 낡아서 구석에 밀쳐둔 거실 슬리퍼였다. 베란다 슬리퍼는 엷은 분홍색이었고 거실 슬리퍼는 하늘색이었다. 비슷한 색깔이 되도록 낡고 퇴색해서 그나마 다행이었다.

*
*

아파트에 가까워지자 미용실과 세탁소가 문을 나란하게 열었다.

상가 일 층의 세탁소의 아내가 미용실에 와있었고, 문구점 총각도 놀러 와 잡담을 주고받는 장면이 목격되었다. 미용실로 온 세탁소 아내가 미용 의자에 앉았고, 문구점 총각이 헤실헤실 웃었다. 마흔 중반의 세탁소 남편이 담배 연기를 빨았다 뱉기를 반복했다.

수명이 다한 형광등이 까막까막 명멸하는 것처럼, 미용 의자에 앉은 아내가 눈을 빠르게 깜빡거렸다. 문구점 총각이 헤실헤실 눈웃음으로 무슨 말인가를 계속했고, 세탁소 남편의 훅훅 빨아대는 담뱃불이 필터로 빠르게 타들어 갔다.

이진이 미용실과 세탁소의 경계점을 지나가는 순간. 세탁소의 문이 가슴을 칠 듯 급박하게 열렸다. 이진이 놀라 주춤하는 사이 세탁소 남편의 거친 숨소리가 스쳐 지나갔다. 이진의 가슴을 칠 듯 열렸던 세탁소 문이 닫히고 미용실 문이 거칠게 열렸다. 이진이 기우뚱 넘어지려다 자세를 가누면서 바라본 아내는 콘크리트 구석에 던져진 야구공처럼 미용 의자에서 튕겨 나왔다. 뒷걸음으로 도망가다가 남편에게 머리채를 잡혔다. 미용실에 있던 두 명의 여자는 까닭도 모른 채 뒷문으로 잽싸게 달아났다.

머리채가 잡힌 아내가 상가 공터로 끌려 나왔다. 문구점 총각의 헤실헤실 웃던 웃음이 굳어지고 얼굴색이 까맣게 죽었다. 미용사와 뒷문으로 달아났던 여자가 공터로 구경나왔다. 치킨을 튀기던 남자가 왔고 치킨 종이상자를 접던 여자도 왔다. 편의점에서 컵라면을 먹던 손님이 나왔고. 계산대 아르바이트 학생도 나왔다.

세탁소에 있어야 할 부부가 공터에서 구경거리가 되었다.

남편이 아내의 뺨을 후려쳤다. 부러진 국화처럼 아내의 고개가 꺾였다. 어금니를 깨물더니 고개를 세우고 남편을 노려봤다.

"이년이? 어따 눈깔을 부릅뜨고 지랄이야?"

남편의 고성과 함께 머리채를 잡힌 아내가 길바닥에 패대기를 당했다. 거친 바닥에 얼굴을 박은 아내의 입술이 터졌다. 피가 입술에 빨갛게 흘렀다. 문구점 총각의 안색이 창백하게 굳더니 미용실에서 슬금슬금 나와 문구점으로 들어갔다. 입술이 터진 아내가 울지도 괴성도 지르지 않았다. 남편을 노려보았다. 패대기 당한 몸을 지탱하며 바닥에 짚은 손이 낙지발처럼 꿈틀거렸다. 손가락을 오므려 호두알처럼 뭉친 주먹이 부들부들 떨었다. 아내가 눈동자를 돌리며 콧바람을 뱉어냈다. 눈물이 그렁하니 피가 터진 입으로 비웃었다. 남편의 자존심을 송두리째 흔드는 비웃음이었다. 곰처럼 커다랗고 거친 남편에 비하면 아내는 다람쥐처럼 척추를 오므리는 습성으로 온순해 보였다. 아내를 동글게 말아 쥐면 남편이 상가 밖으로 던져버릴 공처럼 체구의 차이가 컸다.

"곰 같은 덩치와 어떻게 살을 대고 살았을까?"

미용사가 낮게 말했다.

"큰 바위 밑에 사는 가재가 안전하다잖아?"

치킨점 남자가 낮게 맞장구를 쳤다.

더러는 킥킥 웃었고 또 일부는 얼굴을 발갛게 붉혔다. 남편의 시선이 문구점 총각에게 향했다. 문구점 총각이 파르르 떨었다.

"보약 사다 먹으면 기운 좀 생겼다고 여편네나 패는 주먹으로 차라리 나를 죽여라."

문구점 총각을 노려보는 남편에게 아내가 고함을 질렀다. 남편이 문구점 총각의 멱살을 잡아서 아내에다 패대기를 칠 기세였다. 아내의 눈동자가 빠르게 돌았다. 남편의 주먹이 부르르 떨었다.

"차라리 오늘 주먹에 맞아 죽자."

아내가 소리를 바락바락 질렀다. 남편이 어금니를 물었다. 아내가 남편의 종아리를 움켜잡았다. 남편의 발이 문구점으로 걸음을 딛자 아내가 질질 끌려갔다. 아내를 끌고 가는 남편의 얼굴이 발갛게 상기되었다.

이진은 물론 구경꾼의 시선은 교미하는 잠자리처럼 엉겨 붙은 세탁소 부부와 오금을 바들바들 떨고 있는 문구점 총각 사이를 바삐 오갔다. 이진은 점심 먹는 것을 잊었고, 치킨점 부부는 기름 솥에서 닭이 시커멓게 타고 있는 것을 잊었고, 미용사는 가위와 빗을 손에 쥐고 있는지도 몰랐고, 수건을 머리에 두른 여인은 파마약을 씻어낼 시간이 지나가고 있음을 까마득히 잊었다.

남편이 눈을 부릅뜨자 문구점 총각이 뒷걸음쳤다. 아내의 애절한 눈빛이 문구점 총각에게 향했다. 문구점 총각이 애절한 눈빛을 읽었다. 남편이 문턱에 오른발을 얹는 순간 문구점 총각이 뒷문으로 황급하게 달아났다. 문구점 문을 채 닫지도 못하고 줄행랑쳤다. 천 원 지폐를 들고 문구점으로 들어가려던 초등학생이 어리둥절해졌다. 우우― 곰 같은 괴성을 지른 남편이 문구점 총각이 달아난 골목을 허탈하게 바라보았다. 과녁을 갑자기 잃은 화살이 하강 곡선을 그리듯 남편의 화기가 가라앉았다.

멱살을 잡아 패대기를 쳤지만 둘은 부부였다.

구경꾼을 머쓱한 눈초리로 응시하다가 세탁소에 들어갔다. 치킨점 남자가 싱겁다는 표정을 감추지 못했고, 아내는 문구점 총각이 달아난 골목을 한참 바라보았다. 남편은 아내의 뒷덜미를 바라보며 담배를 뻑뻑 빨았다.

"머리 맞대고 앉아 양파 껍질을 까도 손발이 척척 맞으면 그것이 사랑이고 부부가 아닌가?"

미용사가 모두 들으란 듯 크게 말했다. 그녀는 사십을 겨우 넘긴 몸에 도톰하게 살이 올랐다. 입술도 두툼했고 눈자위도 검었다. 눈이 커서 겁이 많아 보였다. 손목에 고무줄을 감은 것처럼 주름이 졌고 손가락이 뭉툭했다. 그래서 한눈에 보아도 성격이 무던하다는 짐작을 낳게 했다. 그녀의 손에 바닥을 쓸던 빗자루가 들려있었는데 그런 사실도 잊었다.

*
*

강과 도로가 전망인 창가에서 용곤이 팔을 들 듯 말 듯 어정쩡하게 일어났다. 카페로 들어오는 이진의 외모가 예상보다 낯설다는 의미였다.

"내 모습 변하지 않았지?"

용곤이 손을 내밀었다.

"변하지 않는 것은 없어."

이진이 용곤의 손을 가볍게 잡았다가 놓았다.

설렘이 동반되는 심정의 자지러짐을, 목울대로 치미는 벅찬 긴장을 예감했는데, 아니었다. 어제 만났던 친구를 커피숍에서 발견했다는 우연 정도에 불과했다.

용곤을 만나기 위해 씻고 바르고 꾸민 자신이 계면쩍어서 발끝에 힘을 모았다. 용곤의 시선이 이진을 어루만졌다. 용곤이 알아채지 못하게 발끝에 힘을 모았다. 가슴이 바스락 부서지는 뻥튀기로 부풀었다.

"이십 년이 지났어. 우리가 서로를 잊고 살았던 세월이."

용곤이 텁텁하게 웃었다.

우리? 이진이 속으로 중얼거리고 피식 웃었다.

정민의 연인인 이진의 주변에서 집요하게 서성거렸다. 일부러 소문을 내고 이진의 주변을 맴돌았다. 선배 정민을 밀쳐내고 이진을 평생의 반려자로 소유하고 싶다고 노골적으로 구애했다. 용곤의 집요한 구애로 이진이 흔들린 순간도 있었으나, 온전하게 사로잡지 못했다. 정민이 방관하는 허술하고 싱거운 삼각관계가 되었다.

정민이 계속 방관하자 이진이 변화를 드러냈다. 용곤에게 냉담하던 마음을 열었다. 용곤을 주변에 맴돌게 하려는 술수였다. 정민과 용곤 사이에서 이진이 외줄 타기를 자행했다. 의무 복무를 마쳤고 생각과 판단이 또래의 수준에서 어른스러워졌고, 이성의 관심을 끄는 대화나 행동에서 우위를 점한 정민이 이진의 줄타기를 대수롭지 않게 여겼다. 느긋하고 여유로운 태도로 미래의 삶을 위한 준비에 몰두했다.

이진은 줄타기를 외면하는 정민이 불만스러웠다. 정민을 카페 구석진 자리로 유혹해서 술에 취하고 싶었고, 당일에 돌아올 수 없는 배낭여행도 가고 싶었다. 바람이 문풍지를 흔들고 쥐 오줌이 천장에 지도를 그린 허름한 방에서 낭만을 공유하고 싶었다.

입맞춤한다면 허락하고 싶었고 더한 것을 원한다면 기꺼이 응할 준비가 되었다. 여자로서 낯 뜨거운 유혹이었다. 사랑의 깊이를 알고 싶은 갈증이기도 했다. 정민은 이진의 갈증을 알면서도 무슨 자신감인지 외면했다.

정민의 무관심이 외려 이진을 옭아매는 힘이 되었다. 이진의 유혹과 정민의 무관심이 보였기 때문에 용곤은 구애를 멈추지 않았다. 싫든 좋든 학교를 떠나야 할 졸업 시즌이 왔다. 이진과 정민과 용곤의 삼각관계가 끝점을 찍어야 했다. 국방의 의무를 마치고 미래에다 시간을 투자한 정민은 취직이 됐다. 국방의 의무가 없는 이진도 취직했다. 용곤이 훈련소로 징집되었다.

용곤은 아주 중요한 시기의 인생 항해에 오류를 범했다. 재학 중에 군 복무를 마쳤어야 했다. 이진의 주변에서 어정거리다가 졸업을 맞았다. 그렇다고 어정거리던 바를 얻지도 못했다. 용곤이 군 복무로 묶여 있는 동안 정민과 이진이 결혼했다.

"나 정말 변했어?"

용곤이 손바닥을 가슴에 얹고 물었다. 이진 주변을 서성거리던 학창 시절과 조금의 변화도 없다는, 이진을 향한 구애가 손톱만큼도 손상되지 않았다는 항변으로 보였다. 이진이 싱겁게 웃어서 용곤의 끈적거리는 시선을 꺾었다.

이십 대의 감정을 사십 대가 되어 재현한다는 것은 무리였다.

십 킬로그램쯤은 부풀어 보였다. 막걸리를 첨가해서 숙성했다가 쪄낸 술빵, 턱살이 늘어져 도톰하게 굵어진 용곤의 목덜미를 노골적으로 응시했다. 용곤이 창에 머리를 기댔다. 실망하는 빛이 역력했다. 나이가 들면서 느슨해지는 열정만큼 늘어나는 몸집을 달가워하는 사람은 없을 터였다. 컨베이어벨트를 지나며 부품이 조립되는 전자제품처럼 차들이 강변도로에 실려 다녔다. 은빛 풍선을 든 아이와 둔치를 걷는 어른도 보였다.

"조팝꽃 동산 잊지 않았지?"

이진의 자두색 립스틱 입술에 시선을 던진 용곤이 웃음을 흘렸다. 용곤의 관심은 이진의 입술에 칠해진 립스틱의 색깔이나 브랜드가 아니었다. 이진의 입술을 물어뜯듯 입맞춤하고픈 육욕이 눈동자에서 이글거렸다. 이진의 입술을 물어뜯으려는 음흉함이 얼굴에서 붉은 반점으로 번졌다. 조팝꽃 동산의 애욕에 갈증 난 용곤의 입술이 하얗게 말랐다.

"치매가 오지 않고서야 잊지 않았지."

용곤이 조팝나무 꽃향기를 들먹거려 만나자는 의도를 드러냈다. 이진이 카페로 오는 중의 예견이 적중했다. 조팝나무 생각만 해도 오월 호사한 꽃향기가 콧속에서 아득해지는 환각에 휩싸였다. 철분 결핍성 환자처럼 어지럽고 빙글빙글 돌았다. 독한 담배를 폐부 깊숙하게 빨아들였을 때 하늘이 돌고 나무도 돌고 땅까지 매달려 돌며 울렁거리던 어지럼증이 돋았다.

마약을 하면 이런 기분일까.

"오월의 황홀함 잊지 못하고 있어."

용곤의 눈동자가 반들거렸다.

"오월은 황홀한 계절이니까."

이진이 용곤의 의도에 동조했다. 용곤과 지금 마주 앉았다 해도 그날의 느낌 그대로가 불가능했다. 장소와 감정에 따라 노래가 다른 느낌으로 들리는 것처럼. 그날의 향기가 완벽하게 재현될 수 없었다.

"잊지 않았구나? 다행이다."

용곤의 반들거리던 눈동자로 욕정이 이글거렸다.

"그렇게나 황홀했었니?"

이진이 무미건조하게 되물었다.

"물론이지. 너를 포옹하던 감각이 아직도 손바닥에 덩어리로 남아있어."

용곤이 손바닥을 펼쳐 보였다. 여린 묘목처럼 부드러우면서도 남자답던 그때의 손이 아니었다. 이진이 용곤의 손바닥을 가볍게 치고 피식 웃었다.

"내게는 영원한 감각인데. 재생할 수 있을까?"

용곤의 말끝이 떨렸다. 이진은 용곤의 화들짝 다가오는 모습에 희열을 느꼈다. 외간이지만 과거의 인연을 송두리째 간직하고 있다니 기쁘기도 했다. 욕망과 구애로 슬금슬금 다가오는 용곤에게 흥미가 생겼다.

남편 정민과는 섹스리스 부부라는 거짓 선언해 볼까? 짓궂은 생각이 들었다.

"변하지 않는 것은 없다고 말했잖아. 남편과 일주일에 적어도 한 번은 관계해. 그 많은 관계마다의 느낌을 어떻게 기억하니?"

이진이 차분하고 또랑또랑하게 말했다. 누가 들었을까. 옆을 흘끔거렸다. 둘을 응시하는 시선이 없었다.

"첫 경험이었잖아?"

옆에 아무도 없어선지 용곤도 또렷하게 물었다.

"그래. 나쁜 놈아."

이진이 푸푸 웃었다. 유혹에 걸려들지 않겠다며 발가락에 힘을 주었다.

"무엇이든 첫 상황은 평생 잊을 수 없어."

첫 경험, 첫사랑, 첫 키스 연상시켜서 감흥을 유도하려는 용곤이 귀여웠다.

"처음이니까 기억은 되겠지."

이진이 건조하게 인정했다.

"첫사랑을 임종까지 기억한다잖아?"

"첫사랑?"

"너와 나의 첫사랑은 조팝꽃 향기였고."

"첫사랑이라고들 말하는 거 진정한 사랑 아냐."

"첫사랑이 진정한 사랑이 아니라고? 그때 그 일 잡아떼려는 속셈이니?"

"그냥 완성되지 못한 것에 집착이거나 아쉬움일 뿐."

"조팝꽃 동산을 집착과 아쉬움으로 간주하다니."

용곤이 아쉽다는 표정으로 창밖을 바라보았다. 닫힌 감정을 흔들려는 가식이기에 이진이 후후 웃었다.

과거에 완성되지 않은 관계는 미련일 뿐이다. 아쉬움을 사랑으로 포장해서 추억으로 갖고 싶은 욕망이랄까. 불완전했던 상황을 기억에서 잊고 싶지 않아서 첫사랑이라고 정의할 뿐. 철없는 시기의 일탈을 기억에서라도 사랑으로 완성하려는 집착에 불과했다.

"지난 거에 집착하지 마. 너의 일상에 걸림돌일 뿐이니까."

이진이 타이르는 말투로 달뜬 용곤을 안정시키려 했다.

남편과의 셀 수 없는 관계 중에서 순간에 불과해. 이진이 덧붙여 말하려다 그만두었다.

용곤이 침묵하다가 주머니를 뒤적거렸다. 담배를 태우려다가 씁쓸해진 얼굴로 창밖을 바라보았다.

"라텍스 콘돔으로 씌워진 성기. 피임약. 시험관에서 배양되는 아기들. 성을 바꾸는 전환 수술. 비아그라. 섹스는 이제 조물주의 손아귀를 벗어났어. 섹스는 생식만을 위한 의미를 벗어났어."

용곤이 욕정을 노골적으로 구걸했다.

중년이 되면 뻔뻔스러워져도 용서가 되는 건가. 나이를 먹어 데면스러워졌다 해도, 감정과 윤리가 세파에 닳았다 해도, 선배의 부인에게 욕정을 구걸할 수 있을까. 이진은 용곤이 안쓰러웠다. 용곤을 만나러 오면서 엉겼던 설렘과 부끄러운 감정을 지웠다.

"이만 가볼게."

이진이 일어났다. 용곤이 당황하여 엉거주춤 일어났다.

"저녁 나와 먹을 수 없어?"

용곤이 따라 나왔다. 정민이 군대에 가있는 동안 집요하게 따라붙던 모습이 재현되었다. 이진이 멈춰서 용곤을 바라보았다.

"저녁. 같이 먹고 싶어."

조팝꽃 더미에서의 그 황홀함을 다시 느끼고 싶어. 용곤의 눈빛이 노골적으로 이글거렸다.

"변하지 않는 것은 없어."

이진의 표정이 싸늘했다.

너는 내게서 그 황홀함을 다시 느낄 수 없어. 이진이 덧붙여 말하려다 그만두었다.

"변하지 않았음을 증명하고 싶어."

용곤이 이진의 손목을 잡았다. 욕정의 열기가 손목에 닿았다.

"느낌이 어때? 조팝꽃 더미에서 잡았던 느낌이 아직 살아있다고 거짓말하지는 못하겠지?"

이진이 오른손도 내밀었다. 용곤이 잡았던 왼손을 놓았다.

"변한 것이 없다고 아무리 우겨도 이십 대로 돌아갈 수 없어."

이진이 결론을 찍고 빠른 걸음으로 나왔다. 용곤이 뛰어나왔다.

"이십 대만이 세상의 중심에 서있는 게 아니야. 미스보다는 미시가 거리에서 더 육감적인 몸짓으로 활보하는 세상이라는 거 몰라?"

용곤이 아이의 손을 잡고 지나가는 미시에게 손짓했다. 미시가 잡고 있던 아이의 손을 놓았다.

"저 미시에게나 가봐."

이진이 돌아섰다.

다섯 걸음 걸어가서 뒤를 돌아보았다. 정말로 용곤이 미시가 걸어간 방향으로 걸어가고 있었다. 가슴에서 무엇인가 와르르 쏟아지는, 공들여 조립해 놓은 장난감 블록이 와르르 무너지는 소리가 났다.

**

한바탕 소란했던 세탁소가 고요했다. 여전히 문이 열린 세탁소에 남편이 다림질하고 있었고, 아내는 더 안쪽에 앉아 바느질하고 있었다. 문구점도 열렸고 총각이 어린 손님에게 물건을 파는 중이었다. 미용실에도 머리를 손질하러 온 여인들로 자리를 채웠다.

등산 가방을 메고 나갔던 정민의 차가 진입로에 나타났다. 주차장을 바라보던 이진이 소스라치게 놀라 주먹으로 입을 막았다. 차에서 내린 사람은 정민 혼자가 아니었다.

정민이 근무하는 지점과 용곤이 근무하는 지점의 모기업이 같다는 사실이 드러났다. 낡은 머리칼이 빠진 두피에서 새로운 머리칼이 돋아나는 것처럼 세상의 소소한 사실들이 곳곳에서 비밀리 생성되었다가 아무것도 아닌 존재로 공개되고 더러는 소멸하는 것처럼. 정민과 용곤이 아파트에 들어오는 동안 같은 그룹의 계열사에 근무하고 있다는 사실이 드러났다. 부장이 되지 못한 정민은 퇴직의 강요가 없더라도 명퇴 압박을 느끼는 중이었다. 용곤은 부장이 되었기 때문에 명퇴 압박에서 느긋했다.

이진이 술상을 차리는 중에 정민이 용곤과의 만남을 흥분된 어조로 설명했다. 정상에서 이진이 마련해 준 도시락을 먹고 하산하는 중에 전화가 왔는데 뜻밖에도 용곤이었다. 전화번호를 어떻게 알았느냐고 정민이 용곤에게 물었다. 용곤이 그저 빙그레 웃었다. 이진의 얼굴이 발갛게 달았다. 낮에 용곤이 연락처를 물었고 이진이 메모해 주었다. 두 시간 전에 욕정을 구걸하던 용곤이 나타날 줄을 이진은 예감하지 못했다.

같은 계열사의 다른 저점에서 상사가 된 용곤에게 반갑고 잘된 일이라는 말을 정민이 세 번이나 반복했다. 어색하고 불편한 심정이 드러날까 반복하여 겉을 포장하고 있음을 이진은 감지했다. 송곳날로 콕 찌르면 주저앉을 길거리 풍선 광고처럼 몸집이 커진 정민, 젊었던 시절과 비슷한 몸매를 유지한 용곤이 술잔을 주고받았다.

술잔이 급하게 오고 갔다. 서로에게 할 말이 없으므로 말문이 막히면 잔을 비우고 권했다. 효모로 발효시킨 빵을 연상하게 하는 정민과 마주 앉아서, 용곤은 시선에 자만이 실렸다. 술잔이 돌면서 이진이 평정심을 찾았다.

제9장

부부는
우아할 수 없어

영산홍 꽃망울로 비가 살갑게 내렸다. 산자락이 비안개로 하얗게 젖었다. 이팝나무 가로수가 우듬지로 연초록 잎을 다투어 틔웠다. 소란해진 들판에서 빛을 먹는 아우성이 들불처럼 몰려왔다.

이진이 베란다에 맨발로 나가 들판에서 들려오는 와글거림에 귀를 열었다.

숨을 쉬어. 공기를 마셔. 가슴을 열고 폐부가 알알하도록 봄을 마셔. 새싹이 움트는 함성을 들어 봐. 당신의 몸이 열리는 소리를 가만가만 들어 봐. 몸이 움트는 초록빛 갈망을….

산자락이 저렇게 멀리 있는데, 이진은 코끝으로 스치는 조팝꽃 향기에 비틀거렸다.

빗물이 초록 융단을 펼치는 들녘에 방목 당하고 싶었다.

**

정민이 굵은 몸통으로 고모를 맞이했다. 고모가 두 팔로 정민의 목덜미를 감아 포옹하려 했다. 시모도 여간해서 하지 않는 정민과의 포옹이 동작인 듯 자연스러웠다.

"조카가 듬직하니 참 좋다."

정민의 두툼한 목덜미를 고모의 팔이 간신히 안았다. 정민이 무릎을 구부려 엉거주춤 고모의 품에 안겼다.

"남편이 듬직하게 있어 보여야 아내가 우아해지는 거란다."

고모가 포옹을 풀고 정민의 넙데데한 얼굴과 어깨를 계속 흐뭇하게 바라보았다.

"고모님, 부부는 우아한 연인이 될 수 없어요. 그리고 아범은 있어 보이는 게 아니라 비만할 뿐이에요."

이진이 정민의 굵은 팔뚝을 쥐어틀었다. 두툼한 살집에도 아픔을 느낀 정민이 얼굴 찡그렸다.

"어미야, 부부가 우아한 인연이 못 된다니? 어디서 배워먹은 말버릇이냐?"

서너 걸음 물러나 방관하던 시모가 대뜸 껴들었다. 아들과 우아할 수 없다는 며느리에게 오소리 눈빛을 반들거렸다.

"어머님, 부부는 간결하고 단조로운 관계가 좋아요."

이진은 심정이 뒤틀린 시모에게 일부러 상냥한 표정을 지었다.

우아한 연인보다는 우아하게 도발하는 부부가 우월해지는 시대라고 말하려다 그만두었다.

시모와 영감이 우아하게 도발하지 못할 연애라면 그만두라는 선언이기도 했다.

"그럼, 영감님과 나 사이가 우아하면 안 된다는 게냐?"

시모가 이진의 의도를 해석하지 못했다.

영감과 부부가 된 표정으로 입술을 오므리고 이진의 대답을 기다렸다.

고모가 피식 웃었고, 정민이 실소를 참느라 손바닥으로 표정을 가렸다.

"그럴 리가요?"

이진이 활짝 웃으며 시모의 귀에 착 들어맞게 대답했다.

"영감이랑은 부부가 아니잖아? 그러니까 우아해도 돼."

곁에서 실실 웃던 고모가 이진의 속마음을 대신 말했다.

"우아한 연인은 부부가 아닌 거죠. 부부 사이가 우아해지면 복잡해져서 불안해져요."

이진이 고모의 말에 덧붙였다. '불편해져요.'가 아니라, '다투다가 이혼해요.'라고 말할 뻔했다.

영감과 시모는 부부가 될 수 없다. 이진의 교묘한 선언에 시모가 씁쓰레한 표정으로 변했다.

황혼 연애나 불륜이 우아한 연인이라는 것이냐?

시모가 묻는다면 이진은 설득이 곤란할 순간이었는데, 시모가 더 묻지 않았다. 아마도 시모는, 고모의 말 중에서, '영감이랑 부부가 아니잖아?'보다, 그러니까 '우아해'에 무게를 두었을 터였다.

고모가 정민의 팔을 당겨 카메라 앵글에 구도를 잡듯 자세를 잡았다.

"그러고 계시니까 조카가 아니라 아들 같아 보여요?"

고모의 품에서 엉거주춤하게 난처해진 정민에게 이진이 키득키득 웃었다.

"정말 그렇게 보이니?"

고모가 반색하며 눈시울에 젖은 물기를 손가락으로 훔쳤다.

"조카며느리가 고맙다."

고모가 이진의 손을 잡고 고개를 주억거렸다. 하마처럼 뚱뚱해서 듬직하다는 고모가 마치 시모인 듯 흐뭇해했다.

이진은 고모의 예견하지 못한 행동이 아연했다. 정민은 이진의 시선을 피할 뿐 의아해하지 않았다. 시모와 정민이 모자간이지만 닮은 모습을 찾기 어려웠다. 정민의 두 살 아래인 시누이 선남도 그렇기는 마찬가지였다.

사십 대의 징검돌에서 실족하듯 세상을 등진 시부를 보지 못했으므로, 정민이 아버지를 닮고 태어난 것이라고 짐작했다. 시부의 사진이 몇 장 남았지만 흐릿하게 바랬다. 정민의 외모에서 시부의 생전 모습을 역으로 추정했다.

"듬직한 우리 조카."

고모가 정민을 또 포옹했다.

내막을 모르는 사람은 고모와 정민이 모자라고 말할 수도 있겠다는 생각이 들었다. 둘을 요모조모 뜯어보니 정말 어머니와 아들처럼 닮은 꼴이 나타났다. 시모의 표정이 쌩하게 차가워지더니 경로당으로 갔다.

"머리칼이 가시덤불로 봉두난발이고 성하던 이빨 망가져도 영감이 좋긴 좋은가 보더라?"

고모가 경로당으로 영감을 만나러 간 시모를 비꼬았다. 이진이 겪은 고모는 영감과의 연애에 빠진 시모를 부러워하거나 시샘하지 않았다.

고모가 거실과 안방의 이곳저곳을 살폈다.

자신이 해야 할 말의 정도를 가늠하는 것처럼 보였다. 텔레비전 크기와 벽에 걸린 그림과 식탁의 재질과 장식장의 찻잔. 베란다를 통해 본 밖의 풍경으로 삶의 수준을 측정하고, 대화의 수준과 방식을 정리하는 것처럼 보였다.

정민이 고모와 상면했으니, 늦추고 있던 외출을 해야겠다고 일어섰다. 고모가 정민을 따라서 엘리베이터를 타고 일 층으로 내려갔다.

이진이 중국풍의 찻잔에 보이차를 내놓았다.

추운 나라 캐나다에서 왔기 때문에 맛이 강한 종류보다는 독특하고 부드러운 향의 차를 내놓았다. 고모와 마주 앉아서 이진은 일부러 시선을 피하지 않았다. 짧은 순간이지만 시선에 묻어나는 느낌이 애잔했다.

이진은 시모에 대한 고모의 편력을 들어야겠다는 의도였고, 고모는 이진의 의도에 부응하듯 시모의 묵혀있던 얘기를 거실 바닥에 질펀하게 쏟아놓을 눈치였다. 아마도 시모의 삶에 이끼처럼 슬어있던 것들. 그다지 바람직하지 못한 것만 선별하여 털어놓을 거라는 기대가 묻어났다.

처음 만났을 때 느꼈던 고모의 낯섦이 누그러졌다. 시모와 영감의 망측스럽고 느지막한 연애가 고모는 마뜩하지 않은 눈치였다. 그러고 보면 생면부지였던 고모와 이진이 시모의 황혼 연애 행각에 등을 돌린 동료가 되었다.

"캐나다라면 여기보다 개방적인데 고모님은 혼자되시고 짝이 없었나요?"

이진은, 혼자되시고라는 말을 던져놓고 당황했다.

고모에 대해 아는 게 없었다. 느닷없이 나타난 고모를 시모의 분신으로 보았다. 나이도 같았고 체구도 비슷했다. 똥글똥글한 눈동자에서 나오는 좀 질겨 보이는 시선도 닮았다. 캐나다에서 왔기 때문에 옷맵시나 피부와 표정이 시모와는 다르게 곱게 늙었다. 고모부의 존재가 있는지, 자식을 몇이나 두었으며, 캐나다에서 누구와 살았는지, 전혀 알지도 못하면서 혼자되시고라는 단어를 사용했다.

"깜장 고무신처럼 새까맣게 피부가 그을려서 인물이며 학식이며 교양이며 어느 것 하나 마땅히 없는 네 시모도 영감인지 땡감인지가 있는데 내게 남정네가 없을 줄 알았냐?"

고모는 화통했다.

급하고 직설적인 성격이 시모와 같았다. 그러나 그 방향이 달랐다.

시모는 자신의 의중을 상대방 중심에 명중시키되, 뽑히지 않을 만큼 깊숙이 꽂아야 하는 직성의 소유자였다. 이진이 거부하거나 반박하거나 건성으로 흘려듣는 태도를 보이면 토라져서 며칠 내로 보복을 가해왔다. 시모의 집에 오라고 선언한다든가, 예고 없는 방문의 수단으로 보복의 일차적인 서막을 열었다. 앞에 앉혀놓고 이미 지나간 일들을 조목조목 들추어 나무라고 토라지고 짜증을 내고. 일찍 서방을 잃은 탓이라며 자학하여 며느리를 곤란한 구석에 몰아넣었다. 아들인 정민에게는 그러지 않았다. 시모의 의도된 편애였다.

＊

고모가 캐나다에서 살아선지 원래 성격이 그래선지 조급한 성격이 발견되었다. 조급함에 있어서 명분이나 사리가 분명한 것인지는 간파하지 못했다. 시모처럼 강퍅하지 않을 거라는 믿음은 분명했다.

"고모님이 어엿하게 계시는데 아범도 그렇고 저도 모르고 있었네요? 알고 있었더라면 연락도 드리고 찾아뵈었을 수도 있었을 텐데."

고모의 존재를 모르고 있음에 송구하다는 마음을 우회적으로 표현했지만, 고모의 존재를 모르고 있어야 할 원인이 무엇인가를 묻는 말이었다. 고모의 존재를 알고 있으면서 숨긴 사람은 시모였다.

정민도 알고 있으면서 감추었을 여지가 조금은 있었다. 정민이 캐나다에서 고모가 온다는 말을 듣고서 고개를 갸웃거렸다. 정민이 고모의 존재를 모른다는 쪽에 비중을 두었다.

"내가 조카 내외와 같이 있으면 똥 벼락을 뒤집어쓸까 무서워 그런 것이지."

이진이 품은 의문 상자의 열쇠가 되는, 시모의 편력에 대한 서광이 비치는 대답이었다. 이진이 슬쩍 내민 고모가 미끼를 덥석 물었을 때 재빨리 잡아채야 했다.

"설마 어머님께서 그런 생각을 하셨을까요?"

그렇다고 감춘 의도를 뻔뻔하게 노출할 수는 없었다. 시모를 두둔하면서 고모의 속을 살짝 긁었다. 고모가 눈자위를 드러내고 멀뚱멀뚱 바라보았다. 미끼를 물었으되 여차하면 뱉어버릴지도 모른다는 느낌이 농후했다.

"똥 벼락을 뒤집어쓸 분이 아니지요? 그렇죠?"

이진이 미끼를 다시 던졌다.

"시어머니의 과거를 알아서 좋을 것이 무엇이 있겠느냐?"

고모는 시모처럼 다짜고짜 경우를 모르는 노인이 아니었다.

이진은 시모의 과거라는 말을 유도한 것에 일단 만족했다.

"고모님이 어엿하게 계신데, 저나 아범이나 모르고 살았으니 송구스러워 그런 거지요."

이진의 알량한 핑계에 고모가 대답을 미루었다.

"조카와 결혼한 지 몇 해나 되었지?"

고모가 분위기 전환을 꾀했다.

"대학교에 합격해서 기숙사에 가있는 딸이 스무 살이니 스무 해나 지났네요? 혹시 고모님 우리 결혼도 모르고 계셨던 거 아니겠지요?"

고모는 결혼식에 오지 않았다. 자영이 스무 살이 되도록 고모의 존재를 알지 못했다.

"정말로 네 시어미란 양반이 나에 대해 한마디도 없었냐?"

고모가 시모에 대한 불쾌감을 내비쳤다. 결혼식에 오지 못한 책임의 소재를 분명하게 하기 위해서라도 고모는 시모의 얘기를 끌러놔야 하는 상황이 되었다.

"정정하시고 세련되시고 멋진 고모님이 살아계셨는데, 이십 년이나 넘게 모르고 있었다니 송구하고 서운해요."

고모와 시모를 시소에 마주 앉히는 상황으로 이진이 대화를 이끌어갔다. 고모를 부추기면 시모는 내려앉아야 했다.

"괘씸한 노인네. 멀쩡하게 살아있는 사람을 죽은 송장으로 만들어?"

고모의 얼굴에서 처음 보는 노기가 퍼졌다.

"그러실만한 사연이 있었겠지요?"

시모를 두둔하여 고모의 자존심에 생채기를 냈다.

"염치없고 파렴치한 사연이 있긴 하지."

고모가 어금니를 깨물었다. 이 시점에서 입을 닫을 것인지 왕창 쏟아낼 것인지 갈림에서의 순간적인 고뇌였다.

"애 아빠나 저도 중년이 되었어요. 가족 사이에 있었던 일을 알고 있어야 혹여 나중에 무슨 일이 생기면 대처를 할 수 있잖아요?"

이진은 고모의 혀와 입술에 바를 윤활유가 필요했다. 냉장고에서 막걸리를 가져왔다. 속이 허연 사기대접을 일부러 찬장 안쪽에서 꺼내와 콸콸 소리 나게 채웠다.

"내가 막걸리를 좋아한다는 것을 알고 있을 텐데, 간장 종지 한 잔도 주지 않더라?"

고모가 시모를 원망하며 엄지손가락을 막걸리에 찔러서 술대접을 들었다. 이진은 김치와 풋고추와 쌈장을 안주로 내놓았다. 젊었을 때 한국에서의 막걸리 기억을 일깨우려는 의도였다. 고모가 작은 가슴으로 할딱거려야 겨우 대접의 반을 비웠다. 술을 넘기는 목울대도 쇠잔한 늙은이였다. 시모는 대접에 양주를 가득 부어주면 한입에 마시고 주름이 짜르르한 얼굴을 후루루 털었다. 식도에 가시가 넘어간 듯 거위 목을 쭈욱 빼기도 했다. 고모는 깔끔하고 젊은 티로 뽀얀 살결인데, 시모는 그슬리다 만 피부가 쇠줄처럼 질겼다. 참꽃즙을 덧바른 듯 고모의 눈자위가 붉어졌다.

"영감을 시부로 받아들일 작정은 되었느냐?"

고모가 말의 방향을 틀었다.

"며느리도 자식인데 부모님이 하시는 일을 거역할 수 있겠어요?"

이진은 고분하고 차분한 억양에다 다정한 미소도 잃지 않았다. 시모와 영감과의 관계를 방관하던 태도를 태연하게 감췄다. 고모가 표정을 약간 찡그렸다.

"조카도 조카댁과 같은 마음이냐?"

정민이 영감을 새아버지로 받아들일 수 있겠냐고 물었다. 정민의 속내를 모르므로 이진은 바로 대답하지 않았다.

"내가 당연한 것을 물었구나. 영감을 조카댁이 시부로 받아들인다면 조카야 넙죽 절하며 고마워해야지."

고모의 볼이 발그레했다. 가슴에서 치받은 날숨이 목젖에서 턱 소리를 내기도 했다.

고모가 대접에 남은 막걸리를 마저 마셨다. 이진이 막걸리를 또 가득 채웠다. 고모가 또 엄지손가락을 찔러 막걸리를 세 모금 마시고 풋고추를 쌈장에 찔러 으드득 깨물었다. 눈가에서 시작된 참꽃빛깔이 볼에서 벌겋게 뭉쳤다. 목덜미도 붉어졌다.

이진은 일부러 시선을 베란다 밖으로 돌렸다. 고모가 내쉬는 숨에서 벌써 삭는 술 냄새가 났다. 고모는 술을 좋아는 하지만 많이 마시지 못했다. 드러누우면 딱 좋은 얼굴을 하고서 꼿꼿한 자세를 유지했다. 고모의 속에서 무엇인가 마구 엉키고 있음을 이진은 넉넉히 감지했다.

※※

고모가 캐나다에서의 겪었던 일들을 말했다. 마주 앉아 막걸리를 마시며 어려웠던 일과 그리웠던 것들과 화가 났던 일들을 털어났다. 그리고 급기야 캐나다로 가기 전에 시모와의 불편했던 과거를 털어놓았다. 가슴으로 들어찬 붉은 술기운도 야금야금 토했다. 고모의 붉어졌던 얼굴이 점차 엷어졌다.

고모가 비빔국수를 먹고 나갔다. 뒷모습에서 고모의 어깨가 가벼워 보였는데 짓눌렀던 것을 토해냈기 때문에 홀가분해졌다고 생각했다. 사십 년 가까이 묵혀왔던 응어리를 토해낸 곳에다 무엇이라도 다시 채울 수 있는 여생이 있는 것일까. 뒷모습이 허탈해진 고모가 나갔다.

한 시간 후 시모가 왔다.

고모가 앉았던 자리에 앉아서 이곳저곳을 살폈다. 고모의 흔적을 찾고 있음이었다. 시모가 낯설어졌다. 고모가 왔다 갔을 뿐인데. 시모에 대한 예전의 심정이 뒤틀렸다.

시모와 고모는 사흘 동안 같은 집 같은 방에서 마주 앉아 밥을 먹으면서 서로에게 잔잔한 웃음을 나누었다. 오늘의 엇갈림을 적어도 시모가 작정하였고 고모는 예감했을 터였다. 고모는 한국에서 마땅히 갈 곳이 없었다. 벗어놓을 수 없는 내복처럼 시모 곁에 붙어 다녀야 했다.

시모는 날마다 경로당에서 영감의 오동통한 손을 맞잡고서 노인들의 부러운 시선을 즐겼다.

캐나다에서 온 고모가 걸림돌이었다. 겨울이 긴 캐나다에서 살아온 고모의 피부가 비록 주름이 번졌지만 하얗고 윤기가 났다. 입고 있는 옷으로도 시모는 고모의 세련된 외모를 부러워하지 않을 수 없었다.

조곤조곤 말하는 표정이나 입술 모양도 고모가 더 멋졌다. 말의 내용과 맞물려 돌아가는 톱니처럼 자근자근한 웃음도 샘이 날 정도로 자연스러웠다.

시모는 세련된 고모를 영감에게 보이고 싶지 않았다. 고모와 시모와 영감이 같이 있는 상황을 용납할 수 없었다. 그렇다고 영감을 만나기 위해 고모를 사다 놓은 상품처럼 집에 혼자 남겨둘 수 없었다. 그

것을 아는 고모가 이진을 찾아왔다가 갔고, 이어 시모가 온 거였다.

시모와 만나기로 약속이나 한 듯 선남이 왔다.

"고모가 있었다니…. 언니도 여태 모르고 살았어요?"

선남도 고모의 존재를 알지 못했다. 이진은 대답 대신에 시모의 표정을 재빠르게 훔쳤다.

고모는 정민과 선남에게 삼촌 혈육이었다. 짧지 않은 시간이 흘렀음에도 선남은 물론이거니와 정민도 삼촌 혈육이 생존함을 알지 못했다. 시모의 입에서 비롯되었어야 할 고모의 존재가 긴 세월 묻혔다. 캐나다에서 고모가 오고서야 천년 고분의 뚜껑이 열려서 세월의 더께가 덕지덕지한 시모의 사연을 이진이 듣고자 했다.

선남은 고모로부터 시모의 과거를 들으려는 이진의 의도를 모르고 호들갑 떨었다. 이진은 고모가 설핏 드러낸 사연에 가위눌려 숨조차 불규칙한 상황에서 선남의 호들갑을 바라보았고 시모의 표정을 묵묵하게 지켜보았다. 시모가 어떻게 동요하는지 돋보기를 들이대듯 지켜보았다. 머지않아 드러날 사연에 시모가 어떻게 반응할까. 이진은 곧 상영될 파노라마를 차분하고 침착하게 기다리기로 했다.

"캐나다가 오죽 먼 거리냐? 차라리 모르고 살아야 속 편한 것이 세상에 얼마나 많으냐?"

비행기를 타본 적이 없는, 캐나다가 얼마나 먼 거리인지도 모르는 시모가 나름의 논리로 대답을 회피했다. 시모의 즉흥적으로 짜낸 논리가 거짓임을 선남이 알아챘다.

"비행기 타고 지중해랑 북유럽이랑 하와이까지 신혼여행 가는 시대인데. 캐나다에 살던 아프리카에 살던 고모가 있었으면 말씀하셨어야 옳았어요."

선남이 시모에게 항변했다.

"고모는 여행을 간 게 아니다. 눌러살라고 바다를 건너간 사람이다. 캐나다란 땅이 좀 넓으냐? 어디서 어떻게 살고 있는지 알 수 없었다."

고모가 끌러놓을 말을 예감하지 못하는 선남은 시모의 대답이 충분했다. 시모의 시선이 잠깐 허둥거렸다.

"어디로 간다고 하더냐?"

시모가 고모의 목적지를 물었다.

"어머님을 만난다고 경로당에 가셨는데 모시고 올까요?"

이진이 빙그레 웃었다. 시모가 여기로 오는 중에 고모가 경로당으로 갔다. 영감과 고모와 대면할 것이라는 예측이 이진을 달뜨게 했다. 시모의 상체가 꿈틀거렸고 손이 살짝 떨렸다. 들쥐의 눈에서나 나올 새까만 광채가 시모의 시선에서 반들거렸다.

"전화하세요."

선남이 전화로 부르자고 했다.

"아니다. 내가 갔다 오마."

시모가 부산하게 밖으로 나갔다. 선남은 시모의 부산함에 눈자위를 굴렸다.

시모가 나가고 삼십 분 후에 전화가 왔다. 고모와 경로당에 함께 있으며 아범이 퇴근하면 선남의 가족을 포함해서 저녁 먹자는 말을 남기고 통화를 끊었다.

선남이 고모에 대해서 더 묻지 않고 돌아갔다. 이진이 소파에 앉았다가 베란다로 나갔다가 텔레비전을 보다가 진공청소기를 돌리고 설거지하고, 정민에게 저녁 모임을 통보한 스마트폰을 만지작거리면서 실없이 웃어댔다.

*
　*

　고모를 환영하는 의미로 이진의 가족과 저녁을 먹기로 한 식당이 경로당에서 멀지 않았다. 식당 예약은 정민과 이진의 몫이었다. 뜻밖에도 시모가 식당을 예약했다고 전화했다. 이진은 식당의 위치를 정민과 선남에게 통보해 주는 역할만 했다. 한정식으로 예약되었고 영감과 함께하는 자리였다. 선남 내외가 먼저 도착했고 정민도 늦지 않게 왔다.

　시모의 영감도 올 것이라고 선남에게 귀띔을 주었다. 선남이 미간을 찌푸렸다가 남편을 옆방으로 데려가 상황을 설명했다. 영감이 온다는 이진의 귀띔에 정민이 무표정하게 고개를 끄덕였다.

　영감을 앞세운 시모와 고모가 도착했다. 참석자는 일곱이었다.

　시모와 영감이 경로당에서 늘 그랬듯이 부부처럼 나란히 앉았다. 영감의 오른쪽에는 시모가 왼쪽에는 고모가 앉았다. 정민과 이진이 고모의 맞은편에, 선남 내외가 영감과 시모의 맞은편에 앉았다.

　영감의 눈치를 살핀 시모가 불편하다는 심기를 드러냈다. 아버지와 아들의 관계를 용납하지 않겠다는 의도로 정민이 비켜 앉았다며 불쾌한 감정이 생긴 거였다.

　"제게도 장인 어르신이 생기는 것입니까?"

　성격이 둥글둥글한 선남 남편이 너스레를 떨며 영감에게 술잔을 넙죽 내밀었다. 영감의 잔에 술이 부어지는 동안 시모가 흐뭇하게 웃었다.

　"세상이 참 요상해졌어. 피 한 방울 나누지 않고도 부모 자식이 되고 있으니."

　영감과 시모가 들으란 듯 비아냥거린 고모의 시선이 이진을 향했다.

　"세상이 요상해진 게 아니라. 풍요롭고 기름지게 노년의 세월이 길어져서 그래요. 고…모…님."

선남 남편이 고모님이라고 불렀다.

침묵이 흘렀고 머쓱해진 선남 남편이 정민을 바라보았다. 정민은 무표정하게 젓가락으로 음식을 먹었다. 이진도 고개 숙여 시선의 각도를 낮추었다. 정민의 계속되는 무표정에 시모의 눈총이 따가웠다. 고모가 눈짓해서야 정민이 영감에게 술을 건넸고. 영감도 정민에게 술을 건넸다.

영감은 말이 없었다.

이러쿵저러쿵 말을 술술 풀어놓을 수 있는 자리도 아니었다. 고모와 시모에게 얼굴을 번갈아 돌려가며 허허 웃었다. 가슴에서 올라오는 웃음이 아니라 목구멍에서 급조된 위선이었다. 구정물을 부어도, 냉수를 부어도, 끓는 물을 부어도, 동요하지 않고 허허 미소만 띠고 있을 부처의 흉내로 일관했다.

시모는 영감에게 관심을 주지 않는 아들과 며느리가 목젖에 걸려 표정이 어두웠다.

선남은 정민의 무관심한 태도가 마뜩하지 않았다. 그래도 이진은 무뚝뚝한 표정으로 일관했다. 고모가 함께 있어서 시퉁스럽게 나서지 않는다는 표정을 지었다. 선남이 너스렐 떠는 남편의 옆구리를 팔꿈치로 찔렀다. 침묵이 깔리고 어색해졌다. 고모를 위한 식사 자리였는데, 영감의 자리로 욕심을 낸 시모가 자초한 분위기였다.

고모는 조곤조곤하고 살가운 미소를 섞어 정민의 회사와 선남의 가족에 대해 이것저것 물었다. 선남이 아들의 영어 공부를 말했다. 고모가 캐나다로 어학연수를 온 어린 학생들의 실패담을 들려주었다. 그러면서 자리의 중심이 고모로 바뀌었다.

술 좋아하는 선남의 남편이 가장 겸연쩍은 꼴이 되었다. 영감이든 정민이든 술잔을 건네야 넙죽넙죽 받아 마시면서 너스레를 이어갈 수 있지만 그럴만한 분위기가 되지 못했다.

영감의 잔에 술이 비면 시모가 채우고 영감은 잔을 비웠다. 잔을 비우지 않고 뜸을 들이면 시모가 잔을 영감의 손에 넣어주었다. 화학물질을 억지로 삼켜야 하는 실험용 쥐처럼 영감은 술을 마셨다. 희고 통통한 살이 붉은색으로 변했다. 목덜미와 팔뚝도 손바닥도 얼룩덜룩 반점이 생겼다. 술을 잘 마시지 못하는 체질임이 분명했다.

대화의 향방이 모호해졌다.

정민과 선남에게 처음으로 나타난 고모가 분위기와 대화의 중심에 있어야 했다. 고모는 처음부터 분위기의 중심에 앉기를 자처하지 않았다. 누군가 그 자리에 고모를 밀어 넣어야 했다. 누구도 밀어 넣기를 자처하지 않았다. 예고 없이 나타난 영감의 탓도 있었지만, 의도적으로 영감을 추켜보려는 시모의 어설픈 의도에, 고모는 스스로 중심에서 물러나려 했다.

선남이 캐나다에서의 삶에 대해 몇 마디 물었다. 고모를 중심에 앉히려는 의도였다. 고모는 간단하고 짤막한 대답으로 선남의 의도를 거부했다. 시선이 영감을 외면하고 고모에게 집중되자 시모의 눈빛이 성난 독사같이 곤두섰다.

영감을 위한 분위기는 시작되지도 않았고 진척도 되지 않았다.

강물에 돌멩이가 퐁퐁 가라앉듯 연결되지 않는 말이 어색하고 불규칙했다. 말이 끝나면 어색한 침묵에 가위눌렸다. 분위기가 무르익을 징조도 없었고 그렇다고 더 이어갈 얘기도 없었다. 누군가 자리를 매듭짓는 말을 해야 했다.

여덟 시가 되었다.

분위기를 훼손한 영감이 결자해지를 결행하는 표정으로 일어났다. 요즘 젊은것들은 호프도 마시고 노래방도 가는데, 늙었다고 주눅 들지 말고 같이 가자며 시모가 영감의 손을 잡았다. 아무도 시모의 말에 동조한다는 뜻을 비치지 않았다. 머쓱해진 시모에게 넌지시 웃은 영감도 표정이 딱딱하게 굳어졌다. 시모는 영감을 더 잡지 못했다. 정민이 영감보다 빠른 걸음으로 걸어가 식비를 계산했다.

영감이 시모의 가슴에다 고약한 심사를 심어놓고 나갔다. 식비를 계산한 정민이 계산대에서 어정거리며 들어오지 않았다. 영감보다 시모가 더 부자연스러워진 것이었다.

"아범 좀 들어오라 해라."

시모가 정민을 불러들였다.

"음식 다 먹고 계산까지 마쳤는데 또 들어와서 뭐 하게?"

가슴이 먹먹해진 시모의 말을 선남이 얼렁뚱땅 받았다.

어머니와 딸이기 때문에 얼렁뚱땅 얼버무리는 대답이 가능했다. 자근자근하고 살가운 며느리보다 무뚝뚝하고 고집스럽고 시퉁스럽기 짝없는 딸이 엄마에게 여간 달착지근할 수밖에 없는 이치였다. 며느리의 뒤끝이 야물면 시부모에게는 매몰차게 보이는 것이다. 시집간 딸의 오지랖이 넓어 주책없고 경망스러워도 친정 부모는 다 품어 안을 수 있는 것이다.

선남 내외를 보내고 시모와 이진이 갈림길까지 묵묵히 걸었다.

정민은 고모와 두런두런 얘기를 나누며 따라왔다.

시모의 걸음이 빨라졌다. 앞서가는 시모의 가슴에 무엇이 냉랭하게 뭉치고 있음이었다. 이진은 걸음을 빨리하여 시모와 어깨를 나란히 하려다 그만두었다. 시모의 가슴에 뭉친 것을 풀어보려고 무슨 말을 건네든 모지락스러워진 심기만 돋을 뿐이었다. 본인 스스로 만든 응어리는 본인의 것이고 본인이 스스로 풀어야 했다.

제10장

들꽃의
비명

바람이 잔잔하면 햇살이 저수지에 맥없이 빠졌다. 바람이 심하게 부는 날은 기쁨과 슬픔과 고통의 나이테가 저수지에서 동글동글 생겨났다. 햇살이 조용조용 내려앉는 수면을 계속 바라보기만 하면 자살의 충동을 느낀다고 누군가 경고했다.

저수지에서 죽은 자의 혼이 회오리로 일어선다며 방문을 질끈 닫았다.

노을이 땅 너머로 가라앉으면 저수지가 어둠을 게웠다.

"어둠을 누가 보내누?"

누구도 까만 눈동자로 반들거리는 궁금증을 풀어주지 못했다.

"어디서 걸어와? 하늘에서? 땅에서?"

"야옹이 발이 달렸지. 아침에는 쥐도 새도 모르게 가버리잖아?"

남자아이들이 둑에 줄지어 오줌을 누었다. 여자애도 엉덩이를 드러내놓고 수줍게 오줌을 누었다.

"저수지도 잠이 들었을까?"

"저수지는 잠 안 잔다."

"그럼. 낮잠을 잤겠네?"

"시시때때로 오줌을 갈기는데 낮잠을 잘 수 있겠니?"

밤마다 저수지가 어둠을 게우면 잠들어 고단함을 풀었다. 수심 낮은 곳에서 멱을 감느라 지친 아이들이 꿈에서도 자맥질했다.

어둠은 어디에서 오는 것일까. 누가 보내는 것일까. 또 어디로 가는 것일까. 해가 지면서 논둑에 매어두었던 누렁이가 외양간으로 걸어 들어오는 그 짧은 시간에 어둠은 어느 골목으로 걸어와서 멍석처럼 깔리는 것일까.

햇덩이가 떠오르는 중에 또 어디로 숨는 것일까.

아침에 깨어보면 어둠이 기척 없이 없어졌다.

고양이 발로 도망간 것일까.

땅을 보고 하늘을 쳐다봐도 어둠이 나왔다가 숨을 만한 곳은 저수지밖에 없었다. 할머니 잔기침이 없이는 잠에서 깨어나지 못하는 것처럼, 저수지 없이는 하루도 살아갈 수 없을 줄 알았다. 처녀가 되고 엄마가 되고 할머니가 되어도 저수지 둑을 떠나지 못할 줄 알았다.

*

오월 저수지 동쪽 산자락에 조팝꽃이 하얗게 더미로 피었다. 바람이 수면을 스치면 꽃향기가 마을을 쓸었다. 조팝꽃 향이 콧속으로 아득하게 번지는 정오. 이진의 아버지가 삼십 대 징검돌에서 실족했다. 아홉 살과 일곱 살의 딸을 두고 죽었다.

이듬해 저수지 아랫마을 이진의 주택이 철거되었다. 저수지와 강을 조망으로 둔 이십 층도 넘는 아파트가 건설되었다. 아파트 단지에서 밀려난 마을로 친정엄마가 이사했다. 어린 두 딸을 붙들고서 아버지가 실족한 띄엄띄엄 징검돌을 마저 건너야 했다.

친정엄마가 입원했다는 연락을 받았다.

시내버스가 급정거했고, 장터로 가는 나물 보퉁이에 휩쓸려 탑승구로 곤두박질했다. 칠순 노인이 얼마나 험하게 쓰러졌는지 승객 셋이 간신히 끌어냈다.

다행히 머리는 괜찮고 허리와 무릎뼈에 이상이 생겼다.

이진은 기구한 삶의 이력이 치명적인 부상을 모면하게 했다고 여겼다. 삼십 대에 과부가 되고서 고슴도치처럼 둥글게 웅크리는 재주를 터득했다. 밭고랑에서 몸을 끌며 농사를 짓고, 장터에서 가장 작고 불쌍한 몸을 만들어서 나물을 파는 재주를 배웠다.

외가에서 노골적으로 개가를 종용했다. 아홉 살과 일곱 살 딸 때문에 콩나물처럼 삶이 가늘어져도 희망을 놓지 않았다. 그렇게 키워 시집보낸 둘째 딸이 똘망똘망한 자식을 낳았다. 엄마가 그토록 부러워하는 완성된 가족을 마다하고, 어엿한 남편과 자식을 남겨두고 엄마를 찾아왔다.

＊
＊

풍선 꼬투리가 풀린 것처럼 가슴에서 헛바람이 픽 쏟아졌다.

중년의 나잇살만 안고 사는 줄 알았는데 헛바람도 품고 있었다니. 정민의 메시지를 받고서 이진이 맥없이 웃었다.

비가 와도 마음은 뽀송뽀송한 하루가 되시오.

저녁을 먹고 퇴근한다는 본문의 후렴으로 도착한 메시지가 이진을 웃게 했다.

비를 머금은 하늘이 잿빛으로 낮게 내려앉았다. 정민은 이진이 친정에 와있는 줄 알지 못했다. 돌아온 이혼녀 영매가 스마트폰 액정을 흘끔거렸다. 자식을 두고 서방과 이별하고 친정에 와있으니 삶이 오죽이나 따분하고 서러울까. 예고 없이 방문한 언니에게 들러붙었다.

"혹시… 언니…?"

영매가 의심의 꼬리를 쳐들고 이진의 표정을 훔쳤다. 이진의 눈가에 잔주름이 일렁였다. 주름이 드러날까 웃음을 절제해야 하는 나이가 되었다.

"혹시 뭐?"

이진이 액정을 덮었다.

"그… 오빠랑 또 만나는 거 아냐?"

영매가 엉덩이를 끌고 와 능글맞은 눈빛으로 샐쭉 찡그렸다.

"똥개 눈에는 똥만 보인다더니 네가 그렇구나?"

엄마가 핀잔을 던졌다.

"엄마에게 나는 발바닥에 밟히는 먼지만큼도 못하다?"

이진은 영매의 투정 어린 눈초리가 애처로웠다. 엄마는 아버지를 저승으로 보내서 외기러기가 되었다지만, 멀쩡한 남편을 두고도 눈칫밥 신세가 된 영매가 세상에서 가장 못나 보였다.

"소박맞은 딸년 때문에 새까맣게 문드러지는 속을 눈곱만큼이나 알면 그나마 다행이지."

어제도 그랬을 엄마의 푸념이 길게 쏟아졌다.

"요즘 세상이 그런 걸 나보고 어떡하란 말이야?"

영매의 악에 받친 괴성이 터졌다.

"이년아, 세상이 어때서? 굶기를 하니? 얼어 죽기를 하니?"

엄마가 영매의 눈앞에다 흔들었던 주먹으로 가슴팍을 탕탕 쓸었다.

"요즘 이혼하는 사람이 어디 한둘인 줄 알아? 미숙이, 희자 이혼하고 온 거 못 봤어? 그년들은 자식까지 졸졸 앞세워 왔어. 내 몸 하나만 걸어 들어 온 거 엄마한테 얼마나 다행인데?"

영매는 엄마와의 말다툼에 이골이 났다.

"이년아, 자식 버리고 온 어미가 벼슬아치라도 되었냐?"

엄마의 손바닥이 기어코 영매의 등짝을 때렸다.

"다시 합칠 가능성은 없니?"

이진이 아파하는 영매의 등을 문질러주며 슬그머니 물었다.

"없어."

영매가 몸에 붙은 벌레를 털어내듯 몸서리를 쳤다.

"배 속에서 내질러놓은 새끼는 어쩔 것인데?"

엄마는 또 속이 콱 막혀 주먹을 들었다.

"몰라."

영매의 눈에서 두고 온 자식이 눈물로 글썽 매달렸다.

"비가 올 것 같구나."

영매의 글썽거림에 엄마가 말을 틀었다. 소박맞고 돌아온 딸이지만 툭하면 글썽거리니, 맷돌을 가슴에 얹은 듯 저릿저릿한 엄마의 속내를 이진이 곁에서 읽었다.

"빨래만 걷지 말고 비설거지도 해라."

아파트에서는 좀처럼 듣지 못했던, 어렸을 적에 들었던 비설거지란 단어를 이진이 곱씹었다.

엄마를 슬쩍 훔쳐보았다. 소낙비가 들이치면 맨발로 뛰어나가 마당으로 뛰어다니며 비설거지를 하던 날렵한 몸에 나잇살이 군더더기가 되었다. 엄마가 엉덩이를 방바닥에 놓았다. 영매와 토닥거리는 동안에 쪼그리고 앉아있었음을 이진은 깨닫지 못했다. 영매가 비설거지를 마친지 오 분도 되지 않아 번개가 번쩍거리고 하늘을 두 동강으로 가르는 천둥도 뒤따라왔다. 들판이 새까맣게 변하면서 빗방울이 줄기차게 떨어졌다. 자근거리던 빗소리가 돌연 말발굽으로 소란스러웠다.

영매는 군것질 바구니를 이혼한 남편에게 두고 온 새끼처럼 품에 끼고 다녔다. 땅콩이나 뻥튀기를 바구니에 넣고 먹었다. 텔레비전을 보면서, 창밖을 멍청하니 바라보면서, 또 누구와 마주 앉아 얘기하면서, 군음식 바구니를 들고 쉴 새 없이 조잔거렸다. 바구니와 입으로 오가는 손이 저절로 움직였다. 백만 번 팔굽혔다 펴기를 해도 에너지가 남는다는 건전지의 로봇처럼 바구니에 들어가는 손의 움직임이 멈추지 않았다. 멈출 기미도 보이지 않았다. 먹고 또 먹어도 속이 빈 듯 군것 질거리를 입에 넣었다. 친정으로 온 지 여덟 달이 되었는데 몸집이 비 둘기처럼 되똥되똥해졌다.

"군것질 바구니 좀 치워."

이진이 영매의 옆구리 살을 한 줌 쥐었다.

"서방도 자식도 없는 년이 몸매는 가꿔서 뭐 해?"

비둘기에서 거위가 되어가는 영매의 심정을 이진이 모르는 것은 아 니었다. 날마다 자신도 모르게 빠져나가는 무엇인가를 보충하기 위해 서 군음식을 입에 달고 사는 영매가 측은했다.

"네가 왜 자식이 없니?"

이진은 영매의 별거를 받아들이지 못했다.

제부에게서 별거의 사유를 찾지 못했다. 아무리 금실이 좋은 부부 라도 갈라설 마음으로 한 번은 싸운다고 했다. 제부와 영매에게 그 위기가 잠깐 왔다고 생각했다. 영매가 친정으로 들어온 지 한 달이 지 나도 제부가 찾으러 오지 않았고 전화도 걸어오지 않았다.

법원에서 판결받은 게 무슨 벼슬이냐며 엄마가 이혼을 귀띔했다.

*
*

이진이 이제는 제부라고 부를 수 없는, 영매의 남편에게 만나자고 통화했다.

제부는 만나야 할 말도, 해결될 일도 없다고 잘라 거절했다. 제부의 집 앞에서 기다리다가 만나지 못하고 직장으로 찾아갔다. 제부의 얼 굴을 볼 수 있었으나 진지한 대화는 없었다.

착하고 소심하고 사람 좋아 보인다는 평을 듣고 사는 남자가 한번 돌아서면 얼음장보다 더 냉랭하다는 말은 제부를 두고 한 말이었다.

"영매가 남자 만나고 있나요?"

이진이 불쾌할 정도로 제부의 시선이 거침없고 노골적이었다. 이진은 거짓말하지 말라는 압박으로 받아들였다. 영매가 제부 아닌 남자를 만나는 낌새를 찾지 못했다. 자신에게는 여자가 생겼음을 말하기 위해 영매의 남자를 물었음을, 이진은 제부의 싱글거리는 눈빛에서 알아챘다.

"만나는 여자 생겼어요?"

이진이 되레 물었다.

"마흔여섯 살인데 아이를 가졌어요."

여자가 생겼냐는 물음을 기다린 듯 제부가 즉답했다. 여섯 살이나 연상인 여자를 만났다는 제부의 표정이 밝아졌다. 만나는 여자와 아이를 생각하기만 해도 제부는 저절로 즐겁고 기뻐지는 날들인 게였다.

"그 나이면 노산인데 출산 경험이 있나요?"

제부의 밝은 표정이 무거워지는 날이 올지도 모른다며, 이진이 불길함의 가능성을 예고했다.

"첫 아이입니다."

제부의 목소리에 힘이 실렸다.

"여자가 기뻐하겠네요?"

이진은 아이가 생긴 기쁨을 제부가 아닌 여자에게 돌렸다.

"세상이 좋아져서 수명도 길어졌어요. 여자 나이 사십 대 중반은 인생의 황금기가 아니라 생명을 낳아 기르기에 적당한 시기라고 믿어요."

제부가 자신을 위안하며 만족스러워했다. 마흔 중반의 골반으로 초산이라고? 엄습할지도 모르는 불행을 각오해야 할 것이라고, 이진이 마음속으로 경고했다.

"늦둥이 육아로 황금기의 여유와 풍요를 포기해야 하는 서글픔은 제부의 몫입니다."

이진이 제부를 빤히 쳐다보며 노산으로 예고되는 불행을 충고했다.

재혼녀가 아이를 가졌다고 웃음을 감추지 못하는 이 남자와는 완전하게 타인이 되었다.

제부와 헤어지고 영매를 음식점으로 불러냈다. 삼겹살을 구우며 이혼의 사유를 물었다. 영매의 대답이 어이가 없었고 싱거워 화가 났다.

"세상이 너무 기름지고 풍족해서 동물처럼 단순해지고 싶은 충동 느껴본 적 없어? 부정도 그렇더라? 처음에는 머리칼을 쥐어뜯으면서 선과 악의 경계에서 사투를 벌였지. 갈림길에 서서 허둥대기도 하고 잠자코 앉아있기도 하고 한숨도 쉬고 울고 웃고."

영매가 담배를 꺼내 물었다. 이진은 그렇다고 담배를 태우냐고 말하려다 그만두었다. 어차피 금연 구역이라 태울 수 없었다.

"울고 웃다가 정신을 차렸을 땐 선택이 없어. 생각이 많아질수록 정리가 되지 않고 선과 악의 경계가 모호해지더라."

영매가 삼겹살을 뒤집던 집게를 내려놓았다. 삼겹살이 딱딱해지며 타는 연기를 냈다.

"상대가 누구였니?"

이진의 추궁에 영매가 기묘한 눈초리로 바라보았다. 대답하면 뒷머리를 자귀로 찍히듯 엄청난 충격을 받을 거라는 경고였다. 영매가 말하지 않았다.

"제부가 아는 사람이니?"

침울하고 무거운 표정으로 눈길을 마주치려 하지 않던 제부였는데, 재혼녀를 만났다며 싱글벙글하던 한 시간 전을 떠올렸다.

"술주정을 부린 적도 없고 도박으로 월급을 압류당하지도 않았고 바람날 성격도 아닌 사람에게 내가 저지른 부정을 말할 수 없었어. 그 사람은 부정의 범주에 어울리지 않아. 나 스스로 그 사람의 범주에서 걸어 나오는 것이 옳다는 결단을 내렸어. 가슴살을 찢어내듯 고통스러웠지만."

영매가 고통으로 뒤척였던 가슴을 문지르듯 까맣게 탄 삼겹살을 집게로 뒤적거렸다.

한 번의 부정을 남편이 알까 조바심하다가, 양심의 가책을 스스로 감당하려고 이혼을 결심한 거였다.

"이혼하기 전에는 몰랐는데 주변을 둘러보니까 세상이 헐거워졌다는 것을 알겠더라? 나처럼 삐걱거리는 사연들이 널렸어."

영매의 표정이 씁쓸해졌다.

"가정을 지탱해야 할 도덕성이 추락했으니 그렇지."

이진도 씀바귀를 씹은 표정을 지었다.

"자신이 있어야 할 자리를 지키지 못해서 생기는 불협화음이야."

"부정이 만연해서 삐걱거림이 보편화된 세상이란 말이니?"

"세상이 너무 헐거워졌어."

"이 시대의 형제자매 중에 못난이가 하나씩은 있더라고."

"바로 너 같은 모지리?"

이진이 손가락으로 영매를 가리키며 낄낄 웃었다. 영매도 덩달아 웃었다. 웃음은 멈추었고 침묵이 만들어졌다.

형제자매 중에 이혼 사례가 적어도 하나씩은 있더라고?

이진은 영매의 실소를 곱씹으며 정민을 떠올렸다. 결혼할 때는 제법 남자의 몸이었던 남자. 지금은 남자인지 여자인지 아니면 중성으로 돌연변이가 되었는지 분간이 안 되도록 자신을 방임한 남자. 이진을 계속 붙잡아 둘 의욕이 남아있기는 한 것일까.

친정이라고 왔으나 마땅히 갈 곳이 없었다. 우산을 펴들고 빗속에 들어가니 누군가에 의해 등을 떠밀리는 느낌이 생겼다. 목적지도 독촉도 없는 떠밀림이었다.

마을에서 벗어나는 신작로를 따라 걷다가 강둑으로 갔다. 수량이 많아진 여울이 소란했다. 맞은편 너른 들녘에 비안개가 하얗게 일어섰다. 강둑에서 내려가 자갈을 밟았다.

작달비가 강자갈에 후려졌다. 빗방울이 파열하는 강둑이 초록빛 융단으로 일렁거렸다. 융단에 부서지는 작달비가 이진을 어루만지려고 하얗게 일어섰다. 문득 손을 내밀어 빗줄기를 꺾고 싶은 충동에 사로잡혔다.

우산을 접고 빗속으로 걸어갔다. 작달비의 우두둑거림이 정수리로 전해왔다. 바닥에서 튀어 오른 물방울이 발등을 적셨다. 빗줄기로 손을 내밀었다. 빗줄기는 꺾이지 않았다. 팔을 더 뻗어 손바닥을 쥐락펴락했다. 그래도 빗줄기는 꺾이지 않았다. 옷소매가 젖고 어깨마저 젖었다.

빗물이 흥건해서 바라본 먼 산이 비안개로 하얗게 가렸다. 작달비에 젖는 사람은 이진 혼자였다. 벌판이 온통 빗줄기였다. 빗방울에 씻긴 강자갈이 비로소 자신의 색깔로 반들반들 깨어났다. 홉뜬 눈으로 시위하는 군중처럼 웅성거렸다. 강자갈의 함성에 귀를 기울였다. 빗줄기의 줄기찬 함성을 처음으로 목격했다. 강자갈의 함성에 이끌려 천천히 걸어갔다. 반들거리는 눈을 부릅뜨고 외치는 저들과 동참하며 달그락달그락 강자갈을 밟았다.

들고 있던 우산을 버렸다. 작달비가 정수리와 목덜미로 사정없이 떨어졌다.

참회하라. 참회하라. 외침으로 목덜미를 때리는 빗방울.

머리칼이 젖어 얼굴에 달라붙고 목덜미로 쏟아진 빗물이 가슴을 지나 샅으로 흥건하게 적셨다. 팔을 하늘로 한껏 벌렸다. 작달비의 외침에 순종하듯 얼굴을 쳐들었다. 빗줄기를 꺾는 것은 바람이었다. 바람이 불어야 빗줄기가 허리를 비틀었다. 얼굴로 빗물이 쏟아졌다. 눈을 부릅떴다. 눈동자로 빗물이 떨어졌다. 눈물을 절절 흘리듯 빗물을 거부하지 않았다. 가슴으로 뭉클하게 솟아오르는 격정을 참지 않았다. 소리 없는 외침으로 두 팔을 허공에 뻗어냈다. 강자갈의 외침에 귀를 열고 오랫동안 서 있었는데 그 외침의 근원은 여울 물살이었다.

작달비가 멈췄다.

잿빛이던 하늘이 푸르게 비었고 시야가 맑아졌다. 낮잠에서 깨어난 듯 강물이 갑자기 쿨렁거렸다. 옷이 비에 젖어 속살이 흥건했다.

**
*

정민이 도서관에 묻혔던 이진의 스무 살 사월.

머리칼이 귀를 덮은 장발의 용곤이 이진의 자취방으로 왔다.

참꽃이 피었던 산자락으로 조팝꽃이 하얗게 덤불을 이루었다. 알겯는 새의 날개깃이 기우뚱했다. 햇빛이 화사해서 문을 열었어도 방 안이 음침했다.

"너 동물 아냐? 날이 이렇게 좋은데 동굴에 갇혀 뭐하니?"

용곤이 문지방에 엉덩이를 얹었다. 여차하면 방으로 들어올 기세였다.

"밀폐된 방에서 너와 있으면 내가 타락해져 그러니까 나 어디로든 나가야 해."

이진이 방에서 나왔다. 구두를 신을까 운동화를 신을까 생각의 갈피에서 주저하는 이진을 바라보며 용곤이 담벼락에 기댔다.

"산에 가자."

용곤이 운동화를 권했다.

"산에?"

구두코의 먼지를 닦던 이진이 운동화를 신었다.

"저기 조팝꽃 좀 봐."

용곤이 손짓하는 산자락에 하얀 꽃 무덤이 가슴 설레게 어우러졌다.

"하얀 꽃이 무리로 피었네?"

산자락으로 펼쳐진 봄의 장관에 이진이 목소리를 비틀었다.

"조팝꽃 숲이야. 저속에 들어가면 아마 기절하고 말걸?"

용곤의 목소리도 비틀렸다.

"기절해?"

이진이 비음을 섞였다.

"그래 향기가 독해서 쓰러지고 말아."

이진이 용곤을 따라서 마술에 걸린 듯 산으로 올라갔다.

용곤의 손에 샴페인이 들렸다. 이진은 발목까지 오는 통 넓은 치마에다 하얀 운동화를 신었다. 묏등에 할미꽃이 고개를 꺾고 노곤하게 피었다. 가까이서 본 조팝꽃 하얀 숲이 눈부셨다. 조팝꽃으로 지붕을 인 집들이 옹기종기 들앉은 마을 같았다.

조팝꽃 덩어리가 사방을 가려준 곳에 자리를 깔았다. 묏자리였다. 감꽃이 우수수 떨어진 외진 고샅길에 들앉은 느낌이 생겼다. 향기가 엄청났다. 어느 방향이든 바람이 불어올 적마다, 고개를 돌릴 때마다 향기가 폐부로 흘러 들어갔다.

"마약을 하면 이런 기분일까?"

이진이 숨을 연신 들이마셨다. 가슴도 커다랗게 들먹거렸다.

"샴페인 마시자."

용곤이 샴페인을 쳐들었다.

"찬란한 봄을 위해?"

이진이 종이컵을 들었다.

"미친년 같은 꽃향기를 위해."

용곤이 샴페인을 터트렸다.

"미친년? 꽃향기?"

이진이 어깨를 비틀며 웃었다.

종이컵이 햇빛을 받아 하얗게 빛났다. 바람은 꾸준히 조팝꽃 향기를 묻혀다 줬다. 하늘이 파랗게 멀어졌다. 의식이 땅으로 자꾸 꺼져들며 희미해졌다. 이진이 묏등에 상체를 기댔다. 볕이 눈부셔 눈을 감았다. 얼굴이 붉게 달았다.

"정민 선배가 너랑 단둘이는 술을 마시지 말라고 했는데."

정민이 용곤에게 당부한 말을 털어놨다.

"정말 그렇게 말했니?"

이진이 감았던 눈을 떴다.

"너랑 이렇게 있는 거 알면 쥐약 먹은 개처럼 으르렁거릴 텐데."

용곤이 흐흐 웃었다.

"그래서 뭐라고 대답했어?"

이진이 물었다.

"대답할 질문이 아니라서 그저 웃기만 했어."

용곤의 대답에 이진이 눈을 감았다. 도서관에 있을 정민이 떠올랐다. 용곤이 이진의 젖가슴에 손을 얹었다. 이진이 눈을 떴다.

"이건 불가항력으로 맞닥뜨린 상황이야."

용곤이 말하는 순간 이진이 가슴의 손을 바라보았다. 용곤이 가슴에 얹었던 손으로 이진의 목을 감아 안았다. 이진이 눈을 감으면서 몸을 기댔다.

"너의 바람기에 내가 걸려들었어."

이진의 목소리가 용곤의 귓불에서 떨었다.

"샴페인 때문이라고 말해."

용곤이 이진의 귓불을 손가락으로 만졌다.

"아냐. 너의 바람기에 내가 휩쓸린 거야."

이진이 거부하지 않았다.

용곤이 이진을 아주 천천히 끌어올렸다. 이진의 둥글고 풍부하면서도 단단한 젖가슴이 용곤의 가슴에 포개어졌다.

"조팝꽃 향기에 취했다고 말해."

용곤이 이진의 귓불을 깨물 듯 속삭였다.

"너의 바람에 몸을 못 가누는 거야."

이진이 저항도 호응도 안 했다. 용곤이 정성 들여 입을 맞추었다. 조팝꽃 향이 콧속을 아득하게 후볐다. 머릿속이 하얗게 비는 떨림이 자지러졌다. 눈을 감았다. 해가 눈자위에 홍등으로 켜져 뎅그렁뎅그렁 흔들렸다.

"누구에게도 말하지 마."

이진이 조팝꽃 더미 뒤에서 오줌을 누었다. 용곤은 묏등에 오줌을 깔렸다.

제11장

노을 무렵
회화나무

휴일이면 적어도 반나절은 산행하는데 왜 뚱뚱해졌을까.

산행을 멈추지 않는 정민이 비만해진 까닭을 이진이 어렵지 않게 찾았다. 리모컨을 쥐면 군음식 거리도 쥐어야 했다. 스낵과 케이크와 아이스크림이 마련되어 있지 않으면 쫓기는 사람처럼 불안함을 드러냈다. 잠들기 전까지 먹어대며 텔레비전을 시청해야 하는 습성이 비만의 근원이었다.

식습관을 개선하지 않고서는 등산이나 운동이 체중 감량에 효과가 없었다. 비만에서 과체중이나 정상체중으로 개선되지 않으니 혈압이 좀처럼 좋아지지 않았다. 당뇨도 주의해야 한다는 의사의 권고를 받았다. 당뇨는 자기 전에 꼭 먹어야 하는 아이스크림 탓이었다. 잠들기 전에 먹는 습관으로 역류성 식도염에 시달렸다.

결핵 환자로 오인될 정도로 기침을 동반했다. 저항성이 떨어져 대상포진이 발병한 겨울도 있었다. 몸이 뚱뚱하면 듬직하고 튼튼해 보인다는 고모의 말은 바른 판단이 아니었다.

휴일마다 등산했으므로 야식을 먹어도 되고, 야식을 먹었으므로 휴일에는 꼭 산에 가야 한다는 물레방아 돌고 돌아야 하는 딜레마에 갇혔다.

정민이 차를 몰고 시모의 집으로 갔다. 시모가 문밖에서 서성거렸다. 골목으로 걸어올 영감을 기다리는 중이었다.

"어멈은 발목뼈가 부러졌다니?"

영감을 포함한 시모와의 첫 산행에 이진이 동참하지 않아서 화를 냈다.

정민은 출발하기로 약속한 아홉 시까지 운전석에서 기다렸다. 고모가 등산복 차림으로 나왔다. 시모는 경로당에 가던 복장에 굽이 높은 신을 신었다. 고모가 다가와 정민에게 환하게 웃었다. 카키색 바지와 분홍셔츠에 빨간 조끼를 입었고 창 넓은 등산 모자를 썼다. 모자를 눌러쓰면 칠순이 아닌 오십 중반으로 오인할 몸매였다. 색감이 짙고 원색이어서 더욱 젊게 보였다. 한국에서 산 등산복이 흡족하다며 깡충깡충 걸었다. 영감을 기다리는 시모의 얼굴이 일그러졌다. 고모가 운전석 옆 좌석에 먼저 앉았다. 시모는 차에 타지 않고 골목을 바라보았다.

"영감에게 쏟는 정성의 절반만 네 아버지가 받았어도 내 마음이 아프지 않을 텐데."

고모가 정민만 알아듣게 푸념했다. 고모는 영감에게 집착하는 시모를 달가워하지 않았다.

골목을 바라보던 시모가 환하게 웃었다. 영감이 만삭의 늙은 흑염소처럼 느릿느릿 걸어왔다. 영감이 시모가 있는 곳까지 십 미터를 걸어오는 시간이 길게 느껴졌다. 저렇게 느리고 더딘 동작으로 등산할 수 있을까? 정민이 의심했다. 영감이 작고 오동통한 손을 내밀어 시모의 손을 덥석 잡았다.

체면상 정민이 안전띠를 풀고 차에서 나왔다. 허리 굽혀 아는 체도

하지 않고 아침진지는 드셨냐는 인사 없이 멀쩡하게 선 정민에게 시모가 눈을 흘겼다. 영감은 먼저 죽은 할멈이 사 주었을 색감 화려한 등산복을 입었다. 시모만 나들이 복장이고 영감과 고모는 등산 복장이었다. 영감과 시모가 뒷좌석에 나란히 앉았다.

"어멈에게 전화해서 오라고 할까요?"

정민이 시모에게 물었다.

"같이 오지 않고서 이제 와 딴소리냐?"

시모가 시퉁하게 대답했다.

나이를 합하면 이백이십 살이 너끈한 칠순의 세 노인을 혼자서 감당하지 않으려는 정민의 속셈을 시모가 고양이 눈빛으로 간파했다.

＊

바다에 가자고 말한 것은 자영이었다. 복학생을 데리고 왔다가 기숙사로 간 후 자영은 바다 얘기를 꺼내지 않았다. 바다로 가고 싶은 욕망의 씨앗을 심어놓고 외면했다.

시모가 영감을 동반하여 등산하겠다며 통보한 어젯밤. 시모의 전화를 받은 시점에서 이진이 바다에 가기로 마음을 굳혔다. 새벽에 바다로 가는 버스를 탈 것이라고 선언했다. 시모의 호출을 어기고 바다에 간다는 돌발에 정민이 멀뚱한 눈으로 반신반의했다.

"왜? 나사가 헐거워진 기계처럼 보여? 내가?"

이진이 리모컨을 빼앗아 내셔널지오그래픽에서 드라마로 채널을 바꾸었다. 리모컨이 들렸던 손과 이진을 번갈아 바라본 정민이 스낵을 한 줌 쥐었다.

"당신은 언제까지 어린애야?"

이진이 스낵 봉지도 거칠게 빼앗았다.

"고모님과 산에 가신다는 어머님 전화 못 들었어?"

정민이 리모컨을 빼앗으려 손을 휘저었다.

"당신과 산에 가야 할 것은 내가 아니라, 리모컨이야."

이진이 정민의 손바닥에 리모컨을 거칠게 놓았다.

"이것도 가져가."

스낵 봉지도 정민의 손에 얹었다. 이진의 돌발을 이해할 수 없다는, 넋이 나간 표정으로 정민이 멀뚱거렸다.

"내일부터는 나사 빠진 기계처럼 살 거야."

이진이 소파에서 일어났다.

"어떻게 사는 것이 나사 빠진 기계인데?"

정민이 스낵을 바스락 씹으면서 물었다.

"당신처럼 사는 것."

입에 가득 넣고도 벌써 손아귀로 가득 쥔 스낵을 이진이 쏘아보았다.

"무슨 소리야?"

정민의 목소리가 거칠어졌다.

"당신을 죄고 있던 나사들이 전부 풀려나갔어."

이진의 말투에 비아냥이 섞였다.

"내가 나사 빠진 놈이란 말이야?"

정민이 버럭 화를 냈다.

"당신 몸이나 보고 말해."

이진이 싸늘한 표정으로 안방에 들어갔다.

정민이 거실 등을 껐다. 소파에 침침하게 앉아서 리모컨 버튼을 눌렀다. 자정이 넘도록 리모컨 숫자를 누르다 잠들었다.

정민이 여섯 시에 눈을 떴는데 이진이 없었다. 바다에 갔다 올 것이며 며칠 자고 돌아올지 당일 돌아올지는 바다에 가서 결정하겠다는 메모를 식탁에 남겼다.

＊
＊

실개천이 토닥토닥 내려오는 등산로 초입으로 회화나무가 우거졌다. 이른 시각이라 내려오는 사람보다 올라가는 사람이 많았다. 두 시간이 소요될 정상으로 정민과 고모가 천천히 걸어 올라갔다.

정민이 운전하는 차를 타고 오면서 시모가 고모에게 선을 그었다.

영감처럼 통통한 몸으로 산에 갑자기 오르는 것은 화를 자초할 수 있다. 칠순이 넘으면 매사 징검돌을 건너는 것처럼 두드려야 하는 조심성이 있어야 한다. 고모는 한국에 와서 산 등산복을 입었으니 정상에 올라갔다 와야 할 것이다. 고모가 칠순이 넘었다. 아범은 산중에서 위험에 처하는 일이 없도록 잘 보살펴야 한다.

회화나무 계곡에 도착할 때까지 시모가 선 긋기를 반복했다. 고모와 정민을 산으로 올려보내고 영감과 둘이 있겠다는 속내였다. 고모는 뻔히 알면서 묵묵하게 듣기만 했다. 시모가 그러지 않았어도 정민과 산에 올라갈 참이었다.

"무슨 풀인지 알고 있니?"

시모가 길섶에서 풀을 뜯어 산행을 시작하려는 고모에게 내밀었다. 정민이 아는 풀이었다. 시모의 손에 들린 풀을 보고서 호들갑을 떨며 반응했어야 도리였다. 정민이 덤덤하게 풀과 고모와 영감을 바라보았다. 영감이 빙그레 웃으며 고모의 대답을 기다렸다. 고모가 풀 이름을 모를 줄 알고 시모가 망신 주기 시비를 걸었다.

"영감님하고 정분이 났는데 며느리가 모른 척해서 심통이 났냐?"

고모는 풀의 이름을 알고 있었다.

"풀 이름이 무엇이냐고 물었는데 새퉁맞게 뚱딴지냐?"

시모가 고모에게 빈정거렸다. 고모의 속내를 알아차린 영감이 어험 마른기침을 뱉었다.

"영감님은 자식이 어떻게 되오?"

정민이나 이진이 벌써 물었어야 할 영감의 가족을 고모가 대뜸 물었다. 영감이 시모를 멀뚱 바라보았다.

"독거노인은 아니시다."

시모가 손에 쥔 것은 며느리밑씻개였다.

"독거노인이 아니니까 묻는 게지."

고모가 며느리밑씻개 까슬까슬한 줄기를 코에 대고 흠흠 냄새 맡았다.

"아들도 있고 딸도 있고 며느리도 있고 사위도 있다."

영감의 가족사를 진즉에 알아뒀다며 시모가 으쓱했다.

"아들은 몇이며 어디서 어떻게 살고 있느냐 말이다."

시모가 싫어함에도 고모가 또 물었다.

"그게 어찌 궁금하냐?"

시모가 시퉁스럽게 쏘았다.

"영감인지 땡감인지 정분이 나서 혼인해야겠다고 말했잖니?"

고모의 목소리가 높아졌다.

"영감님은 내 사랑이다."

시모가 경로당에서 숱하게 했던 말을 고모에게 선언했다.

"영감님이 네 사랑인 거 망측하게도 알고 있어. 영감님이 너와 같은 마음인지는 모르지만."

고모가 영감을 바라보았다. 계속 딴지를 거는 고모에게 시모의 눈초리가 따갑게 변했다.

"내 마음도 같소."

영감이 등을 돌려 어험 기침을 뱉었다. 시모의 얼굴이 밝아졌다.

"사랑하는 마음이 앞으로 몇 년이나 멀쩡하게 살아있을지는 모르겠지만…."

고모가 말을 멈췄다.

노년의 대화에서 살아있을 날을 말하는 것은 그들만의 금기였다. 시모의 표정이 어두워지고 영감이 고모를 불편한 시선으로 바라보았다.

"혼례도 하고 혼인신고도 하겠다는 의중이 아니시오?"

고모가 영감의 시선에 주눅 들지 않고 마저 말했다.

"그… 그것은…."

영감이 떠듬거렸다.

"사람들 모아놓고 보란 듯 혼례도 올리고 혼인신고도 해서 어엿한 부부가 될 것이다."

시모가 영감의 손을 잡고 입술을 오므렸다. 못마땅한 게 속에서 뭉칠 때마다 시모는 달걀을 낳는 항문처럼 입술을 꼼지락거렸다.

"혼인신고야 당사자들이 알아서 하는 일이지만 처녀와 총각의 초혼도 아니고…. 남은 삶이 멀고 먼 중년 과부 홀아비의 재혼도 아니고…. 저승 문턱이 저만치 와있는 할멈과 영감의 황혼 결혼이 아니냐?"

고모가 천천히 설득하듯 말하면서 시모의 손을 잡았다. 저승 문턱이 저만치 왔다는 고모의 간섭에 화가 돋은 시모가 손을 뿌리쳤다.

"요즘 세상에 황혼 결혼은 우스갯소리도 못 되는 거 모르냐? 캐나다는 여기보다 못하진 않을 텐데?"

시모의 언성이 높아졌다. 고모가 다시 잡은 손을 시모가 거칠게 빼냈다.

"어찌하였든 양가가 친척을 맺는 일 아니냐? 자식이 있는지 없는지 또 있다면 어디서 어떻게 살고 있는지, 양가 모두 홀딱 까발려 봐야 하는 거 아니냐? 당연히 해야 할 말을 했거늘 어찌 그리 서운하다고 투정을 부리는 게냐?"

고모가 조목조목 따져 말했다. 대꾸가 난감해진 시모가 또 입술을 오므렸다. 자꾸 저러다가 시모의 성한 이빨이 잇몸으로 함몰되는 날이 올 것이라고 정민이 생각했다.

"네가 빠득빠득 엇나가도. 어엿한 내 아들이 나서서 할 것이니 그런 걱정일랑은 붙들어 매셔."

화를 꼬깃꼬깃 죽이며 말한 시모가 영감 눈치를 살폈다.

"한국을 떠나 사십 년 만에 불쑥 돌아왔더라도 내가 올케의 시누이가 아니오? 아범은 서럽게도 단명한 오빠의 자식이기도 하지."

영감과 할멈의 혼사에 한마디 할 수 있는 친족임을 선언한 고모가 울컥해졌다.

"이치에 맞는 말씀입니다."

영감이 고모를 두둔했다.

"황혼 결혼이라고 자꾸 말하는데 쉽게 죽지 않아. 살아야 할 날이 쇠털보다 많아."

시모가 영감에게 한 걸음 다가갔다.

"영감님, 평생 함께 사신 마나님이 저승 가신 지 몇 달이나 되었소?"

시모와 영감이 꺼리는 정곡을 고모가 콕 찔렀다.

*

"설마 예식장에서 혼례까지야 하겠니?"

시모와 영감을 회화나무 계곡에 두고 정상으로 올라가며 고모가 말했다. 고모는 영감이 대답하지 않은, 영감의 할멈이 죽은 지 얼마만의 시간이 흘렀을까를 골똘하게 생각했다.

정민의 아버지며 고모의 오빠인 시모의 남편이 죽고 사십 년이 홀쩍 지났다. 시모가 혼자 산 세월의 이력이 고스란히 오소리 눈매와 깐깐한 행색에 남았다. 오소리 눈매가 아니었다면 작달막한 몸으로 사십 년 홀로 살아남기 힘들었을 터였다. 마음에 생채기를 내는 말이나 업신여김을 견뎌내는 눈초리가 되어야 했다. 발톱을 드러내고 맞싸울 수 없을 때는 어금니를 앙다물어 참는 법도 깨달았다.

공무원으로 퇴직하였다는 영감은 시모와는 딴판이었다. 삼시 세끼 마누라가 차린 밥만 먹으며 상흔 없이 포동포동 살이 올라서 인생이 기름져 보였다.

"혼례식도 혼인신고도 하지는 않으시겠지요?"

정민이 가빠지는 숨을 참으며 물었다. 정민과 이진이 줄곧 생각한 것이었고 믿음이기도 했다. 시모와 영감의 교제를 알고부터 혼례식과 혼인신고란 말을 꺼내지 않았다. 생각도 의도적으로 하지 않았다. 그럴 가능성을 싹부터 잘라버리겠다는 의도였다.

"가족이라는 관계를 종잇장 오렸다 붙이듯 간단하고 쉬운 게 아니다. 노인네가 아무리 사랑에 눈먼 봉사라 해도 생각이 있을 것이다."

고모도 정민과 같은 생각으로 숨 가쁘게 걸었다. 생각이 같음을 확인한 정민과 고모는 더 할 말이 없었다. 고모가 앞장서 올라갔다. 고모의 조금씩 지쳐가는 걸음을 따라가며 정민은 이진이 정말 바다에 갔을까 생각했다.

나사 빠진 기계처럼 살 거야.

어젯밤 이진의 말이 뇌리에서 지워지지 않았다. 배추벌레에 갉아 먹히는 배춧잎을 뇌리에 덮은 것처럼 생각이 흩어지며 어수선했다.

"영감에 혼을 빼앗겼다는 게 남우세스럽지만, 칠순이 넘어도 연애하겠다는 용기가 가상하구나."

고모의 표정이 애잔해졌다. 황혼 연애에 빠진 시모가 부럽다는 내색이 비쳤다. 정민은 산에 갈 때마다 발효식초를 가져갔다. 오미자 발효식초를 컵에 따라 고모에게 내밀었다. 고모가 시큼 떨떨한 맛에 얼굴을 찡그렸다.

"세상이 좋아져서 앞으로 살아갈 날이 쇠털보다 많다고 말하더라만, 치매나 중병이 없이 살아갈 날은 아무리 길게 생각해도 십 년쯤이 아니겠니?"

고모의 말에 정민이 고개를 끄덕여 노모와 영감의 남은 생에 동감했다.

"맷돌처럼 딴딴해 보이기는 하지만 세월이 갉아먹는 속병은 어쩌지 못하는 것이니까."

고모가 쓸쓸한 표정으로 희미하게 웃었다. 시모가 딴딴한 맷돌이라면 피부가 허옇고 살이 통통한 영감은 불린 콩이라고 생각했다. 시모는 남은 십 년 동안 영감이 평생 누리며 차곡차곡 쌓아둔 행복을 뽀얀 국물로 우려낼 터였다.

"아범도 시모와 영감의 일에 가타부타 말이 없구나?"

여간해서 의견을 내지 않는 정민에게 고모가 고개를 주억거렸다. 정민이 등산로 초입의 영감과 노모가 손을 잡고 오순도순 앉아있을, 회화나무 숲으로 고개를 돌려 대답하지 않았다.

"어찌하겠니? 마음이 온통 영감뿐이니."

고모가 빙그레 웃었다. 정민은 속으로 고모의 말에 공감했다. 고모처럼 가볍게 웃었다.

시모를 온통 점령한 것은 영감이 아니라, 시모가 사십 년이나 누리지 못했던 영감의 행복이라는 것을 말하고 싶었다. 행복이 칭칭 감긴 영감이 나타나고서 시모는 잊었던 허기를 급하게 느끼듯, 허전하고 외로웠던 시절의 분노가 사무쳤다. 양푼에 밥을 비벼서 떠먹듯 영감을 탐하는 중이라고 말하고 싶었다. 고모가 앞장서 하산했다. 시모와 영감이 있는 회화나무 골짜기로 천천히 내려갔다.

"영감에게 혼을 빼앗긴 늙은이도 그렇지만 방관하는 아범과 며느리도 이해할 수 없구나."

시모와 영감이 보이는 곳에 이르러 고모가 말했다. 정민은 올라갈 때처럼 묵묵하게 고모의 뒤를 따라 내려갔다.

정민은 고모가 언제 누구와 캐나다로 갔는지 궁금했다. 시모에게 묻지 않았다. 긴 세월 아물었던 생채기를 잡아 뜯는 예감 때문이었다.

"내가 어떤 고모인지 궁금하지 않았니?"

고모가 정민의 속을 들여다본 듯 물었다. 속내를 뜯긴 정민이 얼굴을 붉혔다.

"내가 말하지 않으면 아무도 모를 것이다."

고모의 시선이 시모와 영감이 있는 회화나무 숲으로 길게 늘어졌다. 회화나무가 깔고 앉은 그림자처럼 고모의 얼굴이 어두워졌다.

"아범아."

고모가 걸음을 멈추고 애써 웃음을 띠며 정민을 불렀다. 정민이 고모를 바라보았다.

"너를 낳아준 생모를 너는 모를 것이다."

고모가 말끝에다 울음을 울컥 얹었다. 애써 되찾은 웃음이 멎고 다시 어두워졌다.

"저를 길러주신 어머님도 모른단 말씀인가요?"

고모의 울컥한 울음이 삼켜지기를 기다렸다가 정민이 물었다. 고모가 대답하지 않고 묵묵히 걸어 내려갔다.

"같이 살아도 각자의 길로 흩어지는 게 가족이란다."

회화나무 숲으로 들어와서 고모가 말했다.

이진이 혼자서 바다에 갔을까.

정민은 의심하며 믿지 않았다. 유부녀 혼자 바다에 있다는 것은 범상스러운 장면이 아니었다. 화가 났거나, 일상이 지루해졌거나, 변덕이 생겼거나, 고모의 등장에 마음이 심란해졌거나, 시모와 영감의 연애가 기가 찰 정도로 우스웠거나, 어쨌든 마음에 균열이 생겼다고 판단했다.

바다에 간다고 출발은 했으나 버스터미널에서 마음을 고쳐먹고 돌아왔을 거라고 예감했다. 고모와 산행을 같이하지 않았다는 송구한 마음으로 저녁을 지어놓고 두 노인을 기다리고 있을 것이라며 안심했다.

영감과 식당에서 저녁을 먹자고 시모가 요청했다.

식당에 도착해서 시모가 이진을 불러내라며 정민을 압박했다. 통화는 오전부터 연결되지 않았다. 신호음이 계속 전달되고도 통화가 되지 않았다. 받을 수 없다는 자동 메시지가 반향 되었다. 불길한 생각이 들었다. 통화하지 못할 정도의 위기 상황이 아닐까. 스마트폰을 분실한 것은 아닐까. 생각이 갈래로 흐트러졌다.

이제부터 나사 빠진 기계처럼 살 거야.

어젯밤에 이진이 단호하게 뱉었던 말이 거슬렸다. 그렇다고 불길한 사달은 아닐 거라고 자위했다. 어쨌든 며느리가 빠진 가족 식사가 되었다. 정민은 노년의 모임에 눈치 없이 껴든 모양새가 되었다.

"내가 먼저 방문하여 도리를 하겠습니다."

영감이 불쑥 제안했다. 정민은 영감 가족이 시모의 집으로 방문하겠다는 의미로 들었다.

"남정네니 그러셔야지요. 아들 며느리가 대기하도록 일러두겠습니다."

시모가 영감에게 고개를 끄덕였다. 정민이 고모를 바라보았다.

"영감의 아들 며느리와 할멈의 아들 며느리가 한자리에서 만나기는 해야 하겠지요?"

고모가 시모의 뜻에 동조했다.

영감이 고개를 끄덕이며, 혹여 길거리에서 만나 서로 실례를 범하는 일을 예방하는 차원에서 그렇게 해야 한다고 고모를 두둔했다.

"휴일이면 점심이 좋고 평일이면 저녁이어야 하니 양쪽 사정을 들어 정하세요."

고모가 덧붙였다.

"평일이고 휴일이고 문제 삼지 말고 날짜 알려주면 시간에 맞추어 영감네 맞이할 준비 하라고 며느리에게 일러라."

시모가 정민에게 명령했다.

"집에서 만난다는 말씀인가요?"

정민은 자귀로 뒷머리를 맞은 듯 띵했다.

"장차 시아버님을 상면하는데 어엿한 상차림이 있어야 할 것 아니냐? 식당은 예의 없다. 경우 없는 것들이나 하는 짓이다."

시모가 어금니를 물고 정민을 꼬나봤다. 싫다 소리 말고 따르라는 압력이었다. 정민의 얼굴이 파르르 붉어졌다.

"영감님은 자식이 없소? 시어머님 모시는 자손은 없냔 말이오."

고모가 성질을 버럭 냈다.

"고모는 삼자니 경우 없는 소리는 말고 입 다물어요."

시모가 고모에게 발끈했다. 분위기 험악해졌다.

"영감도 자식이 있을 텐데?"

고모가 물러나지 않았다.

"그럼. 자식이 어엿하게 있지. 아들이 있으니 며느리가 있고. 딸 하나 얌전히 키웠으니 사위도 있지. 천성이 욕심 없고 선하시다. 아들

하나 있어 남의 집 딸을 데려와 며느리 삼았다. 대신에 딸을 남의 집 며느리로 주셨다. 욕심 없는 마음이 하해와 같은 분이시다."

시모가 호탕하게 말했다. 며느리를 데려왔으니 딸을 주었다는, 누가 들어도 코웃음 칠 논리였다.

"자식이 어엿하게 있다면서 아범만 대접하란 경우가 세상에 어디 있어?"

시모와 고모가 아웅다웅하는 중에 영감은 물러나 앉아 방관했다.

저녁을 먹은 후에 말다툼이 생겨서 다행이었다. 막걸리를 좋아한다는 영감이 입술을 씰룩였다. 막걸리를 마실 분위기 되지 못했다.

"아범은 오늘 있던 일을 며느리에게 단단히 일러라."

시모가 정민에게 선언하고 일어났다. 영감도 일어났다. 시모가 영감을 배웅한다고 나갔다.

고모는 일어나지 않았다. 정민이 일어나려 하자 고모가 손을 잡아 앉혔다.

"필시 영감네 자식들은 황혼 결혼에 결사적으로 돌아앉았을 것이다."

식사가 끝난 자리에서 고모가 막걸리를 시켰다. 정민은 시모와 영감이 막걸리를 마시러 주점에 갔다고 생각했다.

막걸리 상이 차려지는 동안 이진과 통화를 시도했다. 연결되지 않았다.

나사 빠진 기계로 살기 위해서 바다에 정말로 갔을까.

바다에 갔다 해도 오늘 들어오겠지.

정민은 이진이 바닷가에서 혼자 밤을 보낼 만큼의 대담함을 발견하지 못했다.

"두 어른 때문에 다툼이 생겼니?"

고모가 넌지시 물었다.

"그렇지 않아요."

즉답했지만, 미처 생각하지 못했던 것을 고모가 꼬집었다는 생각이 들었다. 시모와 영감의 황혼 연애를 두고 이진과 대화를 나누지 않았다.

정민은 영감을 선남의 전화로 알게 되었다.

"바다에 갔어요. 오늘 안 올지도 몰라요."

**

"평범한 부부로 사는 것이 가장 행복한 것임을 사람들은 깨닫지 못해."

고모가 빙그레 웃었다.

캐나다에 고모부가 있는지 묻고 싶었다. 고모부가 한국 사람인지 서양 사람인지 일본이나 중국을 포함한 동양 사람인지, 아뿔싸 흑인인지 몰라 묻지 않았다. 고모부의 존재에 대해 밝히지 않음은 그만한 이유가 있을 터였다.

너무 평범한 부부라서 나사가 빠진 기계가 되었다고 하네요?

이진이 어제 어깃장 놓은 말을 하려다 그만두었다.

부부가 우아해서는 안 된다는 이진의 말을 떠올렸다. 맵고 짜고 기름진 음식을 멀리해서 고혈압에 걸리지 않아야 하는 것처럼, 부부는 싱겁고 단순하며 때로는 어리숙해야 한다는 말도 생각했다.

"만델라 알지?"

아흔다섯 살의 적지 않은 나이로 타계한 만델라를 고모가 말했다. 민주주의와 인종차별주의에 항거하며 오랜 기간 투옥되었던 사람이라는 정도로 알았다. 정민이 안다고 고개를 끄덕였다.

"이십칠 년 동안 옥에 갇혀 온갖 고문을 참아냈고, 사십 도가 넘는 사막에서 강제 노동을 견뎌내고 석방되었지. 그런데 부인과 재회하고서 여섯 달 만에 헤어졌어. 부부란 것이 얼마나 힘이 들었으면 옥살이도 강제노역도 견뎠던 만델라가 이혼했겠니."

고문과 사막에서의 노동보다 부부 생활이 더 힘들었다는 얘기였다.

신이 사랑을 만드니 악마가 결혼을 만들었다는 말도 들었다. 이 시점의 고모는 누군가와 이혼한 상태일 것이라고 정민이 추측했다. 고모가 또 고개를 주억거렸다.

"죽음을 목전에 두고서까지 아버지는 왜 생모에 대해 말씀하지 않았을까요?"

정민이 산행에서 고모가 했던 말을 꺼냈다. 고모가 주억거림을 멈췄다. 정민을 바라보는 눈가에 물기가 보였다. 고모가 대접을 들어 막걸리를 천천히 마셨다. 정민도 대접의 막걸리를 마시고 고모의 대접에 그득하게 부었다.

"너를 낳아준 엄마를 생각하기는 했니?"

고모가 트림을 끄억 뱉었다. 막걸리를 잘 마시지 못하시는구나. 한 잔에 발개진 고모의 볼을 보고 정민이 속으로 중얼거렸다. 고모가 천장을 바라보며 길게 한숨을 쉬었다.

"저를 낳아준 엄마를 말해줄 분은 고모뿐이죠?"

정민이 천천히 물었다. 고모의 치켜뜬 눈썹이 내려앉았다. 막걸리 몇 잔에 볼이 붉기는 하였지만 취한 모습은 아니었다. 일부러 시야를 좁혀 정민의 물음을 회피하고자 함일까.

"고모님이 저의 생모를 아시는군요?"

갈증이 돋은 정민의 목소리가 버석거렸다. 고모가 윗입술로 아랫입술을 덮었다. 정민이 막걸리로 갈증을 지웠다.

"생모를 알게 되면 영감과 함께 있는 시모가 어떻게 되는지 생각은 해야 한다."

고모의 볼로 눈물이 엷게 번졌다. 칠순이 아니라 오십 대였으면 닭똥 같은 눈물방울이 주르륵 떨어졌을 심정으로 정민을 바라보았다.

"생모가 살아 계시지요?"

정민이 대접에 막걸리를 채웠다. 고모의 멀겋게 뜬 눈동자가 정민을 주시했다. 무슨 말을 할 듯 망설이는 고모를 정민도 마주 바라보았다. 한껏 치켜뜬 눈가에 주름이 다닥다닥했다. 멀겋게 뜬 눈동자가 말이 되어 톡 튀어나올 것 같았다.

"어디 계세요?"

정민이 목에서 갈증이 도져 막걸리 대접을 들었다.

"생모가 누구세요?"

정민이 재차 물었다.

"세상에는 꼭 알아야 하는 것도 있지만 모르고 살아야 하는 것도 있다."

고모가 일어나려다 주저앉았다. 칠십이 넘었다는 고모가 무릎을 세워 턱 밑으로 당겼다. 열여섯 살 소녀처럼 얼굴을 무릎에 묻었다.

정민이 막걸리로 갈증을 삭이는 동안 고모의 어깨가 가볍게 흔들렸다. 다람쥐처럼 옹송그린 고모의 작은 몸에서 흐느낌이 낮게 흘러나왔다.

고모의 수십 년 감춰야 했던 비밀이 흐느낌으로 새어 나왔지만, 정민은 알 수 없었다. 고모의 흐느낌이 멈추기를 기다렸다.

제12장

갯바위
실어증

이진은 시모가 전화해도 돌아올 수 없는 곳으로 떠났다. 새벽 버스를 타고 동해안 주문진 바다로 왔다. 바닷가의 오전 아홉 시인데 잿빛 구름이 낮게 내려왔다. 구름이 투영된 소나무가 푸르지 못하고 가뭇하니 바랬다. 빗방울을 곧 떨어뜨릴 듯 바람이 간간하며 스산했다. 서쪽 태백산 줄기 너머의 하늘은 파랗게 맑았다. 마른 땅을 잠깐 적실 분량의 구름이 이진의 하늘에서 뭉쳤다. 비가 흩뿌린다 해도 여행에는 더없이 좋은 날씨였다.

**

우산이 준비되지 않아 바닷가에서 가랑비에 젖었다. 마트에서 우산을 마련할 수 있었지만 젖기로 했다. 축축한 옷에서 열기가 뭉글뭉글 감돌았다.

쉼 없이 출렁거려야 할 바다가 빗방울에 눌려 멀거니 굳었다. 수평선으로 조물조물 움직이는 공포가 언뜻언뜻하긴 했으나 안온했다. 이진은 수평선과 등대를 바라보며 침묵으로 마냥 젖기만 했다.

누우면 깊은 잠에 빠져들도록 침대가 정돈되었다. 드라이기와 화장품과 전화번호가 새긴 화장지와 콘돔이 담긴 비닐봉지와 돌돌 말린 수건과 스프레이 모기약과 리모컨이 질서 있게 놓였다.

정민처럼 리모컨을 쥐었다. 벽면에 걸린 잠옷을 보면서 젖은 옷을 벗을까 생각했다.

가랑비를 뿌렸던 검은 구름이 엷어졌다. 비가 더 오지 않을 것이라는 예감이 수평선에서 조심조심 다가왔다.

리모컨 버튼을 눌렀다. 텔레비전은 켜지지 않고 실내 등이 켜졌다. 기능을 알 수 없는 리모컨 버튼이 많았다. 텔레비전이 켜지기까지 현관 등과 욕실 등과 실내 등이 켜졌고 에어컨도 켜졌다.

채널이 낯설고 유익하지 않지만 많았다. 구름이 일부 벗겨지며 바다의 본색이 드러났다. 콘크리트 방조제에 박혀있어야 할 등대가 가까이 보였다. 젖은 덧옷을 입은 채 객실에서 나왔다.

바다를 한눈에 볼 수 있다는 판단에 뒤틀림이 생겼다.

바다 끝에서 배가 점으로 보였다. 점이 꼼지락거리며 꾸물거리다 공깃돌로 커졌다가 배가 되었다. 바다는 한눈에 담길 수 없는 존재였다. 산을 넘으면 산이 있고 그 산 밑에 웅크린 또 다른 산이 있는 것처럼 쉽사리 평정될 수 없는 존재였다. 넓었고 무서웠고 파랬다. 몸통 어딘가 가려운지 출렁임을 멈추지 못했다.

갯바위에서 한동안 바다를 바라보았다.

누군가에게는 바다에 왔음을 말해 주고 싶었다. 자영과의 통화를 망설이다가 발신 버튼을 눌렀다. 신호음이 두 번 울릴 때 생각이 변했다. 동행을 거부한 자영에게 바다를 얘기해 봐야 가식적인 대답이 돌아올 터였다.

쉼 없이 뒤척여야 하는 바다의 흥분에 동조해 줄 사람이 필요했다.

정민에게 전화했다. 오늘 꼭 돌아오라는 정민의 강요가 서릿발로 돋았다.

"바다가 어떻게 밤을 보내는지 똑똑하게 보고 갈 거야."

서릿발을 으드득 밟아 뭉개듯 정민의 강요를 거절했다. 바다를 장악할 어둠을 기다리기로 했다. 실어증의 갯바위처럼 묵묵하고 더디게 시간이 흘렀다.

**

용곤에게 전화했다.

"거기가 어디야?"

용곤이 물었다.

"바다."

이진이 짧게 대답하고 일부러 침묵했다. 돌발 상황에 생각을 정리하는 순간처럼 용곤도 침묵했다. 갯바위를 넘은 파도가 넘실거렸다. 조팝꽃을 꺾어 향을 들이키며 씰룩이던 용곤의 입술. 이진이 몸을 낮추어 바다 거품을 한 줌 쥐었다.

"냄새가 들려."

용곤의 목소리가 버석거렸다.

"냄새?"

이진이 거품에 젖은 손가락을 입에 물었다.

"끓는 조갯국 냄새가 들려."

용곤의 콧바람이 씨근덕거렸다.

"식당 아냐. 갯바위에 있어."

이진이 갯바위로 올라갔다. 용곤의 깊은 숨소리가 들렸다. 파도가 갯바위로 급하게 올라왔다가 미끄러졌다.

"거기 꼼짝 말고 있어."

용곤이 갯바위의 위치를 물었다.

이해력이 떨어지는 학습부진아에게 설명하듯 차분하고 자세하게 찾아오는 길을 이진이 말해 주었다. 그럴 필요가 없었다. 눈에 보이는 건물 하나만 말해도 내비게이션을 찍어 달려올 터였다. 첨단 기기의 편

리성을 이진도 용곤도 망각했다.

잘 알려지지 않은 작은 포구인 항구가 작았다.

신혼 시절에 정민과 왔다가 다시 온 적이 없는 어항. 기억이 솔솔 생기는 포구. 먼바다로 갈 수 없는 소형 어선이 정박한 콘크리트 제방. 갈매기가 굵은 점으로 날아와 앉았다.

경사가 급하지만 나지막한 산의 정수리에 등대가 있었다. 가파른 산허리를 자귀로 찍은 듯 작게 형성된 평지에 처마 낮은 집이 층층이 똬리를 틀었다.

이진이 용곤에게 알려준 포구에서 벗어났다. 마주 오는 차를 겨우 비낄 수 있는 좁은 해안도로 굽이를 돌자 포구가 나타났다. 도로가 바다를 따라 곡선으로 이어졌다. 낮은 산자락에 처마 낮은 횟집이 올망졸망한 굽이를 돌 때마다 같은 구도가 나타났다.

파도는 멈출 수 없는 존재였다.

모두부처럼 응고될 수도 없었다. 이진은 파도의 멈춤을 몇 차례 목격했다. 과학적으로 이해할 수 없지만, 회를 뜨는 칼날처럼 날카로운 갈망이 빚어내는 환상이었다.

어둠이 바다를 장악하는 것일까. 바다가 어둠의 뿌리를 물어뜯는 것일까. 모래톱에 조갯살을 넣듯 침범을 양보하며 고통을 공유하며 서로에게 이입하는 것일까. 어둠의 착륙이 포착되었다. 하늘과 바다와 육지가 하나로 묶어지는 장면을 길게 바라보았다.

스마트폰 벨이 울렸다.

용곤이 도착 지점에서 이진을 찾을 수 없다고 짜증을 냈다. 이진은 용곤이 바다로 출발하였음을 알고 의도적으로 벗어났다. 도착점을 알려준 후 생각의 변화가 생긴 거였다.

"어디에 있는 거야?"

용곤이 짜증스럽게 물었다.

"바다가 점점 작아지고 있어."

이진이 심호흡을 끊고 대답했다. 바다가 작아지는 게 아니라 육지를 삼키며 커지는 중이었다.

"보이는 건물을 말해."

용곤이 내비게이션의 도착점을 말해달라고 강요했다.

"지금은 바다를 껴안는 어둠을 감시해야 해."

이진이 수평선으로 내려앉을 어둠에다 이 시간 이후의 생각을 물었다.

"헛소리 말고 있는 곳이나 알려줘."

용곤의 목소리가 거칠어졌다.

"어둠과 바다가 고싸움을 벌이고 있어. 어둠이 승자인지. 바다가 승자인지. 그것도 아니면 무승부가 될 것인지. 심판을 해야 해."

이진이 생각해도 뜻 없는 대답을 했다.

"해안도로를 따라 내려가야 해? 올라가야 해?"

용곤의 목소리가 더욱 거칠어졌다.

내림과 오름의 선택을 강요하는 것은 이진을 찾기 위한 용곤의 꼼수였다. 바닷가이므로 길은 북쪽과 남쪽의 해안이었다. 남쪽으로 십 분 운전하였다가 방향을 돌려 북쪽으로 이십여 운전하면 만날 수 있는 단순한 찾기였다. 확실한 방향을 꼭 집어내려는 합리적인 퀴즈였다.

이진은 이쯤에서 통화를 종료해야 한다고 판단했다.

"우리가 만날 수 있는 적절한 시각은 내일 아침뿐이야."

이진이 통화를 일방적으로 끝냈다. 스마트폰 벨이 울렸다. 받지 않았다.

"꼭꼭 숨어도 찾을 수 있어."

문자메시지가 왔다.

이진이 비웃음을 흘렸다. 찾지도 못할뿐더러 찾지도 않을 것이라 짐작했다. 횟집에서 소주를 마실 것이며 숙소로 취한 몸을 끌고 들어가 아침까지 잠에 곯아떨어질 것이 분명했다.

자영과 동행하지 않아서 혼자 바닷가에 올 때만도 용곤을 생각하지 않았다. 바다를 배경으로 비를 맞으면서 마음에 이단자가 생겼다. 갯바위와 낮은 산자락과 콘크리트 방파제, 등대가 바다와 젖는 구도에 마음의 동요가 생겼다.

용곤은 오류를 범했다. 선배인 정민의 아내에게 이십 년 전의 욕정을 버리지 못했음을 드러냈다. 이진이 바다에 왔으므로, 단번에 움켜쥘 수 있도록 감정이 나약해졌다는 판단의 오류를 범했다. 부표를 갈고리로 건져 올리면 그물에 걸린 물고기가 송두리째 달려올 것이라며 얄팍한 희망을 품었다.

*
*

용곤에게서 전화가 반복됐다.

문자메시지도 왔다. 회를 먹으면서 소주에 취하면서 자신을 통제하지 못하는 상황으로 치닫고 있다는 증거였다. 이진의 닫힌 마음은 견고했다. 벨이 울리는 스마트폰을 식당 식탁 밑에 둔 이진도 회와 소주를 마셨다.

취한 시선으로 본 바다의 느낌이 달라졌다. 술은 사람의 감정을 선택적으로 마비시켰다. 감각의 촉수가 무디어진 부분도 있었고 예민해진 부분도 있었다. 취기가 바다의 사물을 어둠으로 뭉뚱그려서 발을 디딜 때마다 허우적거렸다.

스마트폰 벨이 또 울렸으나 받지 않았다.

이진은 용곤의 일상에 어떤 존재로도 남아있으면 안 된다고 어금니를 물었다. 흑색 어둠에 묻힌 바다가 회색으로 실체를 드러냈다. 흐릿한 바탕에 짙은 덧칠을 하듯 바닷바람이 알싸하게 불어왔다. 취기에 흔들리던 머릿속이 조금은 맑아졌다. 박하사탕을 깨문 향기가 났다.

객실로 들어갔다. 뜨거운 물을 정수리에 쏟았다가 차가운 물을 쏟았다. 샤워를 마치고 컴컴한 침대에 앉았다. 창에 들붙은 어둠이 바다로 흩어지며 조금씩 밝아졌다. 바다는 나팔꽃을 피우지 않았고 빠악빠악 울지도 않았다.

바다는 희미했던 기억을 만국기로 펄럭이게 하는 내공이 있었다.

**

어둠이 걷혀야 아침이 오듯, 역겨움을 서로 경험해야 평범한 부부가 되는 게 아닐까. 싸우고 증오해도 일탈이 없으면 행복한 부부일 것이다.

제13장

세 모둠
여섯 조각

젊고 잘생긴 두 남자가 술을 마시는 드라마 장면이었다.

기획실장은 회장의 아들이었고, 마주 앉은 팀장과는 막역한 친구임이 대화에서 드러났다. 실장은 유학을 다녀온 수재로 카리스마를 발산했다. 팀장은 외모에서 날카롭고 능력 있어 보였다. 재벌의 손녀와 혼인을 앞둔 실장의 눈빛에 씁쓸함과 고민이 역력했다.

금수저 실장이 무엇 때문에 쓸쓸할까 궁금했다. 여느 때라면 리모컨을 놓았겠지만, 두 남자의 표정과 대화에서 드러나는 심리가 궁금했다.

팀장이 술에 취한 것도 아니면서 재벌 손녀의 어두운 면을 지적했다. 아무리 막역한 친구라지만 실장에게 해서는 안 될 말을 뱉었다. 이진은 실장의 반응이 궁금했다. 결혼할 여자의 흠을 듣고도 실장이 태연했다.

"너도 그렇게 보였니?"

심지어 고개를 주억거리며 엷게 웃었다. 약혼녀가 미덥지 않다는 눈빛이 역력했다. 재벌 손녀와의 결혼이 마뜩하지 않다는 것을 주저하고 있음을 이진이 알아챘다.

"독일 유학 중에 두 주일쯤 아프리카에 갔던 적이 있었어. 기린의 목이 이정표처럼 여기저기 서있는 초원을 지나다가 길을 잃었어. 애초에 길이 없었던 거야. 사막이니까. 길이 아닌 곳에서 좌초된 그때의

그 막막함. 지금도 돌이키면 무서워. 이 길이 아니다 싶은데 더 나아
갈 수도 없고, 그렇다고 되돌아가는 길도 안 보이고. 그대로 서 있자
니 그건 더 나를 곤혹스럽게 만들었어."

실장이 탁자에서 술잔을 빙글빙글 돌렸다.

"거기를 벗어났으니 이렇게 나와 술을 마시는 거 아니니?"

팀장이 위로의 말을 건넸다.

"내가 지금 사막에 선 기분이야."

실장이 취하도록 거푸 술을 마셨고. 팀장은 그 모습조차 부러웠다.

*

이진이 안방에 있는 동안 거실에서 리모컨으로 채널을 돌렸다. 채널
회전을 지켜봐도 정민의 선호하는 채널을 종잡을 수 없었다.

리모컨을 잡지 않으면 불안해지던가. 자율신경으로 고착되었든가.
어쨌든 정민의 진중하지 못한 습관이 늘 유쾌하지 않았다. 짜증 내고
부탁도 했다. 그때뿐이었다.

뚱뚱해진 몸통에다 지루함을 가득 담은 미련함에다 자괴감에 흠씬 젖
었다. 혼자 있는 시간을 스스로 누적해서 자폐증 진단을 자초하는 미련
함. 조만간 자폐증이 예감되는 뚱보. 남편에게서 우아함을 기대하면 안
되지. 어리숙하고 싱겁고 간결한 게 부부니까. 이진이 중얼거렸다.

"아범더러 내일은 집에 있으라고 해라."

시모의 전화가 왔다.

퇴근한 아범이 거실에서 리모컨 채널을 돌리고 있을 줄 알면서 며느리
에게 다짜고짜 통보했다. 정민이 시모의 전화임을 알면서 무관심했다.

아범더러 집에 있으라고 해라. 아범을 만나러 누군가 올 것이다.

시모의 말을 다시 새기는 중에도 정민이 채널을 돌렸다. 채널 회전

이 빨라짐은 시모의 전화가 신경 쓰인다는 증거였다. 일부러 채널에 집착하는 태도에 이진은 짜증이 돋았다.

"내일 산에 갈 거야?"

이진이 일부러 먼발치로 가서 물었다.

"가야지."

대답이 싱거웠다.

"어머님이 산에 가지 말고 집에 있으라 하셔."

묵묵부답으로 채널을 돌리던 정민이 소파에서 잠을 청하지 않고 침대로 갔다. 이진이 소파로 나왔다. 정민처럼 리모컨으로 채널을 돌렸다. 홈쇼핑 화면에 좀 머물렀다가 채널을 옮겼다.

자정까지 그렇게 했다. 채널을 주마등으로 돌리는 것은 쉬운 일이 아니었다.

**

이진이 일어나기 전에 정민은 서둘러 산행 준비를 마쳤다.

등산화를 신는 기척이 들려도 이진은 잠든 척 붙잡지 않았다. 현관문이 열렸다 닫히고 잠잠해졌다. 시모의 명을 어기고 산행을 감행했다. 엘리베이터가 일 층에 도달할 시간을 어림한 이진이 일어났다. 냉장고에서 찬을 꺼내 아침을 먹은 흔적이 식탁에 남았다.

베란다로 나갔다.

주차된 차를 두고 아파트 경비실 옆으로 정민이 걸어 나갔다. 아파트 상가에서 김밥을 살 것이라고 짐작했다. 평소처럼 산에 다녀온다면 오후 다섯 시까지는 집에 없을 것이다.

노모가 예고한 방문자가 누구일까.

아마도 영감일 확률이 높았다. 방문자가 누구든 알맹이 없는 만남이 될 것이다.

시모가 예고한 방문자를 기다렸다. 아파트 정문으로 나가서 서성거렸다.

거나하게 싸웠던 부부의 세탁소와 미용실에 손님이 들어가고 나왔다. 총각이 운영하는 문구점이 닫혔다. 새벽까지 맥주를 팔고 배달도 했을 치킨점도 닫혔다. 교회에 갔던 노년이 돌아오고 어른의 손에 잡혀 지하 목욕탕으로 끌려가는 아이도 보였다. 방향 없이 서성거리는 사람은 이진 혼자였다.

택시가 상가에 멈췄다. 자영이 불쑥하니 데리고 왔던 복학생이 택시 문을 열었고 자영이 내렸다. 그냥 서성거리러 나왔는데 자영을 기다린 셈이 되었다. 이진을 발견한 복학생이 자영의 옆구리를 찔렀다.

"내가 오는 줄 어떻게 알았어?"

자영이 놀란 표정에서 넉살 좋은 웃음으로 급조하여 다가왔다. 택시를 같이 타고 온 복학생이 앞에 와서 허리 굽혀 묵례했다.

학교에 있어야 할 네가 복학생이랑 어쩐 일이니?

튀어나오려는 말을 참았다. 자영에게 웃었다가 복학생에게 싸늘한 눈초리로 바라보았다. 복학생이 또 허리 굽혀 인사하고 마침 오는 택시를 잡았다. 자영이 복학생을 태운 택시에 손을 흔들었다.

"어찌 된 일이니?"

택시가 골목을 돌아간 후에 자영에게 물었다.

"할머니가 말씀 안 하셨어?"

자영이 이진의 겨드랑이에 팔을 집어넣었다.

"기숙사에서 오는 것이니?"

자영의 팔을 떼어냈다.

"기숙사에서 이 시간까지 어떻게 와?"

어제 왔으며 집이 아닌 밖에서 밤을 보냈다는 것을 대수롭지 않게 말했다. 색조 화장이 오히려 더께가 되는 얼굴에다 입술은 발갛고 눈 주변은 새까맣게 칠했다.

"아빠도 집에 계시네?"

자영이 주차된 차를 바라보았다.

"연락도 없이 갑자기 네가 오고… 복학생은 또 어떻게? 정말로 이해가 되지 않는구나?"

복학생과 택시를 같이 타고 왔다는 것. 기숙사에서 나온 것이 어제라는 것. 밤을 함께 보냈을 거라는 것. 얼기설기한 화장으로 미루어 곱고 편한 잠이 아니었을 거라는 것. 이진은 뜬금없이 맞닥뜨린 상황에 화가 났다.

자영보다 나이가 많아 생각이라는 게 있어야 할 복학생의 의도와 행동이 불쾌했다. 자영의 짧은 바지가 엉덩이를 간신히 감추고 허벅지를 발갛게 드러냈다. 내 딸이 맨살을 저렇게 드러내고 복학생과 거리를 활보했다니. 걸음을 옮기면 어깨선이 드러난 셔츠가 밀려 올라가 배꼽이 드러났다. 딸이 아니었다면 망측스럽다고 혀를 차고도 남을 옷맵시에 화가 치밀었다.

"어떻게 되긴? 할머니가 오늘 집에 꼭 와야 한다고 전화하셔서 온 거야."

시모가 손녀까지 불렀다. 정작 있어야 할 아들은 여섯 시에 산으로 갔다.

"복학생이 어떻게 여기까지 왔느냐고 물었다?"

이진이 화가 돋은 음색으로 물었다.

"엄마."

자영이 토라져 입술을 깨물었다. 그새 어른이 되었다고 엄마에게 화를 내다니. 이진은 기가 막혔다.

"부탁인데. 내 영역에 함부로 들어오지 마."

자영이 당돌하게 선언했다. 이진은 어이없고 기가 질렸다.

"너의 영역이라고 했니?"

이진의 음색에서 쇳소리가 묻어났다.

"나는 엄마의 영역을 바라본 적은 있지만 들어간 적도 간섭한 적도 없어. 엄마도 내 영역 밖에서 바라보기만 해줬으면 좋겠어."

자영이 몸을 돌려 걸어갔다. 이진은 몽둥이로 뒷머리를 맞은 듯 아뜩했다. 자영이 갑자기 낯설고 서먹해졌다. 엘리베이터가 내려와 입구를 열었다.

"엄마가 살아온 방식으로 나를 판단하는 것은 뭐라고 하지 않아. 그건 엄마로서의 몫이니까. 엄마의 방식을 고집하며 내 영역에 침범하지 않기를 원해."

엘리베이터 안에서 자영이 웃었다. 이진은 가슴이 싸늘하게 식어서 웃음을 받아들일 수 없었다.

"점심 전에 도착해야 한다고 할머니가 전화하셨어."

시모든 방문자든 방문 시각이 점심으로 밝혀졌다. 점심 식사를 준비해야 하는가. 걱정되었다. 자영이 옷을 갈아입는 동안 베란다로 갔다.

잠시 후면 시모가 들어올 것이다. 집에 남아있으란 시모의 명을 아들이 어겼으니 대신 불똥 맞을 각오를 해야 했다. 시모의 눈에 거슬리는 게 있을까 두리번거렸다. 화장실과 베란다와 싱크대의 이곳저곳 점검했다.

택시가 들어와 멈췄다.

시모가 내리고 고모도 따라 내렸다. 시모가 주차장을 둘러보고 정민의 차가 주차되어 있음을 확인했다. 현관에서 시모에게 인사한 자영이 고모와 처음 상면했다. 자영이 캐나다에서 입국한 고모를 알지 못했다. 핫팬츠를 입은 자영에게 시모가 얼굴을 찡그렸다.

"네가 자영이구나?"

고모가 자영을 포옹했다.

"고모할머님이시다. 인사드려라."

자영이 고모에게 고개 숙여 인사했다. 발랄하고 예쁘고 똑똑하다며 고모는 자영의 손을 놓지 않았다. 시모는 마뜩하지 않은 표정으로 정민을 찾았다. 자영이 시모를 외면하고 고모와 수다를 떨었다. 캐나다에서 왔다는 것과 시모보다 더 세련된 외모라서 자영은 고모와 금방 친해졌다.

"빨간 단풍과 하얀 눈과 유리알처럼 맑은 호수가 머릿속에 그려져요."

자영이 방금 닦은 구슬처럼 눈동자를 깜박거렸다.

"캐나다에 오렴."

고모가 웃음으로 화답했다.

"정말요? 겨울에 가는 게 좋을까요? 아니면 여름에 갈까요?"

자영의 표정과 말투가 달떴다.

"겨울에 와도 여름에 와도 고모할머니는 무조건 환영이란다."

고모가 너그럽게 웃으며 자영의 달뜸을 귀여워했다.

"고모할머니처럼 깨끗한 나라에 가서 단풍나무 시럽에 빵 찍어 먹고 싶어요."

외국에 나가보지 않은 자영이 달뜸을 멈추지 않았다. 아들은 보이지 않고 며느리가 서먹서먹한 눈초리로 멀뚱하니 시모의 눈꼬리가 일그러졌다.

"아범은 아직 자냐?"

시모가 소리를 버럭 질렀다.

"할머니, 아빠는 산에 가셨대요."

자영이 고모의 손을 쥐고 말했다.

"아범이 산엘 갔어?"

시모가 외마디를 질렀다.

오소리 같은 시선이 실내 곳곳으로 휘휘 돌았다. 속에서 부글부글 끓어오르는 것을 토해낼 트집거리를 찾는 중이었다. 자영의 짧은 바지가 시모의 눈에 거슬렸다. 시모가 시계를 보고 베란다 밖을 보며 조급해졌다. 이진은 시모의 부산해진 모습을 보며 시모가 예고한 방문자가 곧 도착할 것이라고 예감했다. 시모는 자영의 짧은 바지가 못마땅해 거품을 물고 죽을 지경이었다. 시모의 불만을 모른 척하는 이진을 향해 화가 돋았다.

"어미야."

시모가 이진을 거칠게 불렀다.

"네. 어머님?"

이진이 웃는 얼굴로 대답했다. 시모의 격하고 급해진 심정에 화를 댕기는 웃음이었다.

"너는 웃음이 나오니?"

시모가 이진의 웃음에다 먼저 시비를 걸었다.

이진은 시모의 화를 이해하지 못하겠다는 표정으로 고모를 바라보았다.

방문자가 누른 벨이 울렸다. 태도를 바꾼 시모가 소파에 얌전히 앉았다. 화가 돋은 표정을 평정하느라 눈을 깜박거리고 입을 크게 열었다가 다물었다. 울렸던 벨이 다시 울리지 않았다. 거실의 눈동자가 현관으로 몰렸다. 이진이 반가운 발걸음으로 열어주지 않아서 시모의 표정이 일그러졌다. 고모가 성큼 걸어가 현관문을 열었다. 양복을 말쑥하게 입은 영감이 들어왔다. 시모가 소파에서 일어나 영감을 맞았다. 영감이 시모의 손을 잡았다. 이진과 비슷한 나이의 여자가 과일바구니를 들고 고개를 숙였다.

"제 며느리입니다."

영감이 소개했다. 며느리가 빙판에 발을 얹듯 거실로 들어왔다. 숱이 없고 은발이던 영감의 머리가 까맣게 변했다. 염색약을 사 오라던 시모의 손이 영감의 머리를 변신시켰다. 숱이 없어 작은 바람에도 머리칼이 날려 말갛게 드러나는 민머리는 감추지 못했다. 시모가 영감의 머리를 대견스럽게 바라보았다.

"피부가 백설기 같아. 마음도 참 곱겠어?"

시모가 영감네 며느리의 손을 덥석 잡고 소파에 앉게 했다.

이진은 시모에게 끌려가는 며느리의 순간적인 얼굴 찡그림을 보았다. 이진도 영감이 손을 덥석 잡는다면 저렇게 되지 않을 자신이 없었다. 영감이 며느리를 소개하면서 인사를 끝냈다. 영감이 자영을 멀거니 바라보았다. 시모가 자영의 짧은 바지에 얼굴을 찡그렸다.

"할머니의 올드보이프렌드란다."

고모의 올드보이프렌드라는 말에 자영이 까르르 웃었다. 엉덩이가 드러날 듯 짧은 바지가 못마땅해 속이 부글거리던 시모가 주먹을 자영에게 흔들었다. 자영이 웃음을 뚝 그쳤다. 이진이 빙긋이 웃었고 시모는 얼굴이 발갛게 달았다.

며느리가 과일바구니를 쥐었던 손을 앞자락에 얌전하게 놓고 시모의 눈치를 살폈다.

이진이 봉지 커피와 녹차를 가져왔다. 시모와 영감이 커피를 받았다. 밉살스러운 말과 행동을 일삼던 시모가 숨조차 내숭으로 사근사근 쉬었다.

시모의 가족 대표라 할 수 있는 정민이 보이지 않자 영감이 커피를 놓고 시모를 바라보았다.

"하필 오늘 회사에 빠질 수 없는 일이 있어 아침 전에 나갔답니다."

시모가 거짓말을 그럴듯하게 했다. 자영이 무어라 말하려다 시모의 주먹을 보고 그만두었다. 영감이 영감의 며느리를 바라보며 아들이 동행하지 않은, 이유든지 변명이든지 말하라는 무언의 압력을 주었다. 며느리가 영감의 의도를 알고도 모르는 척 고개를 돌렸다. 이진은 양가 며느리가 같은 마음이 될 수 있다는 가능성을 읽었다. 황혼 재혼을 앞둔 두 노인의 상견에서 반드시 있어야 할 자식은 없고 며느리만 합석했다. 영감이고 시모고 환영받지 못하는 연애임이 증명되었다.

"아드님도 가족을 부양하려면 빠질 수 없는 일이 있겠지요?"

시모가 영감의 민망하고 불쾌한 심정을 다독거렸다. 고모와 자영이 찻잔을 들고 식탁으로 걸어가 며느리 영역과 황혼 연인 영역에서 이탈했다.

정민은 산에 올라가지 않았다.

**

마트에서 산 김밥을 가방에 넣고 회화나무 숲에 머물렀다. 며칠 전 고모와 산에 올라갔다 오는 동안 노모와 영감이 앉았던 바닥에 자리를 깔았다. 회화나무 응달에서 하루를 보낼 요량이었다.

고모에게 전화했다.

영감이 집에 와있으니 나갈 상황이 아니라고 고모가 말했다. 정민은 영감과 그의 살붙이들이 집에 왔음을 직감했다. 오늘 저녁에 밖에서 꼭 뵙고 싶다고 말했다. 그러마. 고모가 대답하고 통화가 끊겼다.

영감의 며느리가 들고 온 과일을 깎아 소반에 내왔다. 이진이 의도하지 않았는데 참외와 망고와 사과가 각자의 모둠으로 등을 돌려 놓였다. 모여 앉은 사람을 모둠으로 갈라놓으려는 의도가 숨은 것 같아 이진이 속으로 키득 웃었다.

영감과 시모의 모둠에 며느리 둘이 합류될까?

고모는 영감과 시모를 탐탁하게 여기지 않았다. 이진은 애초부터 영감과 시모를 인정할 생각이 없었다. 시모에게 핍박당하지 않을 정도의 침묵과 무관심을 유지했다. 어쩌면 이진과 영감의 며느리가 동지일 수도 있을 거라고 기대했다. 지켜보면 답은 저절로 드러날 것이다.

여섯 조각과 세 모둠의 과일이 흥미로웠다.

시모가 노란 망고를 포크로 찍어서 영감의 손에 넣어주었다. 영감이 먹는 것을 확인하고 시모도 포크로 망고를 찍었다.

참외를 찍어 자영에게 준 고모가 참외를 아삭 깨물었다.

영감의 며느리에게 어느 과일이든 먹기를 이진이 권했다. 며느리가 포크는 들었으나 과일을 선택하지 않았다. 며느리는 억지로 왔거나 영감네 자식의 의견을 단호하게 전하러 왔음이 앉은 자세와 표정에서 저절로 읽혔다. 이진도 과일을 포크로 찍지 않았다.

고모와 자영이 식탁으로 옮겼다.

여섯 명에서 고모와 자영이 구경꾼을 자처하며 퍼즐의 조합에서 이탈했다. 캐나다에 대해 조곤조곤 대화를 나누었다. 고모의 말에 자영이 까르르 웃었다. 시모의 못마땅한 시선이 식탁으로 자꾸 던져졌다.

영감을 만날 때마다 이진이 무표정하고 덤덤하게 앉아있기만 한 것처럼 영감의 며느리도 그랬다. 손목시계와 벽시계를 보며 의미도 없는 시간을 쟀다. 영감과 시모가 맞장구나 추임새를 기다렸지만, 두 며느리는 그저 지켜보는 구경꾼으로 일관했다.

"며느리야."

시모가 웃음기를 싹 거두고 이진을 불렀다.

"스물을 먹었든 칠십을 먹었든 혼례는 혼례다."

시모가 드디어 혼례로 화두를 돌렸다. 이진이 과일을 찍지 않은 포크를 내려다보았다.

"구렁이 담 넘듯 어벌쩡한 혼인의 예는 받을 수 없다."

시모가 영감의 손을 가져다 꼭 쥐었다.

"받다니요? 무얼 받으시는데요?"

이진이 다짜고짜 되물었다. 시모의 선언과 이진의 다짜고짜 반발에 영감의 며느리가 놀라는 표정을 잠깐 지었다.

"재혼이라 해도 어엿하게 성사된 혼인이다. 자식으로서 할 도리를 하라는 말에 어찌 놀라는 게니?"

시모가 영감의 며느리도 들으란 듯 말했다.

"자식의 혼인에 부모의 할 도리가 있다는 말은 들었어도, 부모의 결혼에 자식의 도리란 말씀은 듣기 처음입니다."

시종 입을 다물고 있던 영감의 며느리가 당돌하면서도 천천히 말했다.

시모는 영감의 며느리에게 함부로 화를 낼 수 없었다. 며느리에게 경고의 말을 하라는 시선으로 영감을 바라보았다. 영감의 며느리가 시모의 의도를 알고도 태도를 바꾸기는커녕 은근슬쩍 웃었다.

"도리란 말이 듣기 거북은 하겠다만 부모가 새로이 짝을 만나 연을 맺는데 자식들이 알아주어야 할 것들이 있다는 말씀이다."

시모의 말뜻에 근접하지 않는 영감의 해명이었다. 며느리의 평소 생각을 알고 있어서 두루뭉술하게 얼버무린 거였다. 어험. 어험. 영감이 시모의 뚱해진 심정을 외면했다.

"칠순도 훌쩍 넘은 연애 밥상에 감을 놔라 배를 놔라. 자식에게 말하는 것이 남우세스럽지 않습니까?"

영감의 며느리가 이진의 태도에 힘입어 당돌해졌다.

시모가 고개를 갸웃거려 영감의 눈치를 살폈다. 영감이 어험. 어험. 헛기침을 뱉었다. 혼례상이 아닌 연애 밥상을 차린다는 말에 시모가 입술을 오도독 깨물었다.

"남우세스럽다니? 영감님과 내가 혼인한다는 것이 조롱과 비웃음 받는 노릇이란 말인가?"

영감의 며느리가 한 말을 곰곰이 셈하던 시모가 화드득 화를 냈다.

"손자 손녀가 혼인해야 할 시기에 조부 조모가 혼례식을 한다면 그게 빙충맞은 일이 아닌가요?"

작심하고 온 영감의 며느리가 물러나지 않았다.

남우세스럽다는 말을 넘어 빙충맞다고 했다. 바락바락 빗장을 지르는 며느리에게 영감이 일침을 놓지 못하고 어험. 어험. 물러났다. 시모는 기가 막혀서 작은 입술만 자꾸 오므렸다.

"자영 어미야, 너는 설마 그런 생각은 아니겠지?"

화살을 이진으로 돌린 시모가 화를 삭이지 못해 들썩이는 어깨로 대답을 기다렸다.

"손자 손녀의 청첩인 줄 알았는데 칠순 노인 결혼이라면 웃지 않을 사람이 있을까요?"

이진도 당돌해졌다.

두 며느리가 같은 모둠이 되었다.

"사랑하는 심정을 싹둑 잘라내란 말이냐?"

시모는 억울해서 울상이 되었다.

"그러시라는 뜻 아니잖아요? 좋아하시면 부부처럼 사세요. 허물이라 생각 안 할 테니."

결혼 같은 거 없이 좋으면 그냥 연애나 하셔라. 이진이 시종 물고 있던 말을 토했다.

자식이 그러면 안 되는 거다. 혼자 산 세월 서럽다. 살면 얼마나 산다고. 몸도 성치 않은데 독방에 갇혀 사는 게 보기 좋으냐. 시모가 말하면서 한숨도 내쉬고 눈물을 뚝뚝 떨어뜨릴 듯. 애잔한 표정도 지었다.

영감의 며느리는 푸념 하나하나에 맞대응으로 반박할 수 있다는 표정으로 시모를 당차게 바라보았다.

"인연이 맞아 부부로 살자는데 며느리들이 빗장은 왜 거는 거냐?"

"누가 빗장을 질러요? 두 분이 연애하시든 신접살림하시든 아범과 저는 안 말려요."

영감의 며느리가 평정심을 잃지 않고 또박또박 말을 받아 시모의 가슴을 할퀴었다. 시모와 영감의 며느리가 물러서지 않고 어깃장을 이어가는 중에 이진은 찌뿌둥하던 속이 후련했다.

"혼인의 예의를 반드시 받아야 한다면 그쪽 자식에게 해달라고 하세요."

영감이 데려온 며느리가 이진의 모둠에서 이탈했다. 이진은 그쪽 자식이라는 표현이 불쾌했다.

"그쪽 집에서는 부부의 연을 맺겠다는 것에 반대한다는 말씀이요?"

이진이 그쪽이라는 표현을 섞어 영감의 며느리에게 물었다.

"반대한다는 소리는 안 했잖아요?"

영감의 며느리가 앉은 자세를 고쳤다.

물러나 앉았다는 느낌에서 정면으로 동참하거나 대항하겠다는 자세가 되었다.

시모가 쥐고 있던 영감의 손을 놓았다. 얌전한 척 앉아 당돌하게 맞

서는 며느리에게 한마디 못 하는 영감이 실망스러워 오소리 눈빛을
이리저리 쏘았다. 영감은 시모의 속내를 읽고 어험 기침했다.

　이진이 본 시모와 영감은 늘 그런 식이었다.

　시모가 한사코 영감의 손을 잡고 조급하게 행동했다. 영감은 슬금
슬금 뒷걸음으로 시모의 요구에 응했다. 손을 잡으려 하면 손을 주고
경로당 할멈들에게 내세우면 얌전을 떨었고, 시모가 만들어주는 보양
식이며 건강식품을 군소리 없이 먹어주었다.

　거역하지 않는 영감의 처신을 연정이라고 시모가 믿었다. 영감은 가
만히 앉아서 시모가 받드는 접대를 닝큼 받아들였다. 이진이 알게 된
짧은 기간에 항상 그랬다. 시모가 앞장섰고 영감은 뒷짐만 졌다. 돼도
그만 못 돼도 그만인 듯 느긋한 영감 앞에서 조급하고 채신머리 깎이
는 시모의 행동에 이진은 화났다.

　베란다로 들어왔던 볕의 자락이 거두어졌다. 해가 정수리에 떴다는
증거였고 점심을 먹어야 할 시각이 되었음을 암시했다. 시모의 애초
뜻대로라면 이진이 음식을 해서 영감네 식구와 둘러앉아 점심을 먹었
어야 했다. 화기애애해야 할 자리에서 반박하고 버티고 견제하는 관계
가 되었다. 이진의 집에서 점심을 먹는 것은 무리였다. 식당에서 한자
리에 앉는 분위기도 되지 못했다.

*
*

　정민이 회화나무 숲으로 선남을 불렀다.

　선남이 머뭇거렸다. 고모에게 꼭 들어야 할 비밀이 있다고 암시했다.
선남이 오늘 말고 다음 날에 듣자며 미적거렸다. 정민이 오늘 꼭 들어
야 한다고 고집했다. 시내 커피숍이나 식당에서 만날 수 있는데 회화
나무 숲까지 차를 몰고 가야 하느냐고 볼멘소리했다. 정민이 커피숍에

서 전화했어도 선뜻 나오지 않을 음색이었다.

선남이 회화나무 숲으로 오면서 고모를 태우고 왔다.

영감과 영감 며느리의 방문을 고모가 선남에게 말했다. 선남이 돗자리를 펴놓고 기다린 정민에게 얼굴을 찡그렸다. 어린애 소풍도 아닌데 고모님께 결례라며 찻집으로 가자고 했다. 공기 좋고 녹색 풍경이 좋다며 고모가 돗자리에 앉았다.

시모의 전화가 왔다.

"아범아, 어미가 어멈에게 오늘 당한 설움을 잊어서는 안 된다."

시모는 영감의 며느리에게 당한 것은 쏙 뺐다.

영감이 불쾌해진 것. 시모가 서러워진 것. 모두 이진의 탓이 되었다. 정민은 대답하지 않고 듣기만 했다. 하소연에 동조하지 않는 정민 때문에 시모가 격앙되었다. 끝내는 울음을 얹어 아범에게 서운하다고 선언했다. 고모와 선남이 시모와의 통화를 들었다.

통화 종료 후 십 초도 지나지 않아 선남의 스마트폰 벨이 울렸다.

이진이 불손해서 영감에게 큰 결례를 범했다고 시모가 하소연했다. 듣고 있던 고모가 허풍이라며 눈을 종긋했다. 며느리는 한 칸 건너 가족이니 꾸짖어야 할 사람은 아들이라고. 선남이 정민에게 눈을 찡 긋거려 대답했다.

이웃집 손님이 와도 그래서는 안 되는데, 영감에게 이진이 도리를 하지 않았다고 화를 냈다.

"영감에게 어떻게 해야 하는 것이 도리인데?"

선남이 물었다.

"영감님이 시아버님이다. 그 못된 것이 시아버님을 강아지 보듯 하더라?"

시모가 이진을 그 못된 것이라고 말했다.

선남이 입술을 깨물었다.

"새언니에게 시아버지님이 있기나 했어? 시아버지란 사람이 언니에게 해준 것이 아무것도 없다는 것은 생각은 안 해?"

선남이 당돌해졌다.

시모가 구시렁구시렁 변명하다가.

"딸년도 버릇없기는 며느리와 똑같은 년이다."

악담하고 끊었다. 고모가 곁에서 얼토당토않은 시모의 화풀이를 고스란히 들었다.

통화가 끝나자 셋의 시선이 고모의 손에 들린 스마트폰에 모였다. 역시 시모의 스마트폰 벨이 울렸다.

"서운한 것이 많았지?"

고모가 시모를 먼저 다독였다.

"어디 있니?"

시모가 누그러진 목소리로 물었다. 고모가 거짓 없이 정민과 선남과 있다고 대답했다. 시모의 말이 끊겼다.

"같이 있으면 안 되는 사람이니?"

고모가 물었다.

"갑자기 나타나서 이러는 저의가 무엇이냐?"

시모의 목소리가 낮게 가라앉았다. 고모가 고개를 돌려서 정민과 선남은 듣지 못했다.

"아들 며느리가 있어 준 거 감사하게 여겨라."

고모가 전화를 끊었다.

고모의 눈시울에 물이 맺혔다. 선남이 침울한 표정으로 손수건을 꺼내 고모의 눈물을 닦았다.

회화나무 숲에서 일어난 고모가 시모의 집으로 가겠다고 말했다. 선남이 시모와 식당에서 저녁을 같이 먹자고 했다. 이진도 부르고 남편도 부르고 또 시모가 원하면 영감도 부르자고 했다. 영감 며느리와의 상견에서 상처받았을 시모를 혼자 두어서는 안 된다고 고모가 고개를 저었다. 선남이 고모를 태우고 갔다.

*

자영이 복학생을 불러 기숙사로 갔다.

이진이 저녁을 차려놓고 아파트 진입로에 나와 정민을 기다렸다. 비곗살이 적당히 섞여 야들야들하고 촉촉하게 삶은 돼지고기 수육. 묵은 김장 김치 무말랭이 새우젓 쑥갓 상추 깻잎 치커리가 놓였다. 시금치 맛살 당근으로 색을 내고 깨소금 얹은 잡채. 쇠고기와 굴을 넣어 뽀얗게 우러나온 미역국. 냉장고에서 막 꺼낸 소주도 놓였다.

"손님 온다고 준비했어?"

정민이 뜻밖의 만찬에 휘둥그레졌다.

"아니?"

이진이 생글 웃었다. 고모의 귀띔으로 영감네와의 만남이 유쾌하지 않았음을 정민이 알았다. 이진의 생글거림이 불안하게 낯설었다.

"손님 맞는 밥상인데?"

식탐 강한 정민이 먹이를 본 북극곰처럼 걸어왔다.

"당신이 손님이야."

영감과 노모의 영역 밖에서 서성거리기만 하던 이진이 남편을 위해 기름진 밥상을 차렸다.

"내 생일은 아니고…."

무슨 기념일인가? 스마트폰의 달력을 열었다.

"마누라 생일이라고 생각하고 맛있게 드셔."

자영을 임신해서 만삭일 때 이진이 발목을 삐끗했다. 안방에서 거실로 나오다가 문턱에 발톱을 찧고 넘어졌다. 불룩한 배를 깔고 넘어질 수 없어서 뒤로 비틀다가 발목 인대가 늘어났다. 약을 처방받지 못하고 발목을 붕대로 감았다. 거위처럼 되똥되똥 걸어야 할 만삭에 인대가 손상되어 웬만한 집일은 정민이 해야 한다고 의사가 권고했다. 유산 가능성도 있어 누운 채 낫기를 기다리는 것이 좋다고 했다.

정민이 잠들었다. 곁에 앉아 있는 기척을 느끼고 눈을 떴다.

배가 고파서 잠이 안 와.

목발 없이 방에서 나갈 수 없는 이진이 침대에서 컴컴하게 앉아있었다. 정민이 밥상을 차려 방으로 가져갔다. 세 시가 넘었다. 이튿날 목발을 마련했다.

일주일 지나 정민의 생일이 되었다. 새벽에 정민이 잠에서 깼을 때 곁에 누워있어야 할 이진이 보이지 않았다. 목발로 화장실에 갔으려니 짐작하고 잠들었다. 새벽 꿀잠에서 깬 정민이 깜짝 놀랐다. 싱크대에 몸을 붙이고 목발로 지탱한 만삭의 뒷모습이 보였다. 정민이 꿀잠 자는 동안 식탁에 잡채와 미역국과 갈비가 차려졌다. 음식 재료를 사다 준 사실이 없는 정민이 어떻게 된 일이냐 물었다. 어제 방문한 우유 배달부에게 사정을 얘기하고 음식 재료를 부탁하였다 했다.

정민은 영감과 며느리의 방문 장면을 묻지 않았다. 잔에 소주를 채우고 깻잎에 수육과 새우젓을 얹었다.

"그렇게 기분이 좋아?"

정민이 소주잔을 들어 건배를 청했다.

"응. 너무 좋아."

이진이 소주잔을 쨍 부딪었다.

이진이 의도한 우아한 식사였다.

제14장

달기와
무당

무당촌을 찾는 것은 어렵지 않았다.

가구점 골목이 있듯이 무당촌의 골목도 있었다. 삶에 가구가 필요하듯이 점괘도 삶과 떼어놓을 수 없는 상품이었다. 가구점 골목 못지않게 무당 골목도 길고 복잡했다.

이진은 고모와 무당집이 밀집한 골목으로 걸어갔다. 고모의 걸음걸이가 갑자기 이상해졌다. 이진도 마찬가지였다. 골목의 밖과 같은 보도블록인데 발바닥에 닿는 느낌이 다르게 전해왔다. 왼발과 오른발에 가해지는 무게가 다르게 느껴졌다. 두 다리가 몸무게를 공평하게 분담하지 못했다. 무당 골목에서 갑자기 무엇인가가 삐걱거리는 증거였다. 고모는 숫제 다리를 저는 사람처럼 기우뚱 걸었다. 고모가 캐나다에서는 잊고 있었던, 삶의 삐걱거림이 재발했다고 이진은 판단했다.

캐나다로 가기 전 한국에서 고모의 삐걱거렸을 삶을 오늘 듣고야 말겠다고 이진이 작심했다. 고모가 무당 골목 중간에서 심하게 삐걱거렸다. 이진의 걸음도 부자연스러웠다. 몸의 무게를 두 다리에 균등하게 분배하며 걸음걸이를 조정했다.

골목에 들어찬 공기의 색깔과 맛도 달랐다. 오가는 사람의 표정이 주눅 들었다. 마주 오는 시선을 피하려는 의도가 뚜렷했다.

"죽은 조상이 산 자식에게 복을 주거나 화풀이할 수가 있겠냐?"

캐나다에도 무당이 있을까. 이진이 궁금하던 참에 고모가 말했다.

무당의 점괘를 고모가 탐탁하지 않게 여겼다. 이진도 그랬다. 점괘란 살다가 고달파서 누군가에게 비비고 싶을 때, 누군가의 조언을 예감해 보는 것에 불과하다고 믿었다. 고모에게 엷게 웃었다.

"조상이 어떻게 됐는지 모르면서 성깔 모지락스러운 시모와 사느라 서운한 것이 많았겠구나."

고모가 갈증이 돋은 듯 마른 입맛을 다셨다. 조상이 어떻게 됐는지 모른다는, 고모의 말을 이진이 되새겼다. 고모에게 들어야 할 사연의 실마리가 조금은 잡혔다. 정민에게 듣지 못한 조상의 정체가 무엇일까. 무당촌에서 고모를 삐걱거리게 하는 사연이 무엇일까. 고모가 캐나다로 가야 했던 시모의 역할은 무엇일까.

처음 찾아온 골목이라서, 점집 방문도 처음이라서, 이곳에는 어떤 무당이 영험한지 들은 바가 없었다. 고모가 캐나다에서 오기 전에는 무당을 만나본 적도, 점을 치러 온다는 생각도 아예 없었다.

고모의 등장으로 침몰했다가 인양된 난파선처럼 남편의 출생에 의문이 드러났다. 점을 본다는 목적보다 고모의 심경을 자극하기 위한 이진의 술수였다. 이진의 요청에 고모가 흔쾌히 동행했다. 칠순의 고모는 나이로나 외모로나 무당 골목의 고객으로 유별나지 않았다. 자손의 안녕을 묻기 위해 무당을 찾는 시니어가 무당의 수입에 큰 몫을 했다.

있지도 않은 고민으로 무당촌에 왔더니 고민이 생겼다.

보살, 만신, 무녀, 법사, 박수가 무슨 의미인지 몰랐다. 즐비한 간판과 더러는 대나무로 깃발을 높이 매단 점집 중에 어떤 기준으로 선택해야 할지 혼란스러웠다.

무당의 점괘를 흘려들어도 무난한 것인가. 심심풀이 땅콩을 오도독 깨물듯이 가볍게 여겨도 될 일인가. 고민을 풀러 왔다가 또 다른 고민을 덤으로 얻었다.

치킨을 파는 가게처럼 점집도 간판을 걸었다.

사주, 팔자, 택일, 작명, 운세, 애정, 금전, 궁합. 여덟 개의 메뉴를 내걸었다. 메뉴를 보면서 남자 무당을 골라야 할까. 여자 무당을 골라야 할까. 망설였다. 일부러 꾸며냈지만 부끄럽게 고백해야 하므로 여자 무당을 택하기로 했다. 신통방통 무당 요술 선녀의 문고리를 잡았다가 생각을 바꾸었다. 골목 맞은편의 박수무당 백두 도인을 찾아갔다. 여자의 부끄러운 고백을 여자가 해결할 수 없다고 판단했다. 동조나 연민을 얻을 따름이었다. 고모는 이진이 무엇 때문에 무당에게 왔는지 묻지 않았다. 고모도 무당에게 알아볼 무엇이 똬리를 틀었는지 모를 일이었다.

＊＊

백두 도인 무당을 선택하고 이진은 백두산을 떠올렸다.

흰 눈썹의 갈기가 독수리 꼬리로 치켜 올라간 북방 사내. 움켜쥐면 신음이 터져 나오는 우악스러운 손. 이진은 백두 도인의 수염이 무릎에 닿고 손에는 요사스러운 부채가 아닌 도인 지팡이가 들려있을 것이라고 예감했다.

신당인지 법당인지 문턱을 넘던 이진은 비릿하게 콧속을 후비는 소독액에 숨을 뚝 멈췄다. 백두 도인과 주변에 장식된 사물을 재빠르게 살폈다. 소독액을 풍길만한 물건이 보이지 않았다. 이진은 후각세포가 착각을 일으켰음을 곧 알았다. 백두 도인에 대한 예감이 와르르 무너졌다. 화들짝 놀랐던 후각세포가 기억의 한 장면으로 곤두박질했다. 코끝으로 확 스치는 비릿한 소독약 냄새는 기억 속의 병실이었다.

얼마 전 친정엄마가 입원했다.

시내버스의 앞자리를 차지한 것이 원인이었다. 버스가 급정거했고 친정엄마가 굴러서, 장터로 가던 보퉁이에 휩쓸려 탑승구로 곤두박질했다.

친정엄마의 기구한 삶이 치명적인 부상을 모면하도록 도왔다. 고슴도치로 몸을 둥글게 웅크리는 재주가 있었다. 평생 밭고랑에서 몸을 끌며 살았다. 장터에서는 가장 작고 불쌍하게 앉아서 봄나물을 파는 재주도 있었다. 사고가 나서야 병상에서 몸을 길게 폈다.

이진이 병실을 찾아갔다.

병상에 누운 병명도 갖가지였다. 병실에서 일어나는 광경도 가지가지였다. 유별나게 눈에 들어오는 광경이 있었는데, 엄마 옆 병상에 노인이 허리 수술을 하러 입원했다. 노인을 간호하는 며느리의 행색이 참말로 가관이었다.

노인에게 문안을 오는 두 사내가 있었다. 한 사내는 노인의 아들인 며느리의 남편으로, 농사를 짓느라 사나흘마다 늦은 밤에 찾아와 지친 행색이었다. 병실 한 모퉁이에 그렁저렁 졸다가 이른 새벽에 서산으로 내려갔다.

또 다른 사내는 며느리의 시숙이라는데, 행색이 기생오라비였다. 빤질빤질 닳고 닳아먹은 인상에서 풍기는 분위기 또한 가관이었다. 이진은 몰골이 야릇한 사내가 진짜 며느리의 시숙인지 은근슬쩍 물었다. 부인과 이혼하고 서산의 남편과 농사를 짓는 시숙이라고 했다.

이진은 며느리의 말을 믿고 싶었다. 며느리와 시숙이 연출해내는 장면에서 믿음에 회의가 들었다. 시숙이 남편보다 자주 병실에 들락거렸다.

시숙과 며느리의 말과 행동에서 눈치 빠른 이진이 관계를 알아차렸다. 시숙은 병상에 누운 노인을 보러오는 게 아니었다. 남편이 농사에 지쳐 피곤한 몸을 끌고 오면 소 닭 보듯 하던 며느리가 시숙이 나타나면 머리를 손질하고 립스틱을 바르고 갖은 얌전을 떨었다. 게다가 며느리와 시숙이 주고받는 눈빛이 예사롭지 않았다. 허리를 다쳐 불편한 환자를 병상에 두고 장시간 외출했다. 노인이 둘만의 외출에 싫다는 기색을 보이면 통닭과 맥주를 사다가 복도 끝에서 술판을 벌였다.

병실의 시숙이란 자가 백두 도인이랍시고 버텨 앉아있는 것이 아닌가.

이진이 무당을 바라보고 잠깐 멈칫했다. 무당은 이진을 알아보지 못했다. 앉지도 못하고 과감히 돌아나가지도 못하는 이진을 향해 무당이 기막힌 소리를 했다.

"어허. 그렇게 우유부단하니 서방이 네년에게 구역질하는 것이다."

이진은 어이없지만 놀라지 않았다. 무당을 찾아온 거짓 고민은 이게 아니었는데, 무당이 구실을 만들어주었다. 이진이 태연하게 무당과 마주 앉았다. 고모가 당황한 빛으로 이진 곁에 앉았다. 백두 도인의 탈을 쓴 거짓 무당이 먹잇감을 발톱에 움켜쥔 눈초리로 이진을 요리조리 뜯어보았다. 고모에게는 눈길 주지 않았다.

"죽은 사람만 명당이 필요한 것이 아니야. 살아서도 명당이 필요한데… 쯧쯧… 네년은 명당이 못 되니… 서방만 불쌍하구나."

무당이 험담을 쏟아냈다. 이진의 가슴에서 헛웃음이 삐져나오려 했다. 침을 꿀꺽 삼키며 웃음을 참았다.

"네년이 여기 왜 왔는지 내가 모를 줄 아느냐? 천 년 썩은 똥물보다 더 고역스럽구나. 미련하기가 곰 같으니 서방이 네년에게 구역질하지."

무당이 혀를 끌끌 끌었다. 이진은 태연했고 고모가 주먹을 쥐었다.

"듣자 하니. 이놈이 앰한 사람에다 똥물을 쏟아붓는구나?"

고모가 소리를 버럭 질렀다. 멱살을 틀어쥘 험악한 표정으로 무당을 쏘아보았다. 무당이 고모의 시선을 피하지 않았다. 이진의 시모인지 친정엄마인지 가늠하는 눈치였다.

"무엄하다. 조상이 무섭지 않으냐?"

무당이 죽은 자의 목소리로 빙의하여 고모를 꾸짖었다. 빙의가 어설퍼서 무당이 마른기침을 뱉었다.

"사지 정신 멀쩡한 자식에게 악담하는 조상이 어디 있더냐?"

고모도 무당에게 소리를 버럭 질렀다. 고모가 바닥을 박차고 일어나 이진의 손목을 쥐었다. 이진이 고모 모르게 회심의 미소를 잠깐 지었다.

무당이 이진의 미소를 보았다. 이진이 손목을 꼭 쥐고 고모를 앉혔다. 고모가 무당을 노려보며 바닥에 마른 엉덩이를 덜렁 내려놓았다.

무당과 고모가 싱겁게 헤어지는 것을 이진은 원하지 않았다. 고모 앞에서 정민이 무당의 혀로 갈기갈기 난도질 되도록 상황을 만들기로 작심했다. 고모가 참지 못할 험담을 끌어내야 했다. 묘안을 재빠르게 생각했다. 달기. 자영이 복학생을 데리고 왔던 날, 인터넷에서 검색된 달기를 떠올렸다.

"검게 늘어진 머리카락. 살구 같은 얼굴. 복숭아 같은 뺨. 연푸른 새 잎처럼 가녀린 눈썹. 가을 파도처럼 둥근 눈동자. 풍만한 가슴. 가냘픈 허리. 풍성한 엉덩이. 칸나처럼 날씬한 다리. 햇빛에 취한 해당화. 비에 젖은 배꽃보다도 아름다운 달기를 도사님은 모르시나요?"

이진이 구구단을 술술 외듯 낭독했다.

무당을 유혹하듯 눈을 찡그렸다가 입술에 침을 반들반들하게 발랐다. 무당이 눈을 껌벅거리고 마른 입술을 핥으며 이진을 바라보았다. 이진이 무당에게 은근한 웃음으로 눈꼬리를 올렸다. 고모가 보지 못하는 무당과의 통신이었다.

"달기란 년의 발톱만큼도 못하다고 밤마다 구박합니다."

이진이 고민 해결을 의뢰했다. 고모가 화들짝 놀라 이진을 바라보았다. 남편이란 작자가 기쁨을 느끼지 못해 구박한다고 덧붙였다. 고모가 어깨를 크게 들었다가 숨을 길게 쏟았다. 무당이 해야 할 말을 찾지 못하고 입술을 떠듬떠듬 움직였다. 이진이 지갑에서 만원 지폐를 꺼내 점상에 복채로 놓았다. 고모가 이진의 손을 잡고 문으로 끌었다.

"논바닥이 팍팍하고 메마르다 탓하지 말고. 쟁기가 무딘지 눈 크게 뜨고 살펴보라 하시오."

문턱을 넘는 이진과 고모에게 무당이 말했다.

*

이진이 고모의 손을 잡고 막걸리를 파는 식당으로 들어갔다. 고모가 좋아할 만한 두부김치 볶음과 막걸리를 주문했다.

"무당에게 한 말이 사실이냐?"

앞니를 오므린 고모가 이진을 바라보았다. 정민과의 고민이 오래 곪았다는 암시처럼 이진은 주문한 것이 나올 때까지 말하지 않았다.

"무당은 원래 넘겨잡는 말을 그럴듯하게 꾸며대는 사기꾼이다. 속상해하지 마라."

고모가 말끝에서 눈물 비쳤다. 막걸리와 두부가 나오기까지 이진은 입을 다물었다. 그렇다고 고모의 시선을 피하지 않았다.

"고모님께 꼭 들어야 할 말이 있어요."

이진이 고모의 잔에 막걸리를 부었다. 속이 상한 고모가 막걸리를 들이켰다.

"내가 묻는 말엔 답이 없고 알고 싶은 것이 있다니…. 너도 참…."

고모가 말끝을 흐렸다. 아마도 정민이 눈앞에 어른거렸을 터였다.

"누가 진짜 저의 시모인지 오늘은 말씀해 주셔야 합니다."

이진이 또박또박 물었다.

"나를 무당에게 데려가서 허무맹랑한 말을 한 이유가 이것이냐?"

고모가 빈 잔을 바라보았다.

이진은 고모의 이어질 말을 기다렸다. 사십 년 감춰진 것을 듣기 위해 열흘이 된들 기다리지 못할까. 이진이 고모의 잔에 막걸리를 채웠다. 술잔을 고모에게 건네주고 자신도 들었다. 고모에게 시선을 떼지 않고 고모가 마시기를 기다렸다. 고모가 반쯤 마시는 것을 보고서 이진도 막걸리를 마셨다.

"정민이 알고 있다."

고모가 잠겼던 빗장의 힌트를 말했다. 이미 짐작은 하고 있다는 의미로 이진이 고개를 끄덕였다. 그렇지만 고모의 입으로 직접 들어야 했다. 고모의 입에서 쏟아져 나올 묵은 비밀을 참을성 있게 기다리기로 했다. 한마디도 흘려보내지 않고 가슴에 담을 듯한 자세로 고쳐 앉았다. 고모가 술잔에 남은 막걸리를 마저 마셨다. 이진은 고모의 잔에 막걸리를 채워주지 않았다. 참았던 트림이 토해지듯 갇혔던 비밀이 흘러나오기를 기다렸다.

"시모와는 동갑내기였으니 젊어서부터 막역했지."

고모가 시모와는 혈육이 아닌 동갑내기라면서, 사실은 너의 시모가… 정민의… 고모란다. 덧붙였다. 시모가 고모? 캐나다에서 귀국해서 앞에 앉은 고모의 정체가 혼란스러웠다. 빗장을 연 고모가 막걸리로 목을 적셔가며 띄엄띄엄 징검돌을 건너듯 옛날을 털어났다.

경로당 영감과 황혼 연애에 빠진 시모가 고모의 오빠를 연모했다.

운명의 장난이랄까. 고모가 시모의 오빠를 사랑해서 혼전에 아이를 가졌다. 그 시절 사돈 간의 겹 혼사라서, 이루어질 수 없는 한 쌍이 생겨나야 했다. 고모가 좋아한 시모의 오빠가 거칠고 위험한 벌목에 종사했다. 벌목장 사고로 고모는 사랑하는 사람을 잃고 유복자를 낳았는데, 정민이었다. 불행 중 다행으로 시모가 고모의 오빠와 결혼할 수 있게 되었고, 아이가 생기지 않아 정민을 키우기로 했다. 고모는 다른 남자를 만나 선남을 낳았으나 헤어졌다. 세 번째 남자와 캐나다로 가면서 선남도 시모가 양육하게 되었다.

"아버지가 다름을 모른다."

정민과 선남의 아버지가 다름을 알리지 말라고 고모가 부탁했다. 이진이 고모의 손을 꼭 쥐고 믿음을 주었다. 남매를 올케에게 맡겨야 했던 고모를 안쓰럽다고 여겨야 할지, 비난해야 할지 이진은 분간되지 않았다.

"캐나다는 왜 가셨어요?"

세 번째 남자를 따라 남매를 두고 한국을 떠나야만 했는지 물었다.

"운명이란 게 다 그런 거다."

고모가 엷게 웃으며 얼버무렸다.

깊은 사연의 설명이 필요했던지, 염치가 없었던지 둘 중 하나일 거라고, 이진은 재차 묻지 않았다. 이진은 비밀을 알면 시원할 줄 믿었다. 씀바귀를 씹은 듯 씁쓰레했다. 고모가 앞장서 걸어갔다. 막걸리를 마셨는데 무당 골목으로 들어올 때의 비틀거림이 없어졌다.

"달기는 도대체 어떤 년이냐?"

골목에서 나와 고모가 물었다.

"나무꾼이 사는 숲에 있어서는 안 되는 여자래요."

이진이 히죽 웃었다.

"착한 년은 아닌 게냐?"

고모도 웃었다.

"착하지도 불행하지도 않아요."

이진이 웃음을 뚝 끊었고 고모가 고개를 갸웃거렸다.

방금 한 말이 터무니없었을까? 이진도 갸웃했다.

*
*

주왕은 맨손으로 호랑이를 때려잡는 장사였다. 남자라면 부러워할 정력을 가졌다. 주왕의 시신이 썩지 않고 어딘가에 남았다면 살을 도려내서 환을 만들어 비아그라보다 효력이 있는 정력제를 발명하지 않았을까. 눈과 귀도 매우 예민했다. 주장이 강하고 성격이 포악했다. 달기는 천하절색의 미인이었다.

소호가 반란을 일으켰다가 주왕에게 진압당했다. 소호가 살아남기 위한 수단으로 달기를 주왕에게 바치고 목숨을 구걸했다. 달기는 성적 매력이 독특했다. 달기가 방중술로 주왕을 극도로 흥분시켰다. 나랏일도 팽개치고 달기 치마폭에 빠졌다. 달기를 왕비로 책봉했다. 달기는 주왕이 자신에게서 벗어나지 못한다는 것을 알았다.

주왕에게 웅장하고 화려한 궁궐을 새로 지어달라고 요구했다. 난간과 기둥을 아름다운 마노와 옥으로 장식하도록 했다. 주왕은 달기와의 욕정을 위해 백성을 가혹하게 착취했다. 달기는 음욕을 즐기며 주변을 학대하는 못된 버릇이 있었다. 잔혹한 형벌로 사람이 죽는 구경을 좋아했다.

무시무시한 형벌들을 고안해냈다. 대형의 청동 인두를 제작했다. 사람을 잡아다가 발갛게 단 인두로 벌거벗은 몸을 스스로 지지게 했다. 이토록 잔혹한 형벌이 달기는 싱거웠다. 주왕에게 대형 청동 기둥을 주조하게 했다.

　죄수를 벗겨서 숯불로 발갛게 단 청동 기둥을 가슴에 안게 했다. 처참한 상황을 보면서 달기는 변태적인 성욕을 자극했다. 죄수들이 고통을 받으며 새까만 재로 타 죽을 때마다 달기는 성에 굶주린 짐승처럼 울부짖었다. 살이 타는 역한 냄새가 풍기면 주왕의 품으로 파고들어 몸부림쳤다. 자극적인 쾌락을 위해 주왕이 달기의 변태성욕을 자극했다.

　주왕과 달기의 육욕을 위해 청동 기둥을 안고 새까만 재가 된 백성이 헤아릴 수 없었다. 독사와 전갈을 넣은 구덩이에 사람을 발가벗겨 밀어 넣었다. 구덩이를 내려다보면서 음욕을 채웠다.

　고통받는 여인으로부터 성적 자극을 탐하는 게 남자만의 특권이 아니었다. 달기라는 요물이 있었다. 그녀의 음욕을 위해 무고한 사람이 수없이 죽었다.

제15장

아는 자와
모르는 자

흰 치마를 입고 양산을 손에 쥐었다.

빨간색 구두에 시선이 망설여졌다. 현관 거울을 보며 입술을 빨갛게 칠했다. 눈썹을 아이펜슬로 까맣게 덧칠했다.

낮잠에 함몰된 정민을 물끄러미 바라보다가 딸까닥, 문손잡이를 쥐었다. 까닥까닥 졸던 정민이 후르르 깼다. 이진의 짧아진 치마 끝단과 빨간 입술을 쳐다보았다. 정민이 기지개를 켜며 벌레 씹은 표정을 지었다. 불만의 표시였다. 무릎에서 한 뼘이나 치마 끝이 올라간 허벅지에 시선이 노골적으로 닿았다. 정민의 두툼한 살집으로 이진도 불만의 시선을 보냈다. 정민이 뱃살을 집어넣으려 얼굴을 단풍 빛깔로 물들이는 사이, 현관문이 열렸다 닫혔다.

외출의 이유나 목적지는 없었다.

그런 것은 필요하지도 않았다. 햇살이 넘치는 곳은 그곳이 어느 곳이든 목적지가 되었다. 미루나무 잎에 머물다 온 바람. 녹색 이파리의 조잘거림. 봉숭아처럼 터지는 꽃잎이 있는 곳이라면 외출의 이유가 필요하지 않았다.

하강 엘리베이터 거울에서,

"오월 햇살이 자꾸 나를 불러."

이진이 은근하게 웃었다. 햇살에 꿰인 곶감처럼 공기덩어리에서 달콤한 냄새가 났다. 빛 알갱이가 이진의 뺨과 다리를 어루만졌다.

"갈 곳이 있다. 지금 와야겠다."

아파트에서 나와 택시를 기다리는데 시모의 전화가 왔다.

"저도 갈 곳이 있어요."

이진이 즉답으로 거짓말했다.

"바람 쐬러 나갔다고 그러더라. 아범이."

이진이 엘리베이터로 하강하는 중에 시모와 남편이 통화한 거였다.

"꼭 가셔야 할 곳이면 아범과 같이 가세요."

햇살에 묻어온 바람이 이진의 머리칼에 나비처럼 앉았다.

"아범이 아니라. 자영 어미랑 가야 할 곳이다."

가야 할 곳? 이진은 영감을 떠올렸다. 우아하게 앉아서도 날카롭게 말하던 영감의 며느리도 떠올랐다.

영감과 며느리가 왔다 간 후 이진은 아무 일도 없었던 것처럼 아침마다 시모에게 전화했다. 벨이 두 번 울리기 전에 덜컥 연결되던 통화가 좀처럼 연결되지 않았다. 연결되면 대뜸. 용건이 무엇이냐. 넌 할 일이 그렇게 없냐? 투박한 말을 던지고 끊었다. 다른 날은 몰라도 오늘은 시모와 동행할 수 없는 긴요한 일이 생겼다고, 시모처럼 이진도 통화를 끊었다.

택시를 기다리다가 상가 앞으로 걸어갈 때 정민의 전화가 왔다.

"도대체 어디를 가기로 했기에 거절했어?"

정민이 화를 냈다.

"오늘은 꼭 가야 할 곳이 있어."

이진은 정하지 않은 갈 곳의 핑계로 물러서지 않았다.

작고 뚱뚱한 남자가 엉덩이를 씰룩거리며 지나갔다. 엄마에게 손을 잡힌 아이 시선이 목줄로 끌려가는 건너편 애완견에 닿았는데, 그 사실을 알지 못하고 마네킹에 걸린 여름 셔츠에 걸음을 멈췄다. 춘추복이 여름꽃처럼 어울리는 여고생이 따라오다가 여인과 충돌하지 않기 위해 방향을 급히 틀었다. 책가방이 아이의 머리를 스쳤다. 아이가 울음을 터트렸다. 여인은 미안해하는 여고생에게 짜증스러운 표정을 지었다. 아이는 울면서도 길 건너 뒤뚱거리는 애완견에 시선을 끊지 못했다. 여인의 시선이 마네킹의 셔츠로 되돌아갔다.

이진은 햇살로 헤엄치는 은어처럼 걸었다. 볕을 과식한 플라타너스가 은행나무보다 갑절은 크게 잎을 달았다.

자전거를 탄 중학생이 건널목에서 기우뚱거렸다가 균형을 잡았다. 사각으로 기운 햇살이 중학생의 동공을 정통으로 찔러 시력이 흔들렸다. 간지러운 햇살도 날카로운 화살촉으로 돌변할 수 있다는 경고였다.

이진도 도로를 횡단하여 햇살이 넘쳐나는 인도로 올라갔다. 여울 물살에 떠내려가는 종이배처럼 행인과 보폭을 맞추었다. 햇살이 토양으로 스며들었다. 토양에 뿌리박은 식물처럼 사람마다 나름의 향기를 뿜어냈다.

곰을 수놓은 헝겊 가방을 멘 까만 선글라스의 맹인이 마주 걸어왔다. 색조 화장하지 않은 맹인의 낯빛이 당목 천처럼 핏기가 없었다.

신호등에 정지했던 차들이 움직여 빠른 속도로 주행했다. 보도를 걷는 행인은 여전히 수량이 일정한 여울처럼 똑같은 속도로 움직였다. 지팡이를 톡톡 두드리는 맹인의 보행속도는 불규칙했다. 핏기 없는 누런 얼굴에 주근깨인지 잡티인지 분간이 어려운 얼굴에 버짐으로 피었다.

맹인이 걸음을 멈추었다. 맹인의 코끝이 한차례 움찔거렸다. 부스스한 머리카락이 흩날려 귀가 드러났다. 신호등의 녹색등이 켜지자, 이진은 목적지가 도로 건너에 갑자기 생긴 듯 빠른 걸음으로 접근했다. 맹인도 지팡이를 급히 두드리며 따라왔다.

이진이 걸음을 멈추고 일부러 먼 곳을 바라보았다. 맹인이 지나가기를 기다렸다. 맹인의 냄새가 풍겼다. 약간의 비릿함이 묻었지만 역겨운 정도가 아니었다. 스킨로션 또는 색조 화장의 냄새가 아니었고 향수는 더욱 아니었다. 머리에서 풍기는 샴푸는 이진도 사용했던 종류였다.

미용실에서 맹인의 지팡이 두드림이 멈췄다. 맹인이 선글라스를 벗었다. 곰이 수놓아진 가방에서 손수건을 꺼내 눈자위를 닦았다. 미용사가 문을 열어주었다. 엷게 웃는 맹인에게 미용사가 손을 내밀었다. 맹인이 어린애처럼 끌려 들어갔다.

시모의 전화가 또 왔다.

"자영 어미야, 같이 갈 곳이 있다 말하지 않았니?"

이진이 묵묵부답으로 시모의 부름을 거부했다.

삼 분 후. 정민의 전화가 왔다. 첫마디로 어디에 있는지 물었다. 무엇을 하고 있음이 중요한 게 아니라 어디에 있음이 정민은 늘 중요했다. 무엇 때문의 정보를 들으려 하지 않았다. 말을 중간에 뚝 잘라, 시모에게 가보라 명령하고 전화를 끊었다. 늘 그런 식이었다. 목구멍으로 무언가 꿈틀거리듯 구토증세가 치밀었다. 구토를 잠재울 무엇이 필요했다. 용곤에게 전화했다.

*
*

"며느리가 시모의 말에 엇나가고 있으니 아범이 경로당으로 와야 하겠다."

이진에게 거부당한 시모가 정민을 호출했다. 정민은 경로당으로 오란 말에 거부감이 생겼다. 아직 캐나다로 돌아가지 않은 고모도 경로당에 있다고 시모가 덧붙였다. 정민은 영감도 있는지 묻지 않았다. 이진처럼 들고 갈 안주와 빵과 막걸리를 샀다.

영감과 영감의 며느리가 찾아왔던 날 정민은 시모의 말을 어기고 집에서 기다리지 않았다. 정민의 돌발 행동에 대단한 화를 품었을 시모와 맞닥뜨리지 않았다. 서운한 것이 있으면 아파트로 오거나 전화로 속에 뭉친 것을 즉시 토해냈을 시모였다.

그날 그렇게 돌아가고 영감과 시모가 계속 만나고 있을까. 의문을 품었다. 시모와의 통화가 없어 궁금증이 해소되지 않았다. 시모 집에 머문 고모에게 물어볼 수 없고 일부러 찾아가 알아볼 수도 없었다. 차라리 모르는 게 편했다.

"아범이… 여길… 다 왔네?"

경로당에서 영감은 시모가 아닌 고모와 같이 있었다. 정민을 본 고모가 얼싸안을 듯 걸어와 환하게 웃었다. 영감이 정민을 향해 웃으며 아는 체했다.

"보시오. 아범이 막걸리며 안주를 사 왔소."

고모가 경로당 노인들 모두 들으란 듯 말했다. 상을 펴고 막걸리와 돼지 머릿살과 순대를 안주로 차렸다. 화투를 치고 드라마를 보고 꼬박꼬박 졸다가 주섬주섬 모여들었다. 시모는 경로당에 없었다.

"할멈 없다고 시무룩하지 말고 이리로 오시오."

구석에서 미적거리는 영감의 팔을 고모가 잡아끌었다.

"영감님이 아직 계시더냐?"

노모의 전화가 왔다.

"영감님과 만나게 하려고 너를 불렀을 것이다."

노모는 경로당에 애초부터 오지 않았다고, 고모가 일러주었다. 경로당에 오지 않았고 고모를 뵀으니 돌아가겠다고 정민이 시모에게 말했다.

"아범이 경로당에서 뵈어야 할 분은 고모가 아니라 영감님이다. 영감님을 설득하여야 할 것이다. 점심시간에 맞추어 식당으로 인도하면 참석하겠다."

시모가 통보했다. 고모가 정민을 경로당 밖으로 불렀다.

"칠순 노인네가 사춘기 소녀 행세를 한다."

시모는 영감의 며느리에게 일침을 당한 후 영감을 만나지 않았다. 고모를 보내서 영감이 경로당에 오는지 알아보라고 종용했다. 영감이 경로당에 평소처럼 똑같이 나오고 있음을 듣고, 시모가 경로당에 나오지 않음에 어떤 표정과 말을 하는지도 알아보라고 부탁했다. 고모는 시모의 명령을 수행하는 첩보원으로 경로당에 나왔다. 영감이 시모의 근황을 묻지 않았다. 영감의 근황을 염탐한 시모가 정민을 경로당으로 보낸 거였다.

"아범은 모르는 척 물러서 있는 게 좋아."

시모가 싫어할, 정민의 역할을 고모가 일러주었다.

*

이진은 용곤이 먼저 와있을 줄 몰랐다.

이십오 년 만에 용곤과 연락되어 만났던 커피전문점이 며칠 사이에 실내 분위기를 변모시켰다. 일 층 상점을 흡수해서 건물 전체가 커피를 마시는 공간이 되었다. 일 층은 이십 대 남녀로, 이 층은 젊은 주부로 자연스럽게 층이 분리됐다. 일 층은 쌍쌍의 젊음이 머리를 맞대 키득키득 웃었고. 구석진 자리는 혼자서 노트북이나 스마트폰에 열중했다.

이진이 이 층으로 올라갔다. 삼십 대는 자녀의 교육을, 사십 대는 최근에 만났다는 초등 동창을 얘깃거리로 조곤조곤 말을 나누다가 와드득 웃었다.

이 층 창가에서 근린공원이 내려다보였다. 족구와 배드민턴을 겸하는 경기장에서 족구 게임이 벌어졌다.

"이사 왔어."

용곤이 계단으로 성큼 올라와 마주 앉았다.

"어디로?"

이진이 광장으로 향한 자세를 용곤에게 고쳐 앉았다. 무릎 위로 올라간 치마 끝을 주먹으로 눌렀다.

"옆 동."

용곤이 주먹으로 눌러도 드러난 이진의 허벅살을 바라보았다.

"옆 동?"

"그래. 육백삼 동."

이진의 육백이 동과 마주 선 아파트로 용곤이 이사 왔다. 효모를 섞어 부풀린 빵처럼 살이 오른 정민과는 달리 용곤은 중년의 멋이 보였다.

"이렇게 앉아있으면 부부가 아님을 누구나 간파할 수 있는 장소 중 하나가 커피숍이야."

여인들이 들을 수 있는 톤으로 용곤이 말했다.

"한 끼의 식사비를 쓴 커피 값으로 카페에 앉아있을 부부가 많지 않겠지."

외벽이 통유리라서 어항의 관상어처럼 환히 보이는 창가에 앉았다는 것, 짧은 치마로 시선이 자꾸 닿는 것에 불편해졌다. 용곤이 이진의 불편을 알아차렸다.

"다른 곳으로 갈까?"

일부러 천천히 말한 저음의 톤이 멋지게 들렸다.

"호텔로 가. 차라리."

이진이 핸드백을 쥐고 일어나 출구로 걸어갔다.

용곤이 뒤통수를 맞은 듯 입을 벌렸다. 여인들도 **빨대**를 입에 물고 눈을 휘둥그렇게 떴다. 용곤이 계단으로 내려가는 이진을 바라보다가 일어섰다.

창가에서 보던 공원의 소방도로에서 이진이 택시를 잡으려고 급하게 허공을 휘저었다. 용곤은 택시가 바로 오지 않으면 휘젓는 팔을 멈추듯, 호텔에 가려는 생각을 단념할 거라고 판단했다. 용곤이 이진의 뒤에 다가올 때까지 택시는 멈추지 않았다.

이진이 작은 골목으로 빠르게 걸어갔다. 용곤은 이진과 거리를 유지하려 행인과 어깨가 부딪혔다. 이진이 숨바꼭질하는 듯 같은 골목을 두 바퀴나 돌았다. 빌딩 숲에 가린 작고 시설이 엉망일 것이라는 예감의 모텔에서 이진이 멈췄다. 용곤도 걸음을 멈췄다.

이진이 용곤에게 묻지도 않고 모텔로 들어갔다. 용곤은 모텔 입구와 손목시계를 번갈아 살피다가 스마트폰 전원을 종료했다. 용곤이 이 층으로 올라가 조금 열어둔 방으로 들어갔다. 이진이 스마트폰 전원을 종료했다. 용곤이 빨간 구두를 바라보았다.

"집으로 선배 만나러 와. 멀지도 않은 옆 동으로 이사 왔다면서."

이진이 핸드백을 침대에 놓았다. 예감대로 방은 초라했다. 침대 시트가 누렇게 바랬다. 구석에 놓인 플라스틱 휴지통에 담뱃불로 구멍이 뚫렸다.

"내일 올 수 있어?"

이진이 블라우스 단추를 하나씩 벗겨냈다. 용곤이 홀린 듯 고개를 끄덕였다.

이진은 용곤의 중년남성을 보면서 정민이 떠올랐다. 정민의 탈모가 확장되면서 성격이 변하고 텔레비전 시청 습관도 변했다. 뉴스를 끝까지 시청할 거면서, 구역질 나고 그릇된 세상이라며 욕설을 뱉었다. 오

염된 내부를 정화한다고 자연 다큐멘터리를 골라보기도 했다.

인간은 악한 얘깃거리를 창조해서 욕지거리를 뱉게 하지만, 자연은 인간의 욕지거리까지 포용한다고 혼잣말했다. 침묵의 관람만으로도 멋진 장면인 것이 자연이었다. 사극을 즐겨보다가 로맨스 드라마도 눈독을 들였다. 늦은 밤 개그를 보면서 철부지처럼 웃었다.

손아귀에 쥔 리모컨이 정민의 혀와 눈동자를 대신했다. 리모컨이 손에 활착되고서 몸에 살집이 불어났다. 모서리가 부스러지는 곰보빵처럼 물컹해졌다. 저러다가 텔레비전이 만들어내는 각양각색의 캐릭터를 뭉뚱그려 놓은 괴물로 돌연변이 될 것이라는 우려를 낳았다.

사극의 보수적인 사상과 생활양식에 동화되었다. 연속 드라마를 보면서 줄거리의 결말을 예언하고 불평과 비난을 쏟았다. 개그를 보면서 연출자의 신호에 조종당하는 방청객처럼 웃어대는 모습은 나사가 헐거워진 바람개비를 보는 느낌을 주었다.

소파에 굼벵이처럼 앉아서 버튼이 아주 쉽게 퍼다 주는 디지털에 심취됐다. 이진의 눈에 정민은 희망을 애써 무시하고 도전을 못 본 체하며 진보를 경멸함으로써, 남은 인생에다 그럭저럭한 양탄자를 깔려는 속셈으로 보였다.

정민의 생활 습관은 적어도 아내인 이진의 비난을 받아도 마땅했다. 타율에 의해 자신이 개조되고 있음을 간파할 지성을 소유했음에도 자기 상실을 방관하고 있음은, 자신은 물론 가족과 주변 인맥에서 이탈을 자초한다고 비난받아 마땅했다.

이진은 정민을 드러내어 비난하거나 조롱하지 않았다. 자신을 비판해야 할 사람은 오로지 자신뿐이기 때문이었다. 정민의 달갑지 않은 행위들에 이진이 물러나 있는 방식을 택했다. 그래야 부부가 유지되는 방식이라고 판단했다.

정민의 자기 상실을 간섭하지 않기로 마음먹었다. 희망과 도전과 진보의 불씨를 다시 지피기에 너무 삭았다고 결론지었다. 정민과의 삶에서 벗어나고픈 충동이 간헐적으로 솟으면 억제하지 않았다. 용곤과의 만남도 억제하지 않은 충동 중의 하나였다. 자책이 없는 것은 아니었다. 기생충이 내장에 살아있음을 알면서도 구충제를 먹지 않음과 같은 맥락이었다.

　정민에게 미안한 마음은 갖지 않았다. 시모가 안다 해도 용서를 빈다거나 후회할 생각이 없었다. 날마다 모서리가 부서지는 삶이 된다 해도, 윤리에 어긋난다 해도, 내면에서 솟아나는 충동은 억제하지 않기로 했다. 우아해지려고 일부러 노력하지 않으면서 싱겁고 간결한 부부를 희망했다.

　"내일 말고. 오늘 저녁에 와."

　용곤과 헤어지면서 이진이 말했다. 낮고 은밀하며 강요의 말투였다.

　모텔에서의 행위 탓에 용곤은 거역할 수 없는 의무로 받아들였다. 이진이 아파트로 먼저 걸어갔다. 용곤이 십 미터 뒤에서 모르는 사람처럼 이진의 보폭에 맞추어 따라갔다. 상가를 지나면서 이진이 속도를 늦추었다.

　햇살에 가위눌린 푸른 형광등의 마트에 점원이 까뭇까뭇 졸았다. 용곤이 갑자기 느려진 속도에 적응하지 못하고 마트로 들어갔다. 떡집에서 배가 부른 사람이 떡을 봉지 가득 안고 나왔다. 홀쭉한 사람이 떡집을 기웃거리다 마뜩하지 않은 표정으로 걸어갔다. 한우 전문 정육점 여자가 키우는 화분에서 애호박이 풍선처럼 동그랗게 달렸다.

　초등학교 교문은 늘 열려있었다. 플라타너스 벤치로 떡가루처럼 켜켜이 쌓이던 재잘거림이 오늘은 없었다. 이진 앞으로 통통한 여인이 물방개처럼 뒤뚱뒤뚱 걸어갔다.

정민이 고모를 태우고 시모의 집으로 가는 중에 연옥의 전화가 왔다.

산에 오지 않은 이유를 물었다. 휴일이면 산에 오르는 정민의 습성만 믿은 연옥이 등산로 입구에서 두 시간 기다렸다. 이진이 시모의 호출에 응했다면 정민은 연옥과 만났을 터였다. 아침에 등산 가방을 꾸리는데 시모의 전화를 받았다.

등산복 차림으로 경로당에 왔으므로 고모만 없으면 연옥과 등산할 준비가 되었다. 시모를 태우고 고모와 점심 식당에 가려던 계획이 흔들렸다. 연옥과 통화하면서 고모를 곁눈으로 살폈다.

"시모와 갈 곳이 있으니 집 앞에 내려다오."

고모가 말했다. 정민의 속을 훤히 읽었다. 모성의 촉과 배려가 고모에게 있었다.

한 시간이 더 소요되어 등산로 입구에 도착했다. 연옥이 두부 전문식당의 벤치에 앉았다가 정민을 향해 손을 흔들었다. 무료와 시무룩함이 연옥의 얼굴에서 우두둑 떨어졌다. 정민을 본 연옥의 얼굴이 연분홍 나팔꽃처럼 화들짝 붉어졌다.

정민이 묻지 않아도, 연옥의 남편이 밀양에서 오지 않았고, 오월 장미꽃이 만개한 캠퍼스 기숙사에서 자영이 오지 않은 것처럼, 연옥의 아들도 기숙사에서 오지 않았다. 정민은 주 중에 연옥이 혼자라는 것을 회사에서 알고 있는 유일한 사람이기를 희망했다.

연옥은 업무 외의 개인 생활을 회사에서 말하는 성격이 아니었다. 그런 성격 형성에 부장이 큰 몫을 했다. 사장의 아들인 부장에게 비밀이 없었다. 부장 개인과 가족 구성원의 사생활을 떠벌렸다. 정민보다 나이가 어리면서도 부서의 장이 된 뒷배를 수시로 자랑했다.

외국인이 소유주인 회사에 지분도 없으면서 사장이 된 아버지를 과

시하느라, 가족의 사생활이 줄줄이 드러났다. 월요일마다의 조회 중에 부장 스스로 사생활 침해를 조장했다. 부원은 부장의 잡스러운 수다에 넌덜머리가 났다.

연옥이 배낭에서 스낵을 꺼냈다. 정민이 장난스럽게 웃었다. 연옥도 웃었다.

칠 년 전에 정민의 옆자리로 연옥이 옮겨왔다. 정민이 점심 먹고 오다가 출출하면 군것질할 요량으로 스낵을 사다 놓았다. 첫인사를 나누고 종일 업무에 몰두하며 대화가 없던 연옥이 스낵을 북 찢었다. 정민은 허락도 없이 스낵을 먹는 연옥이 불쾌했다. 연옥이 스낵을 바삭바삭 먹었다. 연옥의 먹는 모습이 태연했고 자연스러웠다. 정민도 봉지에 손을 넣어 스낵을 먹었다. 연옥이 하나 먹으면 정민도 하나 먹었다. 서로 하나씩 먹기를 계속했다. 부장이나 부서원이 이해하기 어려운 우스운 상황이 되었다. 마지막 남은 스낵을 연옥이 집어 들었다. 스낵이 더 없음을 본 연옥이 스낵을 반으로 쪼개서 정민에게 내밀고 씽긋 웃었다. 무례하고 어이가 없다는 정민의 생각을 싹 날리는 미소였다.

연옥이 퇴근한다고 일어섰다. 정민도 퇴근을 준비하며 서랍을 열었다. 연옥과 먹던 스낵이 서랍에 있는 것이 아닌가. 연옥의 스낵이었는데, 연옥을 불쾌하게 여긴 정민의 얼굴이 확 붉어졌다. 퇴근하는 연옥을 뒤따라가서 오해했다고 고백했다. 오해는 식당에서 푸는 것이라고 연옥이 웃었다. 정민이 저녁을 샀고 연옥이 답례로 술을 샀다. 연옥이 스낵을 책상에 놓는 날이면, 정민이 좀 떨어진 골목의 식당에서 연옥을 기다렸다.

정오가 되었다. 배가 불러서 경사로를 오르는 것은 유쾌하지 않았다. 두부 전문 식당에서 막걸리를 곁들이고 회화나무 숲에서 노을을 기다리는 게 만남 방식이었다.

"다른 곳으로 가요."

정민의 아파트 근처에서 연옥이 내렸다. 정민이 지하에 주차하는 동안 진입로와 연결된 도로 반대편에서 연옥이 기다렸다. 정민이 건널목을 건너오는 동안 연옥이 택시를 세웠다.

서산에서 자란 연옥을 고려하여 횟집으로 가자고 정민이 제안했다. 연옥이 낮술을 마실 수 있는 곳이면 좋다고 화답했다. 횟집으로 가다가 방향을 바꾸었다. 회를 안주 삼아 소주를 마시면 빨리 취할 것이고. 함께 있을 수 있는 시간을 가늠할 수 없다는 예감이 생겼다.

내부가 작은 공간으로 분리된 식당을 찾기로 했다. 조명이 어둡고 내밀하며 메뉴 또한 탕과 전과 족발이 저렴했다. 차례차례 주문하면서 은밀함이 길게 유지되었음을 경험했다.

아르바이트 학생이 어둑한 방으로 안내했다. 조도가 형편없이 낮아서 아늑했다. 대낮에 소주를 마시는 것에 익숙해 있지 않았는데, 정오 무렵에 소주를 같이 마셨던 사람은 연옥뿐이었다.

정오의 어둑한 방에서 연옥과 둘이 있다는 게 떳떳할 수 없는 장면이었다. 아슬아슬 마약을 투약한 듯 들뜬 기분을 연옥과 체험했다. 비밀스럽고 노출이 두려운 장면은 선반에 얹어둔 꿀단지같이 오묘했다.

아르바이트 학생이 파전을 놓고 나가자 연옥이 건배를 청했다. 정민이 잔을 부딪고 웃었다.

"이 나이에 삭이지 못하는 응어리가 있다면 믿지 않겠죠?"

연옥이 쓸쓸하게 웃었다. 연옥이 삭이지 못하는 응어리를 끌러놓겠다는 선언에 빗장을 걸 필요가 없었다. 연옥이 토하려는 응어리의 심지에 불을 댕기듯 정민이 건배를 청했다. 맑고 찰랑한 소주를 정민이 보란 듯 한입에 털어 넣었다. 연옥도 소주를 목울대로 꿀꺽 넣고서 잔을 내밀었다. 넘기지 못한 소주가 입술로 흘렀다. 연옥의 입술에 묻은 소주를 입술로 훔치고 싶은 충동이 생겼다. 어두운 조명과 밀폐된 작은 공간이라서 충동을 이행할 조건이 되었다.

연옥이 곧 털어놓겠다는 사연에 집중하며 진지한 표정을 지었다. 입술을 훔칠 분위기가 아니었다. 정민에게도 말하지 못할 응어리가 있느냐고 연옥이 물었다. 정민은 연옥이 말하는 응어리의 정도나 수준을 가늠하지 못했다. 침침한 작은 방에서 둘은 동료 관계를 뛰어넘어 연인의 감정으로 몰입되었다.

"개인사를 털어놓는 것이 부끄럽지만."

연옥의 음색과 눈빛에서 연인이 되었음이 드러났다. 어떤 얘기를 하든, 심지어 자신을 힐난하는 말에도 거부하지 않고 받아주겠다고, 정민이 엷은 미소로 암시했다. 연옥도 미소를 지었는데 평소 보지 못한 주름이 잘게 일렁거렸다. 가슴에 응어리를 품은 미소가 애잔했다. 덩달아 연옥이 예쁘게 보였다.

"스무 살 아들의 엄마이고 마흔아홉 살 남편의 아내인데… 요즘은 지금처럼 둘만의 시간이 더 많아요."

연옥이 열 살 무렵부터 부모가 싸우기 시작했다. 육이오 전쟁이 다시 시작된 것처럼 낮에도 밥을 먹는 중에도 싸웠다. 살림을 던지고 엄마를 때리고. 공포에 떨면서 이불을 덮어쓰고 울고. 엄마가 죽을 것 같아 소리도 지르고. 밤마다 두렵고, 무섭고, 아버지가 원망스러웠다. 싸우는 이유를 알 수 없었다. 연옥이 어른이 되어 돌이켜보니 아버지의 의처증과 엄마의 사교성이 문제였다. 엄마는 밖으로 놀러 다니는 것을 좋아했다. 폭력에 못 견뎌 집을 자주 비우다가 아예 사라졌다.

초등학교 오 학년의 연옥이 밥하는 것을 배웠다. 가족의 식사를 책임지게 되어 끼니마다 반찬 걱정을 하고. 중학생이 되면서 김치도 담아야 하고. 아침 여섯 시에 도시락 싸고. 아버지 밥상 차리고. 동생과 학교 가고. 진저리나는 날들의 연속이었다.

언 물에 맨손으로 빨래하며 엄마를 원망하고, 울기도 너무 울고 밤마다 베개가 젖어서 쉽게 잠을 잘 수도 없었다. 사춘기는 언제 왔는지 첫 생리가 왔을 때 무슨 죽을병에 걸린 줄로 놀라서 울고, 말할 사람이 없었다.

술에 취하면 자는 사람 깨워 앉혀놓고 엄마는 너희를 버렸다. 원망하고 살아라. 키워주지 않는 부모는 부모가 아니다.

연옥이 야간 고등학교에 입학해서 낮에 공장에 다녔다. 열일곱 살 월급을 받으면 아버지가 모두 가져갔다. 사고 싶은 거 너무 많았다. 돈을 적게 받는 달은 잔소리를 들었다. 주머니에 돈이 없었다. 고등학교 삼 년 동안 일하고. 학교 다니고. 새벽에 일어나 밥하고. 반찬하고. 죽어버릴까. 수백 번 생각했다. 환생해서 부잣집 행복한 가정에 태어날 수 있다면. 죽을 생각도 했다. 밥을 태우면 냄비를 아버지가 머리에 엎었다. 친구랑 놀다 늦게 들어오면 허리띠로 얻어맞고. 미친년, 병신 같은 년, 어미 닮은 년. 온갖 욕을 청소년기에 모두 들었다.

돌이켜 보면 아버지를 좋아했던 기억이 한순간도 없다. 아버지란 존재가 무엇인지. 삶을 포기하려는 생각의 빌미인 아버지의 존재를 지우려 했다. 우리를 버리고 간 엄마보다 더 밉고 원망스러웠다. 엄마 없이 커가는 자식. 엄마는 눈에 보이지 않아서 원망할 수도 없었다.

스무 살에 남편을 만났다. 술을 마시지 못하는 남자라서 주정과 폭력이 없으니 결혼을 결심했다. 상견례 때 아버지가 시댁 쪽에 말했다.

내 딸은 모아둔 돈 없으니 알아서 결혼하라고. 돈 없어서 시집 못 보내준다. 상견례 자리에서도 남편이 아버지에게 술을 따랐다. 괜찮습니다. 저희가 살면서 살림은 마련할 겁니다. 남편한테 연옥은 얼굴을 못 들었다.

결혼은 아버지로부터 도피였다.

"남편에게 무척이나 미안하고 죄스러웠습니다. 살면서 살림을 준비했어요. 작년 가을에 남편에게 차를 사 주었습니다. 그런데 차를 두고 밀양으로 갔어요. 출퇴근에 버스 타지 말라고."

연옥이 말을 멈추고 울컥한 것을 되삼켰다.

"친정아버지는…. 용돈 달라. 옷 사 달라. 병원비 보태라. 돈 달라는 전화. 전화. 또 전화. 지긋지긋한 술에 취한 목소리. 키워주신 부모라고 명절과 생신에 남편이 식사 접대하고 용돈을 드리고. 술에 취하면 밤늦게 전화 오고. 소리 지르고 울고. 이년아, 너는 아버지 걱정도 안 되냐…. 솔직하게 말씀드려 욕을 뱉을 정도로 지긋지긋한 원수가 따로 없을 거예요."

연옥의 상체가 흔들렸다. 쌀자루의 밑동을 건드리면 내용물을 와르르 쏟아내며 주저앉을 것처럼. 정민에게 무너질 상황이 무르익었다.

연옥을 포옹하고픈 충동이 생겼다. 연옥이 갈구하는 눈빛으로 정민을 바라보았다. 연옥의 옆으로 옮겨가서 안아주어야 한다는 강박에 사로잡혔다. 연옥의 어깨에 팔을 얹고 있다가 미세한 충동이 더해지면 입을 맞출 단계로의 전환은 빤한 순서였다. 정민은 연옥을 포옹하지 않았다. 연옥은 응어리를 말하면서 자신을 또 할퀴었다. 정민이 포옹하기엔 할퀸 상처가 너무 컸다.

"오늘은 남편이 있는 밀양으로 가려고 했었어요."

농성 천막으로 경찰의 투입이 임박했다는 뉴스를 듣고 밀양으로 가려 했으며, 계절 바뀐 옷가지를 가방에 챙겨 운전석에 앉았는데… 망할… 아버지로부터 전화가 왔고. 밀양이 아닌 등산으로 방향을 바꾸었다고… 착잡해진 연옥, 위로를 빙자해서 껴안을 수는 없었다.

"나도 모르게 내 몸이 폭력을 기다리고 있다면 믿으시겠어요?"

연옥이 희미하게 웃었다.

*

이진이 낙지와 소면을 샀다. 두부를 데치고 묵은김치를 볶았다. 만찬 준비가 끝났다.

마침 방문자를 맞이할 정민이 들어왔다. 곧 방문하겠다는 용곤의 문자가 왔다.

"어서 와. 부장."

정민이 빨간 구두 옆에 까만 구두를 벗는 용곤에게 손을 내밀었다. 용곤이 정민의 어깨 너머로 서있는 이진을 쳐다보았다. 가슴이 도드라진 흰색 상의와 엉덩이 윤곽을 드러내며 발목으로 늘어진 검은 원피스. 풍성하게 부풀린 갈색 머리를 차례로 보았다.

눈빛이 마주쳤다. 이진이 엷은 미소를 풀었다. 낮에 허름한 모텔에서 시종 머금던 미소였다.

식탁에 셋이 둘러앉았다. 전골이 부글부글 끓었다.

"이사를 왔다니 환영해."

정민이 용곤에게 소주병을 들었다. 용곤이 이진을 흘낏 바라보고 소주잔을 쥐었다. 이진이 놓치지 않고 재빨리 웃음을 보냈다. 용곤이 얼굴이 확 붉어졌다. 정민이 용곤 잔에 술을 부었다.

용곤이 잔을 입으로 가져가면서 손등의 냄새를 맡았다. 낮에 품었던 이진의 냄새를 상기했다. 정민이 화장실로 갔다.

"남편과 눈빛이 마주쳐도 고개 숙일 거 없어."

화장실 문이 닫히자 이진이 작게 말했다. 용곤이 잔을 들어 입에 털어 넣었다. 이진이 엉덩이를 끌어 용곤에게 다가앉았다.

"강한 남자가 더 누릴 수 있는 세상이 되었어. 남편에게 미안해하는 마음 갖지 마."

무섬증이 도사린 용곤의 시선이 화장실 문으로 향했다.

"섣부른 연민이나 동정 같은 거 같지 마. 승리자의 줄에 서고 싶었을 뿐이니까."

이진이 용곤의 볼에 입술을 댔다. 용곤이 화들짝 놀라 물러나 앉았다. 정민이 화장실에서 나와 식탁으로 오는 짧은 순간에,

아는 자만의 아슬아슬한 쾌감이 모르는 자에게 알려지는 거 잔인한 짓이야.

이진이 덧붙여 말하려다 그만두었다.